王达敏

本名王大明,1953年生于安徽枞阳。安徽大学文学院教授、博士生导师。曾任中国小说学会副会长、安徽省文学学会会长、安徽省作家协会副主席、安徽大学当代文学评论中心主任等职。著有《第三价值》《稳态学》《新时期小说论》《理论与批评一体化》《余华论》《论文学是文学》《中国当代人道主义文学思潮史》《批评的窄门》《中国文学现代传统的形成》《中国当代长篇小说论》等。多次获得省社会科学优秀成果一、二等奖。

余华论
2024 修订版

王达敏 著

安徽文艺出版社
时代出版传媒股份有限公司

图书在版编目（CIP）数据

余华论：2024修订版 / 王达敏著. -- 合肥：安徽文艺出版社，2025.1

ISBN 978-7-5396-8001-9

Ⅰ. ①余… Ⅱ. ①王… Ⅲ. ①余华－作家评论 Ⅳ. ①I206.7

中国国家版本馆 CIP 数据核字(2024)第 026073 号

出版人：姚 巍
责任编辑：姜婧婧　　　　　　装帧设计：观止堂_未氓

出版发行：安徽文艺出版社　　 www.awpub.com
地　　址：合肥市翡翠路 1118 号　邮政编码：230071
营 销 部：(0551)63533889
印　　制：安徽新华印刷股份有限公司 (0551)65859551

开本：880×1230　1/32　印张：10.625　字数：210 千字
版次：2025 年 1 月第 1 版
印次：2025 年 1 月第 1 次印刷
定价：58.00 元(精装)

（如发现印装质量问题，影响阅读，请与出版社联系调换）

版权所有，侵权必究

目 录

2024年修订版序 / 001
2016年修订版序 / 004
2006年版序 / 006

余华论 / 001

超越原意阐释与意蕴不确定性
——《活着》批评之批评 / 003

福贵为何不死
——再论《活着》/ 025

《活着》的两部经典创构始末 / 037

民间中国的苦难叙事
——《许三观卖血记》批评之批评 / 064

民间中国的命运叙事
——余华的先锋小说和长篇小说《活着》/ 084

民间中国的世俗叙事
——余华小说集《黄昏里的男孩》/ 111

从启蒙叙事到民间叙事

——以余华的"少爷三部曲"为例 / 125

民间中国的叙事者 / 146

岂止遗憾

——《兄弟》批评 / 168

一部关于平等的小说

——余华长篇小说《第七天》 / 187

川端康成之盐与余华之味

——余华及长篇小说《文城》 / 198

从虚无到现实

——余华的文学观 / 219

从小说结束的地方开始

——余华小说序跋 / 236

关于《余华论》的通信 / 246

余华中短篇小说解读 / 257

《十八岁出门远行》/ 259

《西北风呼啸的中午》/ 263

《四月三日事件》/ 265

《一九八六年》/ 268

《往事与刑罚》/ 271

《河边的错误》/ 276

《现实一种》/ 278

《世事如烟》/ 281

《难逃劫数》/ 287

《死亡叙述》/ 291

《命中注定》/ 293

《鲜血梅花》/ 295

《古典爱情》/ 299

《此文献给少女杨柳》/ 303

《祖先》/ 310

《两个人的历史》/ 314

《黄昏里的男孩》/ 316

《我没有自己的名字》/ 319

《一个地主的死》/ 321

《蹦蹦跳跳的游戏》/ 324

2024年修订版序

此次修订,内容上作了较大增删,计有三处。

一是重写《〈活着〉的两个文本》。《活着》有两个文本,第一个文本是中篇小说《活着》,发表于《收获》1992年第6期,近7万字。1992年11月,导演张艺谋看中了《活着》,并邀请余华将其改编成电影剧本。在改编过程中,余华在原著的基础上又增写了近5万字,使之成为近12万字的长篇小说,于是就有了《活着》的第二个文本。一篇貌不惊人的中篇小说经过改写、扩写和增写了一系列内容后,竟然脱胎换骨般地成为一部经典性的长篇小说。这篇文章比较这两个文本,重在分析长篇小说《活着》的经典性是如何生成的。

几年前看到一些新材料,即《活着·张艺谋》《张艺谋的作业》等。1992年11月张艺谋邀请王斌参加一个剧本的讨论,这是他们合作的开始。王斌参加了《活着》由小说到电影的改编、拍摄的全过程,这本书详细地记录了这个过程,其中的好多细节和花絮我是第一次看到。是王斌从余华处把中篇小说《活着》即将刊发《收获》的清样拿给张艺谋,张艺谋连夜看完,显得异常兴奋,决定将《活着》改编成电影,并邀请余华参与编剧。在改编过程中,余华采纳了张艺谋和王斌的意见,在原作的基础上增写了近5万字,使之成为近12万字的长篇小说,于是就有了

余华论

《活着》的第一部经典。与此同时,张艺谋将其拍成电影,这样又有了《活着》的第二部经典。二者尽管在故事背景、结构、情节、人物命运及结局等方面存在较大差别,但它们的经典性都是在人物特别是福贵的人生观和生命意识于极端处境的特殊性中蕴含着人类的普遍性意义上来定义的,这是它们成为经典的共同原因。于是我重写《〈活着〉的两个文本》,改题为《〈活着〉的两部经典创构始末》,此文的材料和内容较前文有很大的丰富,思想和境界也较前文有很大的提升。

二是增加新作一篇。2011年初,余华的长篇小说新作《文城》出版,嗅觉灵敏的读者惊喜地发现,余华又回来了。余华又回来了,是说那个写作了《活着》和《许三观卖血记》的余华又回来了。余华的文学创作始于1983年,至1986年,是他"写作的自我训练期"。这个时期余华特别迷恋川端康成,川端康成是一个非常细腻温情的作家,他让余华学会了如何表现细节,即用一种感受的方式把痛苦写到不动声色的地步。在学习川端康成的几年里,余华打下了坚实的写作基础,可越往下写越困难,越写越有一种找不到自己的感觉,感到川端康成像一把枷锁紧紧地锁住了自己。正在这时(1986年),余华读到了卡夫卡的小说,卡夫卡是一个解放者,他解放了余华的写作:从卡夫卡那里,余华获得了写作自由的观念和技法,由此踏上先锋小说创作之途并成为先锋小说的代表性作家。先锋小说盛极一时,但好景不长,其由盛而衰,时不过三四年,当许多作家还在东张西望找不到突围方向时,余华则顺利地完成了文学创作的转向,其标志性作品就是《活着》和《许三观卖血记》。几年前逃离般地告别川端康成,现在又急刹车般地告别卡夫卡,余华究竟凭借什么才能一步踏上了文学的坦途?一直没有想过这个问题,直到26年后读过《文城》,我才从余华小说特有的味道中嗅到了川

2024 年修订版序

端康成的味道。我猛然意识到,川端康成根本就没有离余华而远去,他一直潜存于余华意识的深处,单等被重新启用的时机的到来。善于用灵悟的感觉捕捉隐秘信息的余华,适时打开无意识的通道,迅速地实现了与川端康成的再度融合。而川端康成独特的文学之美及独有的味道像盐一样,溶入了《活着》《许三观卖血记》和《文城》之中,促成了余华小说独有的审美特性的形成。我感觉我打通了余华小说创作的脉络,顺着这种理解评论《文城》,写作了《川端康成之盐与余华之味》一文。

三是删除《余华研究资料索引》。这部分的搜集整理费时费力,还要时时更新才能完善,而书显然做不到这一点。除少数专业研究者,多数读者对它敬而远之,借此机会,索性删除。

2024 年 10 月 20 日于安徽大学

2016年修订版序

《余华论》交了好运。原本是"无心插柳"之作,没想到自2006年出版以来却广受欢迎。我出版过十来本书,这本书不是我运思最多、用力最勤的书,却是为我带来声誉最广的书。那是在放松状态下写的书,思力和笔力到位,后来做课题,兴趣要伺候种种规约、要求,再难出现全程放松的状态了。

时常听到好多学人说他们喜欢《余华论》,甚至有人说阅读时每每激动。一本学术著作出版好几年后还能让人喜欢,在如今的物质时代已经很难了,竟然还能让有些人读起来每每激动,这不能不说是个奇迹。明知这是文人间的客套话,一半真实,一半夸饰,当不得真,我则当真全收。学人单纯,别无他求,唯求这点虚荣心。对于我,这比任何奖励都珍贵。

至今不断有人索求或请代购这本书,可出版社、书店和网店早已售罄。安徽文艺出版社资深编辑岑杰早就盯上它,得知我和上海人民出版社的签约已经到期,今年正好又是它问世十周年,他诚邀再版。岑杰是出版界的名人,策划出版过许多好书,与他合作,我求之不得,除了允诺,剩下的全是感谢了!

原书十论,此次再版增补近几年写的三论。本想多写几篇,并将原

2016 年修订版序

书修改一遍，但兴趣早就转移到别的论题上。早在 2005—2006 年集中写作《余华论》时，心里就想着相继而至的两个论题：一个是"中国当代人道主义文学思潮演变研究"，一个是"中国文学现代传统的形成研究"。这两个论题的两本书分别于 2011 年和 2014 年完成。其实，前一本书还未脱稿、后一本书还在进行中时，我又为几个诱人的论题焦虑着。于是匆匆写完、结项、出书，来不及精心修改打磨。匆匆转身从几个论题中选择一个自家认为最有价值又深得我心的论题——"中国当代忏悔文学的兴起与发展"。关于余华，暂时拢不紧兴趣和心力，此次再版，只能又是匆匆交稿。

本打算删去附在后面的"余华研究资料索引"，岑杰和姜婧婧说这个部分很重要，不仅不能删，还要增补近十年的研究资料索引。我则做了一个折中的处理，在基本保持原有篇幅的前提下，从搜集整理好的 1988—2015 年"余华研究资料索引"中选出具有代表性的论文，因之，这部分内容得到了更新。

2016 年 2 月 1 日于安徽大学

2006年版序

在中国当代作家中,余华是我最喜欢的作家之一。关于余华,一开始并没有想写一本书。我的余华研究,始于偶然,从一篇文章开始。

尽管余华到 1995 年已经发表了《活着》和《许三观卖血记》,但直到 1998 年《活着》获得意大利最高文学奖——格林扎纳·卡佛文学奖之后,余华才享誉世界文坛,进而走红国内。与此同时,是余华研究的升温,1999—2002 年,有多篇文章对《活着》和《许三观卖血记》做出了尖锐的否定性的批评,由此形成了一种批评倾向。而这种批评倾向恰恰又是当前文学研究中存在的一种容易被忽视的现象,即文学研究中的超语境批评现象。我觉得这些文章的观点存在着问题,有可质疑之处,于是写了一篇论文《超越原意阐释与意蕴不确定性——〈活着〉批评之批评》,2003 年发表。文章发表后,学术界很快就有了不错的反响。在此后的一年多时间里,我就余华小说与研究生们进行了几次小范围的讨论,我至今仍要感谢这些研究生,正是由于他们在讨论中与我争论,激活了我的思想。其中之一,是我发现这篇文章的阵脚不稳实,即"福贵为何不死"的问题没有得到落实,这样又写了《福贵为何不死》一文。

《活着》有两个文本,第一个文本是中篇小说《活着》,发表于《收获》1992 年第 6 期,近 7 万字。1992 年 11 月,导演张艺谋看中了《活

2006年版序

着》,并邀请余华将其改编成电影剧本。在改编过程中,余华在原著的基础上又增写了近5万字,使之成为近12万字的长篇小说,于是就有了《活着》的第二个文本。长篇小说《活着》已成为当代小说经典,大家在谈论、评论《活着》时,实际上都是在谈论、评论《活着》的这个文本,而把中篇小说《活着》彻底遗忘了。为什么两个文本同出一体,处境却天壤之别?带着这个问题,我写了《〈活着〉的两个文本》一文。

关于余华及其小说,我有意识地放弃了面面俱到的研究方法,我是发现一个问题或针对一个问题写一篇文章,往往是一个问题引出另一个问题,因此文章是一篇(论)咬着一篇(论)。待写到第四篇(论)时,我就意识到一本书的远影在向我招手了。

随着问题的前行与深入,我的看法和观点也在前行与深入。我的观点前后不是百分之百地一致,而不一致正是思想之为思想的特点。当我在后面的思考中丰富了前面的观点或发现了前面观点有缺陷并对其做了修正时,我仿佛一下子进入了一个新的境界。

余华的经历不复杂,其小说也不是以宏博厚重见长。余华小说灵悟通透,叙事单纯,但语义的张力大,很丰富。我认为这种研究方法最适合余华,它在问题意识的不断追问中展开论述,自然形成了一个由问题、观点和论述组织起来的逻辑结构。这种研究目标明确,具有选择性和排他性,自动地将不甚重要的东西拦在外边。

《活着》之后是《许三观卖血记》,我称它是另一部《活着》。研究者普遍认为这两部作品均叙写苦难主题,我的看法恰恰相反,我认为从意蕴和思想指向上来看,《许三观卖血记》是苦难交响曲,其主题/母题主要是叙写苦难,而《活着》和余华1986—1992年创作的先锋小说则是命运交响曲,它们反复渲染苦难和命运,其主题/母题主要是叙写命运。

余华论

这一发现让我激动不已,我猛然意识到,我对余华小说的研究,开始见底了。我也十分清楚,这一发现是独到的,一旦它随文而出,就会成为余华研究的一个贡献。我在兴奋之中写了《民间中国的苦难叙事——〈许三观卖血记〉批评之批评》和《民间中国的命运叙事——论余华的先锋小说和长篇小说〈活着〉》2 篇文章。

先锋小说创作和长篇小说创作是余华文学创作的两个高峰期,而在这两个高峰期之间和之后写作的短篇小说,合为一集,名为《黄昏里的男孩》,共 12 篇。它们与余华的先锋小说和长篇小说最明显的区别,是沿着民间叙事之路做纯粹的世俗叙事,于是又有了《民间中国的世俗叙事——论余华小说集〈黄昏里的男孩〉》一文。我对余华小说否定性的批评,在这篇文章里谈得比较多。

接下来的《从启蒙叙事到民间叙事——以余华的"少爷三部曲"为例》,力图从文学史的视角,论述余华小说的意义与价值。我以余华的"少爷三部曲"——短篇小说《两个人的历史》、中篇小说《一个地主的死》和长篇小说《活着》为例,认为余华的小说创作既代表 20 世纪八九十年代中国文学的一种走向,即从启蒙叙事走向民间叙事,又与世界文学中的一种人道主义思潮暗合,从民间叙事中提炼出"世界性因素"。

《民间中国的叙事者》原本是作为序来写的,没想到"文"走了不久就进入了"论"的通道,在问题意识的导引下,追问始终有好运相助的余华,究竟是哪些才能使他获得了令人瞩目的文学地位,被称为中国当代最优秀的小说家。

在期待中等来的长篇小说《兄弟》,先到的上部毁誉参半,也让我生出一些遗憾,便希望下部妙手回春,开出胜境。在希望与疑虑中等来的下部,让我遗憾接着遗憾,这回岂止是遗憾,还有失望。余华误用、滥用了自己的才能,这说明,在这之前写什么就成功什么的余华,不是什么都行的。余华有自己之所长,也有自己之所短。

《余华中短篇小说解读》是余华小说论的另一种形式。选择余华中短篇小说中难读难解或有代表性的作品进行一一解读,最初是为了教学。解读对象多为先锋小说,文章长短不一,用随笔的形式写成,力求文笔与学理兼备。其解析着眼于小说文本本身,尽可能不对先锋小说的意义与存在的病症做过多的价值判断,我以为让专论来承担这项工作更合适。这些文字后来不同程度地影响了专论的写作,这是我没想到的。解读文章大多数写于2001—2002年,后来又添入几篇,共20篇。

为了把握好余华的小说及其文学观点,以便写好《余华中短篇小说解读》和《余华论》,我首先研读了余华的3本随笔集,从中析出余华的文学观,于2001年写成《从虚无到现实——论余华的文学观》一文。

朋友们建议我与余华联系,做一个访谈附在书后,这确实是个很不错的建议。曾动了这个念头,作家潘军也给了我联系余华的方式,后来发现余华的访谈越来越多,该谈的差不多都谈了,我再来做余华的访谈,显然是多余的,所以就放弃了。另外,我的一个习惯也在起着潜在的作用,那就是我在研究作家作品时,一般情况下,尽量不与作家接触,我的性格会使我在认识了作家,尤其是与作家成了朋友之后,对其作品的批评就会带上情感的成分,影响判断的准确性。

2006年5月6日于安徽大学

余 华 论

超越原意阐释与意蕴不确定性
——《活着》批评之批评

题　　解

本文约定,"超越"在文中有两层含义:一是否定性的超越,如否定、颠覆、解构、解合法性等;二是无否定性倾向或浅度否定性的超越,如突破、超过、不确定性、非中心性、模糊性等。"原意阐释",特指作者本意阐释。

超越原意阐释,目的是回到文本本身,排除作者本意阐释对作品意义意蕴的规约、限定。原意阐释可能是正确的,但对于一部意蕴丰富、意义多向的作品来说,它把握或揭示的只能是作品的一部分真实。狄尔泰感叹:"从理论上来说,我们在这里已遇到了一切阐释的极限,而阐释永远只能把自己的任务完成到一定程度,因此,一切理解永远只是相对的,永远不可能完美无缺。"[1]原意阐释也可能是不正确的。如果是前者,它唯一的负效应是将其他阐释引入一个视界,遮蔽了阐释的广阔视

---

[1] 狄尔泰:《阐释学的形成》,引自马新国主编《西方文论史》,高等教育出版社1994年版,第586页。

域,进而中断作品意蕴的揭示和意义的生成。如果是后者,则会产生误导。超越原意阐释,就是要把作品置于一个广阔的阐释视域,对其做多视角、多层次、多侧面的阐释。之所以这样做,是因为文本是一个充满丰富的"潜在意义"并有待读者在阅读活动中加以具体化的结构。潜在意义是含有不确定性的,它有两种表现形态:一是文本"此在"直接呈现的意义;二是阐释者在阅读、解释和创构过程中生产的意义。第二种表现形态是一切好小说的重要标志,经典之作常读常新便是这种潜在意义的使然。同一时代不同的解读者与不同时代的解读者总是力图根据自己的视界对作品做出新的解释。从这个意义上说,一部好小说的意义意蕴永远是流动的、不确定的,每隔些年头,总有些独具慧眼的评论家从中读出新意来,以此丰富潜在意义的内存。这样的作品有两个以上的解,存在着难以限定的可能。确定的是事件的过程,不确定的是它的潜在意义。《活着》就是这样的小说。这样的小说势必会引起多种阐释与批评。《活着》从 1992 年发表以来,先有作者的原意阐释,继而出现的批评大体上形成相异的两途:沿着作者原意阐释的思路做"阐释之阐释",超越原意阐释的否定性批评。

正题:原意阐释

根据题目的设定,作者的原意阐释为正题。正题是本文逻辑思路的起点,且先入正题。

余华是一位不回避对自己的小说做本意阐释的作家,在作品解读方面,他有着异乎寻常的领悟天赋与理性言说的才能。他对他的主要作品差不多都做过解释,有的三言两语,有的专文解说,甚者则一而再,

超越原意阐释与意蕴不确定性

再而三地论及。从情感的力度和阐释的深度来看,他最倾情的小说无疑是《活着》。他对《活着》的本意阐释不是最多,明显少于《许三观卖血记》,却是阐释最到位、最深思熟虑的,所言所论均落到实处。相比较而言,对《许三观卖血记》的阐释常往虚里走。《活着》和《许三观卖血记》、福贵和许三观是余华的至爱,在两者之间,他从不做优劣高下之分的价值判断。① 感受体会余华的阐释文本,是不难触摸到不同的情感温度的。

《活着》是余华转变对世界、人生、生命和现实的态度的一部标志性小说,一部形而下的平面叙述与形而上的人生思考并存的小说,他怎能不格外予以关爱呢?

且先看余华的原意阐释:

> 长期以来,我的作品都是源出于和现实的那一层紧张关系……
>
> 前面已经说过,我和现实关系紧张,说得严重一些,我一直是以敌对的态度看待现实。随着时间的推移,我内心的愤怒渐渐平息,我开始意识到一位真正的作家所寻找的是真理,是一种排斥道德判断的真理。作家的使命不是发泄,不是控诉或者揭露,他应该向人们展示高尚。这里所说的高尚不是那种单纯的美好,而是对

---

① 在一篇访谈录中,《书评周刊》记者王玮问余华:很多读者认为《活着》比《许三观卖血记》好看,也有人持相反的意见,您怎么看? 余华说:对我来说,福贵和许三观是我的两个朋友,我在生活中曾经与他们相遇过,而且以后还会经常相遇。至于说他们谁更优秀或者说他们的故事谁的更精彩动听,我不知道(余华:《我能否相信自己》,人民日报出版社1998年版,第219—220页)。

一切事物理解之后的超然，对善与恶一视同仁，用同情的目光看待世界。

　　正是在这样的心态下，我听到了一首美国民歌《老黑奴》，歌中那位老黑奴经历了一生的苦难，家人都先他而去，而他依然友好地对待世界，没有一句抱怨的话。这首歌深深地打动了我，我决定写下一篇这样的小说，就是这篇《活着》，写人对苦难的承受能力，对世界乐观的态度。写作过程让我明白，人是为活着本身而活着的，而不是为活着之外的任何事物所活着。我感到自己写下了高尚的作品。①

这几段文字可视为《活着》的原意阐释的标准文本。它是概括性的，在其他地方，余华对其要义又分别一一再论：

活着是生命本身的要求：人的理想、抱负，或者金钱、地位等等，与生命本身是没有关系的，它仅仅是人的欲望或者是理智扩张时的要求而已。人的生命本身是不会有这样的要求的，人的生命唯一的要求就是"活着"②。

活着就是承受苦难并且与苦难共生共存：作为一个词语，"活着"在我们中国的语言里充满了力量，它的力量不是来自喊叫，也不是来自进攻，而是忍受。忍受生命赋予我们的责任，忍受现实给予我们的幸福和苦难、无聊和平庸。作为一部作品，《活着》讲述了一个人和他的命运之

---

　①　余华：《活着·前言》，南海出版公司1998年版，第2—4页。
　②　余华：《我能否相信自己》，人民日报出版社1998年版，第216—217页。

间的友情,这是最为感人的友情,因为他们互相感激,同时也互相仇恨;他们谁也无法抛弃对方,同时谁也没有理由抱怨对方。他们活着时一起走在尘土飞扬的道路上,死去时又一起化作雨水和泥土。① 面对所有的苦难,每个人都应该高兴愉快地去尝试克服、度过它。②

活着是对生命的尊重:福贵是属于承受了太多苦难之后与苦难已经不可分离了。他不需要有其他的诸如反抗之类的想法,他仅仅是为了"活着"而"活着"。他是我见到的这个世界上对生命最尊重的一个人,他拥有了比别人多得多的死去的理由,可是他活着。③ 他是这个世界上最有理由发出"活着"的声音、最有理由说他"活着"的一个人。

概而言之,《活着》的原意阐释的思想核心最终可以落实到一句话上,那就是"活着就在活着本身"。尽管余华说《活着》还讲述了"眼泪的广阔和丰富""绝望的不存在""我们中国人这几十年是如何熬过来的";尽管他一再表白《活着》所讲述的远不止这些,它讲述了作者意识到的事物,同时也讲述了作者所没有意识到的事物,一部作品完成之后,作者也成了读者,这时,"他发现自己知道的并不比别人多"④。可批评家们认准的还是"活着就在活着本身"这一解释。应该看到,余华的原意阐释是不包含这些内容的,这些表白是他在原意阐释之外所做的补充说明。

表面上看,余华的原意阐释具有存在主义的意味,其实不然,这种退守忍耐的生命意识是古老中国生存智慧的现代版。对此,福贵们烂

---

① 余华:《活着·韩文版自序》,南海出版公司1998年版,第3页。
② 余华:《我能否相信自己》,人民日报出版社1998年版,第224页。
③ 余华:《我能否相信自己》,人民日报出版社1998年版,第219页。
④ 余华:《我能否相信自己》,人民日报出版社1998年版,第136页。

熟于心，无师自通，用不着刻意去追求，只要褪尽外在的一切非分之想，固守命定之一端，就可化解苦难，让生命在苦难中超然腾升。

追求生命的安全长久和痛苦的解脱，是以生命为本的中国传统文化的重要命题。对于中国人来说，活着是生命的全部意义，好活自然要活，赖活也得活，活着，活下去，"不怨天，不尤人"①，是生命的第一义。中国文化的两大主干儒家和道家均将这一命题纳入人生论的构建之中。儒道相互分别，但对待生命的态度是相通的。

儒家强调个体生命的保全和个体人格的修养，适度享受生命。儒家持守中庸之道，凡事必须适中合度，才会长久地安乐享受下去。若过度享受荣华富贵，就会紊乱痛苦；而过度喜悦和悲哀，则会狂躁心焦。人应该像天地万物那样安命乐生，"天地之大德曰生"②，而中庸之道就是天地间于生命最有利的至高无上的准则，"中庸之为德也，其至矣乎"③。任何的对立、冲突、分化、裂变、抗争，都会妨碍生命的成长，给生命造成痛苦。儒家正是一种以乐生为美德的生命哲学，这种生命哲学要求人们无论在什么艰难悲苦的厄运下，都要乐观生活，热爱生命，活着，活下去。孔子的生活态度就是"饭疏食饮水，曲肱而枕之，乐亦在其中矣""发愤忘食，乐以忘忧，不知老之将至云尔"④。认为不忧愁不伤悲的人才接近君子的人格，"仁者不忧，勇者不惧"⑤，"知者乐水，仁者

---

① 《论语·宪问》。
② 《易·系辞下传》。
③ 《论语·雍也》。
④ 《论语·述而》。
⑤ 《论语·子罕》。

乐山。知者动,仁者静。知者乐,仁者寿"①。这种乐生态度,被鲁迅视为"僵尸的乐观"②。梁漱溟由此析出了中国人生活的两面,他认为:"中国人虽不能像孔子所谓'自得',却是很少向前要求有所取得的意思。安分知足,享受眼前所有的那一点,而不做新的奢望,所以其物质生活始终是简单朴素,没有那种种发明创造。"虽然梁漱溟所生活的年代,中国人的车不如西洋人的车,中国人的船不如西洋人的船,中国人的一切享用都不如西洋人的,"而中国人在物质上所享受的幸福,实在倒比西洋人多。盖我们的幸福乐趣,在我们能享受的一面,而不在所享受的东西上——穿锦绣的未必便愉快,穿破布的或许很乐;中国人以其与自然融洽游乐的态度有一点就享受一点",这种人与自然浑融,从容享受生活的态度,"的确是对的,是可贵的,比较西洋人要算一个真胜利"。但在精神生活这一面,他认为中国人是失败的,"没有自己积极的精神",而只为"容忍与敷衍者"。③

道家的人生观更加超然,老子一再强调:知足者常乐。孔子以人活着,活下去为第一义,老子则追求顺其自然,以求得生命的安全与长久。老子的生命哲学具有自然伦理主义倾向,在他看来,由欲望而生的竞争是令人痛苦的,而知足者却无欲常乐。"知足之足,常足矣。"④又说"知足不辱,知止不殆,可以长久"⑤。否则,不满足就会生出欲望,欲望又会

---

① 《论语·雍也》。
② 《鲁迅全集》第三卷,人民文学出版社 2015 年版,第 12 页。
③ 《梁漱溟学术论著自选集》,北京师范学院出版社 1992 年版,第 46—49 页。
④ 《老子》第 46 章。
⑤ 《老子》第 44 章。

生出祸乱,"祸莫大于不知足,咎莫大于欲得"①。冯友兰一语破的,认为"道家哲学的出发点就是全生避害"②,为了"全生避害"以"利命",老子持自然、无为、谦退、不争、贵柔、尚弱、守雌、致虚守静、生而不有、为而不恃、长而不宰、居下、取后、慈、俭、朴等人生态度,目的是"以退为进""以弱胜强""以静制动""以柔克刚",让人"少私寡欲",委屈卑下,自满自足。

活着,活下去,本是儒家的人生信念,然而在儒家那里,活着还需做点牺牲,而在道家及老子这里,"只要能够活着,活下去就达到了终极目的"③。

至此,入世与出世的儒道两家共同给定的命题又经他们的演绎阐释给出了圆满的解答。这种人生观基于农业文化的自给自足性——农业文化的自给自足表现在人生态度上,是只求富足和安定,性善安贫乐道,知足常乐,后经以儒道为代表的传统思想(主要是自然伦理主义思想)的反复浇灌,遂凝结成中国人的生存之道,这是中国的特色。这种根植于深厚的民族文化土壤的人生观、人生态度体现着价值两面,尤其是进入现代以来,它的价值两面各归相异相对的两个价值体系,代表着两种社会方向、两种文明力量:先进与落后、进取与退守。无论是持守一端,还是超然其上,都难以不被质疑。余华既然做了如是说,看来想不被质疑也不可能了。

---

① 《老子》第46章。
② 冯友兰:《中国哲学简史》,北京大学出版社1996年版,第58页。
③ 高旭东:《生命之树与知识之树——中西文化专题比较》,河北人民出版社1989年版,第60页。

反题:超越原意阐释的否定性批评

相对于"原意阐释之阐释",超越原意阐释的否定性批评晚起,到目前为止,以张梦阳和夏中义、富华的批评为代表。

反题1 张梦阳在《论阿Q与中国当代文学的典型问题》中立论:从阿Q到许三观,贯穿着20世纪世界文学中的"一种全新的写作态度和思维方式"。在这个理论语境中,他分析了当代众多小说,余华的《活着》和《许三观卖血记》是其中作为重点深论的两部长篇小说。他先将《活着》与《阿Q正传》比较,认为《活着》集中笔力雕刻福贵,在表现人物精神上"实现了突破"。福贵继承并凸现了阿Q的乐天精神,说明我们中国人这几十年甚至几千年是如何熬过来的,是怎样乐天地忍受着种种苦难,坚忍地"活着"的。正是本根于这种精神,阿Q才没有发疯或自杀,福贵也没有跟随他所有的亲人一道去死。《活着》称得上是一部"洋溢着象征"的真正的小说,福贵乐天地"活着"的精神是一种"寓居世界方式的象征"。他具有一定的典型性,但是与阿Q相比"差距甚大"。其中症结在于:鲁迅对阿Q的精神胜利法这种"与世界打交道的方式"主要采取批判的态度,深刻揭示了它负面的消极作用,让人引以为鉴,克服自身类似的弱点;余华对福贵乐天地"活着"的精神主要采取赞颂的态度,对其负面的消极因素缺乏深掘。

这一比较是《活着》与文学大师的经典之作之比,点到为止,但高下优劣立见。接着又让《活着》与《许三观卖血记》相比,从《许三观卖血记》的创获中反照《活着》之不足。《许三观卖血记》是《活着》的深化,是余华朝前迈进的一大步。作家通过许三观这个典型形象,从与阿Q

既同又异的另一个更为具象、更为残酷的视角批判了中国人"求诸内"的传统心理与精神机制。所谓"求诸内"就是拒斥对外界现实的追求与创造,一味向内心退缩,制造种种虚设的理由,求得心理的平衡。《许三观卖血记》比《活着》深刻之处,"正在于对许三观'求诸内'负面消极性进行了异常深刻的批判,却又没有采取贬斥、嘲笑的态度,令人从许三观的失败和固执中感受到他是位既可悲又可爱的人"①。因此,许三观的典型意义明显高于福贵。

张梦阳从《许三观卖血记》中读出了作者对中国人"求诸内"的活法进行了"深入的揭示与严酷的批判"这一宏大意义,着实让我大吃一惊,我读来读去,就是读不出"严酷的批判"。不过,这不是本文要讨论的问题。

反题 2 到目前为止,余华研究中让我拍案叫绝、感叹再三的宏论,是夏中义、富华的长篇专论《苦难中的温情与温情地受难——论余华小说的母题演化》②,此作将余华研究推到了一个新的水平。

此作"系统地追溯余华小说的母题演化,旨在从价值论角度对余华长达十余年的文学生涯给出一个经得起玩味的评估"。余华小说的母题演化在 20 世纪 80 年代与 90 年代之间划出一道沟堑,具体以《在细雨中呼喊》与《活着》标出界线。《在细雨中呼喊》虽刊于 1991 年,"但其价值取向仍属 20 世纪 80 年代"。其母题演化的轨迹是从"苦难中的温情"到"温情地受难"。从 1987 年的《十八岁出门远行》到《在细雨中呼

---

① 张梦阳:《阿 Q 与中国当代文学的典型问题》,《文学评论》2000 年第 3 期,第 45—46 页。

② 夏中义、富华:《苦难中的温情与温情地受难——论余华小说的母题演化》,《南方文坛》2001 年第 4 期,第 28—39 页。

喊》，余华小说极力叙写"人性之恶"与"人世之厄"，表现"现实境遇层面的生存之难"与"生命体验层面的存在之苦"。但到《活着》等作品则大变，"纷纷转为乡土的牧歌"。从《在细雨中呼喊》表现的"苦难中的温情"到《活着》推崇的"温情地受难"，看字面只是对那母题基因的词序的先后置换，但其纸背正策动着一场价值哗变。

《活着》领"价值哗变"之先风，自然要先论《活着》。谈《活着》，实际上就是谈福贵。夏中义、富华认为，在这部礼赞福贵"活着"的小说中，福贵显然已成为作家眼中的"特殊人物"，亦即福贵肯定已不是日常意义上的文学典型，而绝对已提升为某种足以呈示古老中国生存智慧的文化偶像了。

若通观全篇，应考察福贵为表征的总体取向，当小说将人物在历史暴虐中被戕害，冷冷地看作"仿佛水消失在水中"那样散淡，若无其事，故无须悲哀——这便让笔者听到了余华母题价值断裂时的那声暧昧的钝响。余华于20世纪80年代呼唤"苦难中的温情"所以值得珍惜，无非是艺术地呈示了如下两条"精神底线"：一是践履了一个苦难承当者对正义的诉求，二是所有正义诉求皆无不指控现实的不公及其邪恶者的罪孽。然当福贵于20世纪90年代走上文学法庭，竟倡言"温情地受难"，这便在冷酷剥夺弱势群体的孤苦诉告权的同时，又慷慨地豁免了现世秩序及其历史本应承担的道义与政治责任。福贵有何理由这么说呢？

亟须追述福贵的思路。显然，福贵与其命运的关系是在社会—历史框架中展开的，但福贵对此关系的考量则被纳入了宇宙—生命维度。这就是说，当福贵抽去人的社会属性而将其还原为赤裸裸的自身自然时,不小心将人的价值性也过滤了,而只剩下了人的生物性——于是他对人的终极关怀也就被简化为"活着"一词:唯问人是否"活着",不追问咋个"活法"。为何活?如何活?活在何等水平?(同上注第33页)

不仅福贵,还有许三观,他们都沿袭着遗传的"犬儒"立场"温情地受难",化苦为乐,苦中作乐,于是,《活着》和《许三观卖血记》也就无形中成了"乡土中国的生存启示录"或"本土《圣经》"。

夏中义、富华对《活着》及《许三观卖血记》的另一种理解尖锐凌厉,见地精辟,让人叹服。尽管以上所论偶有事实与理性被想象力与情绪暂时所控的迹象,但大体上是可以被接受的。然而,当他们的论述继续推进而达到极致时,想象力与情绪就占了主导地位,其结论让人瞠目结舌:

余华所以尊福贵为偶像,是企盼自己乃至中国人皆能像福贵那样"温情地受难",即增强全民忍受苦难的生命韧性,其最佳途径,便是模拟福贵从精神上自行阉割自身对苦难的"痛感神经"。一俟"痛感神经"没了,人麻痹得像木头或石头,"人世之厄",苛政之暴,纵然再惨再烈,也无从感受了,反倒要倾空感恩命运仍能让自己"活着"了。这一妙策大概只有余华才能如此大大咧咧地想象出来。(同上注第33页)

相比较,《活着》和《许三观卖血记》……这组20世纪90年代长篇作为"二期工程",它们对"精神"库存的开发特点,显然体现在从民俗气息浓郁的"酸曲子,荤故事"中掘出历代农民赖以忍辱负重、绵延至今的那种群体生存理念或乡土"智慧",以期诱导当今中国人也能"温情地受难"。(同上注第34页)

《活着》的视野既然横跨近百年中国史,那么,作者对不幸死于战争、饥荒及"文革"的无辜者,就不能不表一点哀思或悲悼,而恐怕不宜用"死得很好"四字来含混地应付九泉下的冤魂,无形遮蔽了那段生灵涂炭的痛史。否则子民的生命也就真的贱得像尘土一颗,草芥一粒,被历史的飓风一卷就没了,没事似的,不仅无辜,而且无聊,成了无偿修饰历史的轻薄花边。(同上注第32—33页)

(以上着重号为笔者加)

夏中义先生是我敬重的学者,他为文坦诚激越,以思想先锋深刻、学识敏捷扎实行走学界。他和张梦阳对《活着》的否定性批评,代表了余华小说研究的另一种声音,比常规视界的研究具有更高的学术价值,其基本看法应无可非议。他们都是在学理层面进行批评,态度真诚而严肃,而且有深厚的学术背景和深思灼见作为支撑,绝非哗众取宠的卖弄与不负责任的鼓噪。我充分尊重他们极有创见的研究,但这并不说明我没有疑问。在学术上,科学的背反现象层出不穷,只是我们常常被现象或理论的预设所遮蔽而看不到或不愿看到它的存在。李政道在《物理学的挑战》的学术报告中预测了21世纪科学有四大问题,其第一大问题是,理论对称,但实验结果不对称。在文学研究中,这种背反现象似乎更多。在这里,我关心的是三位学者的否定性批评与批评对象的关系,以及与此相关的文学阐释原则。

在我看来,三位学者超越作者原意阐释的批评有三个理论支点,这三个支点既构成了他们主体阐释的"先结构",又成为其批评的逻辑构架。

他们的第一个重要的理论支点是鲁迅小说。不论他们承认与否,他们理想的小说文本是鲁迅小说,尤其是以《阿Q正传》《狂人日记》《祝福》等为代表的批判现实主义小说,更是他们用来衡量别的小说的一个标尺。用这个标准衡量《活着》,当然会量出它与《阿Q正传》的巨大差距,析出它及它的作者"企盼"并"诱导"当今中国人像福贵那样"温情地受难",消极地承受人性之恶、人生之苦。任何一部作品,无论它怎样优秀,都经不起这样的推论。张梦阳直接拿《阿Q正传》与《活着》比较,夏中义、富华携带的比较文本也是《阿Q正传》及鲁迅的本意阐释。我以为,《活着》非《阿Q正传》,它们不是一路的小说,各有各的意蕴和潜指。余华也非鲁迅,这两篇小说表现了他们不同的写作立场和本意设置。两条不会相交的平行线,硬要以一个去规定另一个,只会人为地造成批评的失范。以一个作家或一部作品的写法来衡量、规约写作路数乃至写作立场与此相异的另一个作家或另一部作品,乃批评之大忌。

夏中义、富华的第二个理论支点是针对余华的原意阐释。作者的原意阐释之所以重要,是因为它提供了作者的写作本意或作品的基本意义,沿着作者的原意阐释,可以更好地把握作品。但是,作者的原意阐释即使是正确的,也不是唯一的、绝对的,它只能是众多解释中的一种。接受美学和文学接受理论认为,一部作品的意义并不完全是由作者给定的,而是由读者与作者共同创造的。伊塞尔甚至将作品区分为文本与作品两极,认为"艺术的极点是作者的文本,审美的极点则通过读者的阅读而实现",作品产生于读者与文本的相遇和交流过程中,是读者与作者共同创造的产物。① 我相信,绝大多数从事中国现当代文学研究的学者都熟悉此理论,并乐意接受这一理论。但一到具体的文学批评中,包括笔者在内的不少学者,又不知不觉地将作者的原意阐释视为作品内含与外显意义的全部,视作者为阐释的权威者、唯一的合法者。夏中义、富华对《活着》的否定性批评,是以《阿Q正传》及鲁迅对其所做的本意解释为标准的,从否定余华的原意阐释开始,然后推及作品。论其质,抓的还是作者的原意阐释。我在想,如果余华对《活着》不做本意解释,或者他也能像鲁迅那样对《阿Q正传》《狂人日记》等小说做出批判现实主义的解释②,我们又该怎样评价它呢?

三位学者的第三个理论支点是西方现代的人生观,它隐含在否定性批评之中,实际上起着主控作用。西方人言生命的意义、生命的目的不在自身,而在身外,这一生命取向已凝定为西方文化的一个传统。于是,寻求生命的意义、生命的目的成为西方学者解释世界和人生的一个重要途径。怎样才能使生命变得有意义呢? 美国学者艾温·辛格对西方人的人生态度、人生理想做了综述:有意味的生命——不只是幸福或

---

① 伊塞尔:《本文中的读者》,引自马新国主编《西方文论史》,高等教育出版社1994年版,第594页。

② 鲁迅说他之所以要写《阿Q正传》,是因为"要画出这样沉默的国民的魂灵来……作为在我的眼里所经过的中国的人生"(《俄文译本〈阿Q正传〉序及著者自叙传略》),"是想暴露国民的弱点"(《伪自由书·再谈保留》)。在《我怎么做起小说来》中他自述:"说到'为什么'做小说罢,我仍抱着十多年前的'启蒙主义',以为必须是'为人生',而且要改良这人生。"其小说的取材,"多采自病态社会的不幸的人们中,意思是在揭示痛苦,引起疗救的注意"(《南腔北调集》)。

有意义——应该追求一种目的,我们之所以选择这个目的,是因为它超越个人福祉的目标。我们的理想起初可能源于自私的利益,但最终是造福于他人的。当我们为这样的理想而创造、而奋斗时,我们就获得了并且也感觉到了人生在世的意味。综观人类追求人生意味的种种不同方式,最为常见的还是"意义的生长",尤其当这意义包含着跨个人理想的价值创造的时候。任何生命的意味,总是在于它影响其他生命的功能,越是有益于大多数生命,我们自己的生命意味就越大。因为到那时候,"人生就进到一个新的完满阶段,它超越了任何个人的渺小性"[①]。生命的意义、目的不在自身,而在身外的跨个人理想的价值创造,用西方人的这种人生观及生命哲学来衡量福贵们,自然会对福贵们的"活法"做出否定性的价值判断。要求福贵们抗争命运,追求跨个人理想的价值创造,从道理上来说该无疑义,从国民性建设上来说也实属必要。但以此作为对福贵"活着"的价值判断,显然是超出了文化语境和时代情境的单向思考的结果。

最大的不确定性等于最多的可能的确定性

在现代主义和后现代主义语境中,"不确定性"是后现代主义区别于现代主义的两大构成原则之一,另一构成原则是"内在性"。不确定性是后现代主义的根本特征,它主要代表中心消失之结果,这一范畴具有多重衍生性含义,诸如模糊性、异端、多元化、无中心、反叛、反创造、

---

① 艾温·辛格:《我们的迷惘》,广西师范大学出版社2001年版,第138—144页。

分解、解构、去中心、差异、断裂性、消解定义、解神话、解合法性等等。这是一种对一切秩序和构成的消解,它永远处在一种极端的否定之中。不确定性更是后现代主义文化思潮的重要组成部分——后结构主义哲学和文学理论的首要特征。后结构主义主要是一种解构理论,亦称解构主义,它是在批判结构主义中产生的一种理论流派,以法国的德里达的解构理论和后期罗兰·巴尔特的理论为代表。他们通过对文本中心及作者权威的否定,把人们的目光引向对读者参与文本意义创造过程的关注,形成被称为解构主义的"消解式批评"。后现代主义及解构主义对一切的否定性指向,使不少学者视它们为异端,指责它们专意破坏而不建设。表面看是如此。这是它们面对世界的言说方式,以解构现存的一切为己任,并在此种反叛中确立自己特异的形象。后现代主义及解构主义作为一种世界性的文化思潮,它们绝对不会只有破坏而没有创获,只有颓废而没有进取。从学术创构的角度看,后现代主义及解构主义并非真的要消解世界的一切构成原则,进而消解结构。我曾在《稳态学》一书中说:结构是不可解构(消解)的,只要存在着时间和空间,结构就永远存在;结构始终是世界的存在方式。在我看来,后现代主义及解构主义要解构并废除的,一是意识形态话语霸权,二是整体化观点和结构中心主义。它们的理论策略与激进的言说方式一致,在破坏中呈现事物的真相。它们认为,结构中心是人为的、虚设的,结构中心主义遮蔽了结构的真实存在。结构一旦被拆解了中心和深度模式,自然就回到"无深度的平面",处于平面化的开放状态。在这里,一切选择都不是被选择过的,一切意义既是潜含的又是新生的,"怎么都行"(费耶阿本德语)。结构的平面化和开放性状态使结构具有可塑性和意义的不断再生性。由于意蕴丰富、意义多指向,结构潜存的意蕴反而变得不确定了。

这是人类思维的又一次重大革命，从此，人们不会再用老眼光来看世界了。如果我们对西方现代科学，尤其是20世纪科学往往在相互批判和相互否定的偏激中创构新理论、开辟新领域的学术个性有些了解的话，就不会再对后现代主义及解构主义耿耿于怀了，看到它们在破坏中做出的重大发现、重大创获，我们还有什么可抱怨的呢？

落实到文学作品上。文学文本是一个完整的结构，意蕴简单且没有生长性的封闭结构是自足的结构，而意蕴丰富且具有生长性的结构始终处于开放状态。由于内潜丰富，意义多指向，文本意义变得不确定。文本只要存在两个以上的解，其内涵就是不确定的，表现为不确定性。内在张力与生长性越强的优秀作品，其不确定性就越大。我对此的结论是，不确定性是作品内涵丰富的表现，最大的不确定性等于最多的可能的确定性。

把《活着》放到20世纪文学中进行观照，还真不敢狂言它不行。《活着》是一部朴实、纯净的小说，像土地一样朴实，像山溪一样纯净，具有一切好小说都有的流畅性。它写的是乡土农民，表现的则是一种高尚的人道同情。相比较而言，《许三观卖血记》就没有这么纯净，许三观身上有戏谑的喜剧成分，漫画式的叙写常常不经意地邀粗俗同行。我知道我这一不慎重的比较可能要被不少学者和作家看低，因为他们认定《许三观卖血记》比《活着》好。我只能忠实于我的感觉，这没办法。恕我再直言，我以为《活着》是写给那些如今年龄在45岁以上，并且家庭或个人曾不同程度地遭遇过如同福贵一样苦难的人看的，这些人体验过人生的大悲大劫、大苦大难，能于《活着》的简单平实之中读出特别的况味。

《活着》单纯,单纯到只有一句话的长度:农民福贵为"活着"而"活着"。阔少爷福贵赌博输光祖产祖业,从此一蹶不起,厄运频频。先是父亲气急攻心从粪缸上掉下摔死,母亲病死,接着是儿子有庆被医院抽血过多而死,女儿凤霞产后大出血致死,妻子家珍病死,女婿二喜做工遇难横死,小外孙苦根吃豆子被撑死。一个个亲人相继先他而去,到晚年,孤苦的福贵与一头通人性的老牛相依为命。

故事就这么单纯平实,但它又与丰富相通。余华是一位在写作中追求单纯的作家,在他看来,单纯简洁是最高的艺术原则。他甚至认为:一位艺术家最大的美德是两种,"一种是单纯,一种是丰富。假如有人同时具备了这两种,他肯定就是大师了"①。撇开作者的原意阐释赋予的"先有""先见"而直入文本,从《活着》中读出的则是不确定的意蕴。

《活着》意蕴的不确定性得益于意蕴的"含在"而不是"确指",以及与此相匹配的"本原状态的叙写",即"客观事实的叙述""纯粹客观的叙述"。关于这一点,我注意到了郜元宝先生的论述。他说:我们很难断定余华对自己笔下的苦难人生究竟有怎样的想法和感觉,事实上,余华越是将人间的苦难铺陈得淋漓尽致,他寄寓其中的苦难意识就越是超于某种令人费解的缄默与暧昧。余华小说刻意延迟、回避甚至排除主体对苦难人生与人生的苦难做明确的价值评判和情感渗透,好像站在"非人间的立场",客观冷静地叙述人间的苦难。直观地看,这种叙写方式是一种"不介入的方式",抽去了叙述过程中知性主体和道德主体

---

① 余华、潘凯雄:《新年第一天的文学对话》,《作家》1996 年第 3 期,第 7 页。

的方式,把"无以名状的情感涵容在平面化的叙述中",让苦难以苦难的本原状态呈现出来。余华把他的情感凝固在不事张扬、无须传达、不可转译的某种"前诠释"的原始状态,还置到某种身在其中的"在世""在……之中"的生存原状,融入"活着"这种最直接、最朴素的生存感受,让一切都在存在平面上超于混沌化[①]。

严格地说,《活着》的"本原状态的叙写"——"客观事实的叙述"并不十分纯粹,一是作品携带着作者的人道同情,这一点是不难感受到的;二是福贵历经人生劫难而大彻大悟之后发出的不谐音:

这辈子想起来也是很快就过来了,过得平平常常,我爹指望我光耀祖宗,他算是看错了人,我啊,就是这样的命。年轻时靠着祖上留下的钱风光了一阵子,往后就越来越落魄了,这样反倒好,看看我身边的人,龙二和春生,他们也只是风光了一阵子,到头来命都丢了。做人还是平常点好,挣这个挣那个,挣来挣去赔了自己的命。像我这样,说起来是越混越没出息,可寿命长,我认识的人一个挨着一个死去,我还活着。

由宿命转而自慰,这种"精神胜利法"在透悟人生真谛之时,表现出的是一种消极的人生态度。在此之前的几十年里,福贵是活着不知活着为什么的人,所以才活出混沌的境界。活着的目的太明确,就必然要在生命中注入理想、智慧和向身外拓展的驱动力,但这些是不属于福贵的。福贵凭一己之力,依靠生命的本能承受着并抵抗着悲剧命运的频

[①] 郜元宝:《余华创作中的苦难意识》,《文学评论》1994 年第 3 期。

频袭击,于苦难极限处善待生命。在这个意义上,余华说《活着》是一部高尚的小说。如果没有这一段"不谐音",该多好!这自然是我的一厢情愿,当不得真。

《活着》基本上是本原状态叙写,这种叙写营构的意蕴(意义)无明确指向而又多指向,"怎么看都行"。作者的原意阐释自然是其中之一解,而且我认定它是最基本的意义之所在。张梦阳、夏中义等人的超越原意阐释的否定性批评,深刻地揭示了《活着》意义的另一面,不论你对他们的否定性批评认可到何种程度,有一点是必须坚持的,那就是他们是以否定的方式抵达它的意义的。余华和张梦阳、夏中义等人对《活着》做出的这两种阐释,从相对的两面揭示了传统的中国人,尤其是生活在社会底层的乡村农民的人生态度:与命运抗争的乐观的人生态度和消极忍耐的病态的人生态度。这两种人生态度在一定程度上又与传统的国民性相通。

毫无疑问,《活着》蕴含的思想、意义绝对不限于这些。一是因为《活着》没有走向绝对性的确指,二是因为福贵不是典型人物。福贵因为不是典型人物,就少了典型的局限性而比典型具有更多的可塑性和生长性。典型是"类"的称名,是个别性与普遍性、个别现象与广阔的社会背景统一确定后的特指。典型形象的内涵即使再丰富,它的位置与范围也是确定的。典型的能指和所指明确,具有强烈的指向,其指向的基本意义一旦落实,就不易改变。19世纪以前的文学首功在于典型人物的塑造,并由此发展出关于典型及典型塑造的理论。20世纪文学的重大变化之一,就是不再以塑造典型人物为文学的最高任务。19世纪以前的文学主要以典型形象名,而20世纪的文学,特别是西方的现代主义与后现代主义文学,以及相当数量的拉美文学,却是以作品名,人物在此中丧失了思想、性格、精神,成为物质世界的符号。既然这样,就不能以典型作为最高标准来要求福贵。《活着》写一个极其卑微的农民怎样化解苦难而乐观地"活着"。他是悲剧年代里像他那一类卑微苦命的传统农民如何"活着"的一个标本,他身上虽然体现了中国传统的文化心理、人生态度,但他不代表"当代中国人"。他只是他,在那个年代,他只能以苦难的方式"活着"。他不这样"活着",又能怎样呢?

福贵为何不死

——再论《活着》

在1998年的一次访谈中,余华说:福贵是"我见到的这个世界上对生命最尊重的一个人,他拥有了比别人多很多的死去的理由,可是他活着"[1]。这句话指出了一个事实,做出了一个判断。

一个事实:福贵比别人多很多死去的理由,然而他活着。《活着》是一个名叫福贵的老人对其苦难一生的叙述。在近四十年里,他经受了人间的大悲大难,亲历了一家四代所有亲人的死亡,是一个倒霉透顶的人。他是乡间不大不小的财主徐家的阔少爷,父亲指望他光宗耀祖,重现上辈的辉煌,同时也祝愿他一生既福且贵。徐家对儿子的全部希望都浓缩在"福贵"二字上,这也是乡土中国最高的人生目标。

期望儿子既福且贵,偏偏他既苦且悲,如此天壤之别的反差构成的悲剧命运正是福贵一生的写照。四十年前,阔少爷福贵醉生梦死、荒唐至极,终于遭报应而命走背字,从此,苦难与灾祸频频降临于他,将他一次又一次地逼上绝望的境地。

他的人生厄运是从他的堕落开始的,按照民间的说法,他的遭难与受罪,全是他自作自受的结果。他是远近闻名的败家子,自小顽劣,无

---

[1] 余华:《我能否相信自己》,人民日报出版社1998年版,第219页。

德无信,父亲恨他"不可救药",私塾先生断言他"朽木不可雕也"。长大后,创业理财的本事他一点没学会,倒是无师自通地承袭了其父恶劣的遗风,钻妓院、迷赌场,整日沉溺于嫖娼与恶赌之中,终于将祖产祖业输得干干净净,父亲为之气急攻心从粪缸上掉下来摔死。自此,苦难与厄运像一对难兄难弟紧紧地伴随着福贵。

死亡是极其悲惨的厄运,让人不可思议的是,柔弱的福贵竟然在一次又一次灭顶之灾的打击下,一次又一次地在死亡的边缘止步,于苦难悲伤的极限处善待生命,默默地承受着生命之重而无怨无悔地活着。不仅活着,而且越活越通达。这就不能不让人在对他不幸的命运产生深深的同情之时,又油然升起敬意。为余华把脉,想必他正是从这种情感中赞叹福贵是"这个世界上对生命最尊重的一个人"。因为在《活着》的中文版(1993年)和韩文版(1997年)的序言里,余华就表达了这样的意思:《活着》讲述了"一个人和他的命运之间的友情","写人对苦难的承受能力,对世界乐观的态度"。

但这个被客观性坐实的指认实则是一个主观性很强的判断,它不仅是情感判断,更是价值判断。有了这样一个打通了自然伦理主义和生命本体论的价值定位,福贵的"活着"就不是"赖活",而是"好活"了。但是,如果说福贵本人从一开始就有这种明确的生命意识,那确实是抬举了他。福贵是全凭一己之力,依靠生命的本能并接受中国古老的生存智慧的启示自然而然地活出境界的,即使到了大彻大悟的晚年,他也没有获得这种具有存在主义意味的生命意识。相反,我们倒是从他的人生感慨中品出了"不谐音":"这辈子想起来也是很快就过来了,过得平平常常,我爹指望我光耀祖宗,他算是看错了人,我啊,就是这样的命。年轻时靠着祖上留下的钱风光了一阵子,往后就越过越落魄了,这样反倒好,看看我身边的人,龙二和春生,他们也只是风光了一阵子,到头来命都丢了。做人还是平常点好,挣这个挣那个,挣来挣去赔了自己的命。像我这样,说起来是越混越没出息,可寿命长,我认识的人一个挨着一个死去,我还活着。"

这才是福贵的人生观,既宿命,又自慰。借助"精神胜利法",说到底,还是乡土中国的一种普遍的人生观。用现代的观点来看,福贵的人生顿悟中确实包含着过多的消极因素,但对于在漫长的艰难中苦苦挣扎的中国底层的弱小百姓来说,实在很难否定这种人生态度的合理性及存在价值。

我曾感叹:如果没有这一段"不谐音",该多好!因为在这之前的几十年里,福贵是活着不知活着为什么的人,他从来不追问为何活、如何活,所以才活出混沌的境界。再想想,福贵不这样说,又该怎样说呢?若换成很现代、很哲思的说法,那一准不是福贵。对于福贵,我们更看重的是他在苦难中所体现出的生命力量及精神演变史,而不是过多地去纠结他怎么说。福贵无知无识,他对自己人生态度的真情告白,是乡土民间情感的自然流露,而余华对其的价值判断则是对福贵的生命向度所做的现代陈述。二者互为一体,即使在话语的层面,它们之间也有不少可通约之处。

亟待追述的是福贵的精神史。福贵的精神史是在"生命—人性"的层面展开的,这让习惯了现代启蒙叙事和当代革命叙事的中国读者多少有些意外。《活着》一改20世纪中国文学凝定的主流叙事传统,没有把一部苦难史写成革命史或思想史,而是写成了朴实的生命精神史。从一开始,余华就没有打算让福贵去承载"社会—历史"与"启蒙—革命"的宏大意义,尽管福贵的苦难史中也映现出战争的血腥、政治的荒诞、精神的恐怖、饥饿与贫困,但这一切都是在福贵的苦难史和精神史的视域展开的。尽管我们从中能够读出残酷、荒谬、反讽,但这一切都不能改变我们对福贵的精神史的追问。

福贵为何不死?为何活着?笔者认为若不进行这样的追问,并通过这种追问去揭开福贵被苦难遮蔽的生命意识,就不可能对福贵的生命意识及精神史有真正的理解与把握。这是解读福贵并进而把握《活着》要义的唯一通道,至少可以说,这是最佳的通道。

福贵为何不死?为何活着?余华有一个经典性的表述,那就是"人是为活着本身而活着,而不是为了活着之外的任何事物所活着"[①]。换言之,"人就是为活着而活着,没有任何其他的理由,这是人和生命最基本的关系,生命要求他活着,他就活着"[②]。这句话怎么读、怎么解都透着生命本能的自然主义的气味,让人不能理直气壮地为福贵的"活着"进行有力的辩护。除此之外,它不仅没有说清楚什么,反而为不少评论家诟病福贵提供了口实。余华都说福贵是为活着而活着,我们还有什么可说的?我相信余华说这句话是有特殊语境的,只有在特殊的语境中,它才会拨开简单性而显现出确定性的意指。但在还没有透析福贵的生命意识及精神史之前,最好将它先悬置起来。

福贵的生命意识及精神史是在"苦难—死亡"的维度展开的,他的"活着"时刻遭受着苦难与死亡的威逼与诱惑,他没有顺从,也没有屈从;他取忍耐、承受的方式,即取"不争之争"的方式,与苦难与死亡进行抗争。我这样说,并不是说福贵从一开始就有主动自觉的承受苦难、抗

---

① 余华:《我能否相信自己》,人民日报出版社 1998 年版,第 146 页。
② 余华语。引自张英《文学的力量》,民族出版社 2001 年版,第 9 页。

福贵为何不死

拒死亡的生命意识与勇气,相反,在猛然跌入苦难与死亡之门时,福贵完全是一副纨绔子弟的落魄相,相当脆弱,不堪一击。苦难与死亡威逼着福贵,然而又启悟了福贵的生命意识。在近四十年的生命历程里,福贵经历了从怕死到家人劝其不死,再到尊重生命而活着的精神演进的过程。

说到福贵为何不死、为何活着,不能不特别提到与福贵生命密切相关的两个女人。这两个女人,一个是他慈善的母亲,一个是他温存的妻子家珍。正是这两个女人,为福贵接通了中国古老的生存智慧。她们是福贵的人生导师,正是她们把福贵从死亡的边缘拉回,用温情唤醒了福贵,用责任开导着福贵,让福贵感悟着生命的责任、生命的意义。当一直向丑恶行走、在嫖赌中讨生活的福贵输光了祖产祖业,失魂落魄地回到家后,父亲气恨交加,声嘶力竭地喊道:"孽子,我要剐了你,阉了你,剁烂了你这乌龟王八蛋!"此时的福贵早已崩溃麻木,心如死灰,但他还是意识到自己非常害怕父亲可能要"剁烂"他。而母亲和妻子此时却给了他活下去的亲情与勇气,妻子安慰他:"只要你以后不赌就好了。"母亲一再劝导他:"人只要活得高兴,穷也不怕。"在往后的艰难岁月里,每当福贵或家庭遭遇不幸时,家珍总是宽慰他好好活着——为自己,更为这个家活着。

一句"人只要活得高兴,穷也不怕",说得人热泪盈眶,全是因为这句极其平常的话里凝结了千年的智慧、千年的情感。听的是话,入的是情,将之溶于生命,足可以化解苦难、超越苦难,在之后的四十年里,福贵就是用这句话夯实了活着的信念。所以,他就能够在被国民党军队抓去拉大炮、当壮丁,接着又被逼当兵的近两年里,紧紧地守着握着活着的信念,天天在心里念叨着要活着回去。这也是他在所有亲人相继先他而去,他却依然活着的根本原因。他始终坚信:即使生活是悲惨的,也要好好地活下去,"家珍说得对,只要一家人天天在一起,也就不在乎什么福分了"。到晚年,孤苦的福贵与一头通人性的老牛相依为命而乐观地活着,在世而超然。

我一下子读懂了福贵,读懂了余华为什么会说"福贵是我这辈子见过的最有理由说他是'活着'的一个人","他的声音应该比所有人群'活着'的声音都要强大得多"①。他是这个世界上对生命最尊重的人。由此,我自然也就理解了余华那句暂时被我悬置起来的经典性表述的要义。余华不是从启蒙的或革命的需要来写福贵,而是从生命存在和人性的角度切入福贵的生命意识及精神史的。这种意义一旦被确定并被建立起来,就与20世纪中国文学的主流思想相悖,而以迂回的方式与生命存在的现代性思想相通。余华在《活着》的前言中说的一段话也可以为之佐证:"正是在这样的心态下,我听到了一首美国民歌《老黑奴》,歌中那位老黑奴经历了一生的苦难,家人都先他而去,而他依然友好地对待世界,没有一句抱怨的话。这首歌深深地打动了我,我决定写下一篇这样的小说,就是这篇《活着》,写人对苦难的承受能力,对世界乐观的态度。"②

以我之见,可能正是这种生命存在的现代思想,使得这本叙写中国人的人生经验和生命意识的小说,首先在西方文学发源地的西欧被接受、被赏识。西方人认为《活着》"这本书不仅写得十分成功和感人,而且是一部伟大的书"。"这里讲述的是关于死亡的故事,而要我们学会

---

① 余华:《我能否相信自己》,人民日报出版社1998年版,第217页。
② 余华:《活着·前言》,南海出版公司1998年版,第3—4页。

的是如何去不死"①。

能够为《活着》所体现的生命存在的现代性思想提供最好例证的近期佳作,是南非著名作家库切的小说。这位荣获了2003年诺贝尔文学奖的作家,在反思种族隔离制度、殖民主义等罪恶的同时,深刻地剖析了人性的不同侧面。库切与局外人,以及被嫌恶、被侮辱与被损害的人心念相通,正是有了这种体验,库切塑造的人物体现了人性的深度。面对压迫和苛政,库切笔下的人物常常显得消极被动,似乎无力反抗,但按照作家的意图,这恰恰是人性避免被完全操纵和吞噬的最后一搏,在不参与的消极状态中进行抵抗是人反抗压迫的最后途径,正应了无为而为的逻辑。透过人的懦弱和失败的表象,库切发现、肯定并且弘扬了人性的闪光点。② 我不敢说《活着》已经达到了与库切的《耻》等长篇小说一样的人性深度,但二者所表现出的思想倾向是相同的。

然而,惯于在启蒙话语和革命话语的框架内思考问题的评论家们可不这样看,他们站在启蒙和革命的立场,以现代知识分子的眼光来审视福贵。他们期待福贵有所行动,去反抗自己的命运,或者愤怒抗争,或者痛不欲生,或者对现实进行质疑并进行形而上的追问,或者至少,他要以死来表达自己的人生态度——以死相抗是中国弱势群体通常在面对强势力量的迫压而取胜不了的情况下,采取的一种抗争方式。

---

① 德国《柏林日报》,1998年1月31日。意大利《共和国报》,1997年7月21日。见《活着》封底,南海出版公司1998年版。

② 石平萍:《关注局外人的诺贝尔文学奖得主库切》,《外国文学》2004年第1期,第4页。

遗憾的是,福贵没有这样去做!福贵经受了败家的悔与恨之后,就再也没有为难过自己了。福贵让这些评论家太失望了,他们对福贵既"哀其不幸",更"怒其不争"。他们眼中的福贵是一个软弱、愚昧、落后的可怜人,认为福贵没有苦难意识,消极受难,屈从于命运而被动地活着,是一个被生活压平了的人、失去了存在价值的人。

否定福贵之后必然要指责余华,自《活着》发表、出版以来,特别是2000年以来,总是不断地有人据此批评余华。而这个天生倨傲、心性甚高的家伙偏偏不接这个茬,对否定性批评始终保持沉默,从不做任何辩解与回应,像没事似的。如果追踪余华这些年在国内国外到处接受访谈、做演讲的忙碌身影,就会发现,他所到之处的言说,一讲到《活着》,讲到福贵,丝毫不改初衷,其要点均是对那句经典性表述的一再阐释与反复强调。这可不可以说,余华是以"不辩之辩"的方式在回应着否定性批评呢?

余华于《活着》之外的言说毕竟不是最重要的,问题的症结在于:福贵为何不反抗?为何不以死抗争?我的一位同事在一篇解读《活着》的文章里对其做了很精彩的论述:"首先我们设身处地想一想福贵一生所经历的是不是事实,我们的回答应该是,福贵的一切努力与挣扎、无奈与隐忍是可能而现实的,福贵不可能去反抗什么,因为每一场灾难的发生,那个真凶都隐形遁迹地躲在事件的背后,所以即使反抗,福贵也找不着目标。福贵对它的叵测居心一无所知,更不料它还会在下一个路口等着他,他只按他对生活的理解去活着,以他和他的亲人们相濡以沫的温情去面对不期而至的苦难。该做的他都做了,只是任凭他怎么努力也摆脱不了苦难而已。面对这样一个卑微而无辜的人,我们除了怜

福贵为何不死

其不幸,还能指责他什么?"①贫穷的农民福贵面对苦难与灾难,只能采取这种隐忍的方式。

我亦持此论。我要强调的一点是,福贵承受苦难、抗拒死亡,取的是"不争之争"的方式。从这个意义上来说,福贵的"活着"是另一种反抗——不是激烈的革命式的反抗,而是用生命的存在化解苦难,进而抗拒死亡的反抗。

读者应该能够读出《活着》着意表现的这种意蕴意向,它毕竟隐含得不深。其实,余华早已在《活着》的序言里非常明确地指出了这一点:

> "活着"在我们中国的语言里充满了力量,它的力量不是来自于喊叫,也不是来自于进攻,而是忍受,去忍受生命赋予我们的责任,去忍受现实给予我们的幸福和苦难、无聊和平庸。作为一部作品,《活着》讲述了一个人和他的命运之间的友情,这是最为感人的友情,因为他们互相感谢,同时也互相仇恨;他们谁也无法抛弃对方,同时谁也没有理由抱怨对方。他们活着时一起走在尘土飞扬的道路上,死去时又一起化作雨水和泥土。与此同时,《活着》还讲述了人如何去承受巨大的苦难,就像中国的一句成语:千钧一发。让一根头发去承受三万斤的重压,它没有断。②

前面已经说过,我和现实关系紧张,说得严重一点,我一直是

---

① 蒋涛涌:《持守与颠覆——〈活着〉的另一种解读》,《安徽大学学报》2002年第26卷增刊,第39页。
② 余华:《活着·韩文版自序》,南海出版公司2003年版,第3页。

以敌对的态度看待现实。随着时间的推移,我内心的愤怒渐渐平息,我开始意识到一位真正的作家所寻找的是真理,是一种排斥道德判断的真理。作家的使命不是发泄,不是控诉或揭露,他应该向人们展示高尚。这里所说的高尚不是那种单纯的美好,而是对一切事物理解之后的超然,对善和恶一视同仁,用同情的目光看待世界。①

遗憾的是,这些批评家没有读出《活着》的意蕴意向,没有读懂余华的解说。不是他们读不懂《活着》及余华的解说,而是他们所持的启蒙立场和批判意识遮蔽了他们的眼光。

福贵为何不死、为何活着,最深层的原因恐怕还是传统文化性格的使然。我曾在《超越原意阐释与意蕴不确定性——〈活着〉批评之批评》一文中,从中国传统文化的两大主干——儒家和道家构建的人生论中,追问了福贵忍受苦难,进而化解苦难、超越苦难而活着的人生态度的历史渊源,以及精神力量的来源。我是在普遍性原则的支持下做出这一历史追问的,它的好处是直接寻出普遍性。但我忽视了普遍性的有效性,没有注意到这一原则的规约性,因而没有充分注意到这一历史追问实际上取消了社会分层与群体分类的处理,忽视了反题的存在,即面对苦难和死亡,不是所有的中国人都能够像福贵这样活着。在人生观与生存方式方面,君王与臣子、文士与军人、志士与豪杰、商人与财主,乃至普通百姓,各有特定阶层的价值取向,他们在对待苦难、荣辱、压迫、生死的态度上,有着明显的区别。譬如,对待死,中国历史上的志

---

① 余华:《活着·前言》,南海出版公司1998年版,第3页。

士仁人和英雄豪杰不畏死,他们各有自己突出的表现。一是宁死不屈之志士,宁可自杀丧失生命,也不愿受其辱、没其志或有愧于心。尤其是在民族存亡和国难当头的危急时刻,他们勇于赴死,明知命绝而不畏惧,或举刀自刎,或举火自焚,或笑赴刑场而不惧。二是"士为知己者死"之仁者,以一死而报知遇之恩。三是"死士",即为了某种承诺、某种原则、某种理念而慷慨赴死。四是洁身自好者,或忧国忧民、怀才不遇,或受谗言,遭贬斥,始终不愿与世俗同流合污而毅然以死谢世。

　　志士仁人和英雄豪杰不畏死有其传统,从孔子的"杀身以成仁",孟子的"舍生取义",到诸葛亮的"鞠躬尽瘁,死而后已",中国的英雄志士将这些传统凝定为一种人生观,即死要死得其所,死要重于泰山。在死是必须时,不死或畏死是可耻的。

　　而中国普通百姓,尤其是贫苦的农民,在生死问题上所抱的态度则是"好死不如赖活"。好活自然要活,赖活也得活,活着,活下去,"不怨天,不尤人"。如此这般,其主要原因有二:其一,中国普通百姓乐生恶死的情感非常强烈,以至于有学者将中国文化概括为"乐感文化","吾国人之精神,世间的也,乐天的也"[①]。避凶死、忌自杀、求善终,已经成为中国普通百姓普遍信奉的人生观。这种人生观使中国普通百姓对生活的苦难、人世的痛苦和不幸的命运有着相当强的忍耐力、承受力,所以,即使是"赖活""歹活""偷活",也要顽强地活着,不轻易采取断然结束生命的自杀行为。其二,更重要的是,中国普通百姓一般皆持有"类我"的人生观。也就是说,个我的生命不全是个人的,而主要是家庭的、

---

　　① 王国维:《红楼梦评论》,引自雷达、李建军主编《百年经典文学评论》,长江文艺出版社2004年版,第14页。

家族的,乃至国家的,这样就在一定程度上抑制了自杀行为。[①] 避害全生,不死而活着就成为占人口绝大多数的中国普通百姓共同遵循的人生观与生存原则。对于他们来说,自杀就是招供,招供自己已经被生活所击垮,或者招供自己不理解生活。一个最有生命力量的人不是选择自杀,而是选择活着。

这里面有农民福贵。不过,余华笔下的福贵形象,已经潜含着作者的意图,这是不难把握的。

[①] 郑晓江:《善死与善终——中国人的死亡观》,云南人民出版社1999年版,第114—127页。

《活着》的两部经典创构始末

《活着》有两部经典:一是长篇小说《活着》,二是电影《活着》,它们都源自对中篇小说《活着》(刊于《收获》1992年第6期)的二度创作。1992年11月,经王斌的推荐,张艺谋决定将余华的中篇小说《活着》改编成电影,并邀请余华参与编剧。在改编过程中,余华吸收了张艺谋和王斌的意见,在原作的基础上增写了近5万字的内容,使之成为近12万字的长篇小说,于是就有了《活着》的第一部经典,1993年11月由长江文艺出版社出版。张艺谋随即将其拍成电影,1994年电影《活着》荣获第47届戛纳国际电影节"评委会大奖"和"最佳男主角奖(葛优)"、全美影评人协会"最佳外语片奖"、洛杉矶影评人协会"最佳外语片奖"、美国电影电视金球奖"最佳外语片提名"等荣誉,当之无愧地进入了中国电影的经典行列,这样就有了《活着》的第二部经典。

这是令人激动的时刻,张艺谋发现了《活着》和余华,余华通过《活着》发现了张艺谋,他们在互相发现、互相感激、互相创造、互相影响中成就了两部经典。小说《活着》为电影《活着》提供了母本,电影《活着》在创构经典的同时,又以它的形象和在国际上的影响力,对长篇小说《活着》的经典创构做出了一份独特而极为重要的贡献。

对于余华来说,有没有长篇小说《活着》,其命运大不一样。没有长篇小说《活着》,余华很可能就不会灵悟出另一部《活着》,即《许三观卖血记》。没有这两部长篇小说经典,余华只会是一个被偶尔提及的先锋小说家;有了这两部长篇小说经典,哪怕他从此什么也不写,也会稳居中国当代最优秀小说家之列。

但是,无论是中篇版《活着》,还是长篇版《活着》,在发表、出版的最初几年里,均处境寂寞,即便是电影《活着》获得了多项国际大奖之后,这种状况也没有得到根本的改变。这说明,它的经典性还有待于继续创构,其价值也还有待于发现。机会终于来了,1995年,随着《活着》的姐妹篇《许三观卖血记》的出版,特别是长篇小说《活着》于1998年获得了意大利最高文学奖——格林扎纳·卡佛文学奖之后,《活着》及余华迅速享誉国际,进而走红国内。由于《活着》及其后的长篇小说《许三观卖血记》用人道主义接通了生命存在的意义,从中国民间的特殊性中体现出人类的普遍性,被称为"20世纪80年代以来中国最优秀的长篇小说经典",余华也因此成为中国当代最知名的作家之一。

当下,如何创构中国当代文学经典,已成为时代的命题,《活着》的经典创构经验,完全可以成为当代作家借鉴取法的范例。

一

1992年4—5月,张艺谋导演的《秋菊打官司》(根据陈源斌的中篇小说《万家诉讼》改编)后期制作全部完成,这是他导演的第五部电影。《秋菊打官司》刚完成,张艺谋立即开始运作下一部电影,计划把王朔的小说《我是你爸爸》改编成电影。由于主演姜文另有安排中途变卦,而这部电影的主演又非他莫属,张艺谋不得不放弃计划。

在讨论《我是你爸爸》时，王斌向张艺谋推荐了余华的中篇小说《河边的错误》。王斌显然看上了这部小说荒诞叙事中蕴含的反讽性内容："我说，这是一部挺哲学的小说，它在一个推理小说的外壳里套装了一个极其精神分析的内容，并使这个看似杀人的故事具有一种对人性及法律的思考。"张艺谋质疑："你不觉得这些理念和这个套子挺'殖民化'么？这些思想和认识我觉得都来源于西方，它不像是我们中国人的事，弄不好还有点西方警匪片的意思。我们今天拍电影，不能再迷恋这些很'殖民化'的理念。那是前几年玩实验电影的事，今天应当老老实实说点咱中国人自己的事儿。"①

多次交换意见后，张艺谋仍然坚持原先的看法，即他对理念化的作品没有兴趣。这时已是1992年11月10日，若找不到合适的作品，势必要影响到次年的拍摄计划，张艺谋很着急。王斌建议先让余华改编剧本，并建议张艺谋与余华见面聊聊，听听余华本人的意见。张艺谋同意。王斌把张艺谋的想法及对《河边的错误》的看法如实转告余华，余华听后非常兴奋。他苦心经营的小说这两年影响有限，很苦恼，如果能有一部小说改编成电影，无疑对扩大自己的知名度和小说的影响有着极大的好处。事实明摆着，莫言的《红高粱家族》、刘恒的《伏羲伏羲》、苏童的《妻妾成群》、陈源斌的《万家诉讼》经张艺谋拍成电影《红高粱》《菊豆》《大红灯笼高高挂》《秋菊打官司》上映后，这四位小说家其人其作迅速红遍全国。

余华表示很愿意与张艺谋合作，有信心根据导演的意图改编剧本。临走，王斌叫余华整理出一份已经发表、出版的作品，他带回去给张艺

---

① 王斌：《活着·张艺谋》，人民文学出版社2011年版，第8页。

谋看看，以便张艺谋更好地了解余华的创作实力。余华在整理作品的过程中，拿出一份中篇小说的清样——《收获》1992年第6期即将刊发的小说，王斌见上面醒目地写着"活着"二字，便问余华："这篇东西能改编成电影吗？"余华很干脆地说："不能！"王斌说："这样吧，我还是把这篇也拿去给艺谋看看，让他了解一下你最新的创作状况，如何？"余华同意："可以，但你们必须尽快还我，因我手头就这一份。"当天晚上，王斌将余华的小说交给张艺谋。

偶然间，主角《活着》登场了。《活着》的演变史及其经典创构史，包括余华新的命运转机，均从这一刻悄然开始。

中篇小说《活着》是一个名叫福贵的乡间老人对其苦难一生的叙述。在近四十年里（从20世纪40年代中后期到80年代初的包产到户），他经受了人间的大悲大难，亲历了一家四代所有亲人的死亡，是一个倒霉透顶的人。他是乡间不大不小的土财主徐家的阔少爷，父亲指望他光宗耀祖，重现上辈的辉煌，也期盼他一生既福且贵，偏偏他是既苦且悲，如此天壤之别的反差构成的悲剧命运，正是福贵一生的写照。四十年前，阔少爷福贵吃喝嫖赌，醉生梦死，荒唐至极，终于遭报应而命走背字，从此，苦难与灾祸频频降临于他，将他一次又一次地逼上绝望的境地。他的人生厄运是从他的堕落开始的，按照民间的说法，福贵是命好而运不好。福贵命好，是因为他生在富贵之家，运不好，是因为他一生几乎与厄运、与死亡相伴。厄运破了福贵的富贵命，注定他一生只能以苦难为生。而他的遭难与受罪，全是他自作自受的结果。他是远近闻名的败家子，自幼顽劣，无德无信，父亲恨他"不可救药"，私塾先生断言他"朽木不可雕也"，"长大了准能当个二流子"。长大后，创业理财的本事他一点没学会，倒是无师自通地承袭了其父恶劣的遗风，钻妓院,迷赌场,整日沉溺于嫖娼与恶赌之中,终于将祖产祖业输得干干净净,父亲为之气死。从此,他忏悔自责,痛改前非,安分守己,但苦难、厄运和死亡像瘟神一样紧紧地纠缠着他:先是他去城里为生病的母亲请郎中,不幸被国民党军队抓去拉大炮,当壮丁,继而被逼当兵,一去近两年,幸亏当了解放军的俘虏,他才从战场上捡回一条命;而母亲在他离家两个月后就病死了,女儿凤霞也因生病变成了哑巴。接着是儿子有庆被医院抽血过多而死,妻子家珍病死,女儿凤霞产后大出血致死,女婿二喜遇难横死,小外孙苦根吃豆子被撑死。一个个亲人相继先他而去,他却依然活着。到晚年,孤独的福贵老人与一头通人性的老牛相依为命。

第二天,张艺谋、王斌和余华见面。张艺谋眼睛里充满血丝,但情绪显得极其饱满且兴奋,急切地说:"我最初是翻余华的其他小说,又翻了余华的长篇小说。时间已经很晚了,我想起王斌告诉我《活着》明天就要还余华,我就拿起来翻了翻。最初我不知道作者究竟要说什么,看着看着,觉得挺有些意思,就一直往下看。看到最后,福贵牵着一头老牛在黄昏里慢慢走远。我觉得,咦!有意思,经受了那么多人生的痛苦和灾难,最后他一个人很平静地走远,这样一种命运的承受力,会使人升华出一种感慨。"①他越说越激动,《活着》蕴含的要义随着他灵性的感觉被逼出,他觉得《活着》有一种站得很高看人生的感觉,会给人一种人生的感慨,会使人彻悟出人生的一些东西。他念念不忘的,就是《活着》中主人公福贵历经忧患和灾难后,孤身一人平静且豁达地牵着老牛远去的那种感觉,认为这是中国人身上所特有的"债多不愁、无怨无悔"

---

① 王斌:《活着·张艺谋》,人民文学出版社2011年版,第11页。

的那种豁达的人生观。

王斌却提出了疑问:"坦率地说,就文学叙述而言,这部作品显然不如余华以前的东西,文字显得有些沉滞和疲惫。但就叙事而言,却是我所看过的余华小说中最讲究故事的有序完整和人物性格刻画的一篇东西。它非常感人地娓娓诉说了一个普通人的命运波折,他承受了人世间最不堪忍受的打击,但仍然坚挺地活了下来。但它同时带来了一个问题,如此众多的灾难和不幸都集中发生在一个人身上,似乎显得有些刻意。这样一来,突然丧失它的真实性而成为一种特例,不太符合大多数中国人的心路历程。"小说的确挺感人,"但看到后来,苦根的死与我的观念完全抵触。我觉得不能再死人了。这样处理,离真实开始有了距离。再就是有庆的死与福贵和春生的意外相逢。这太巧了,所谓'无巧不成书',会有弄巧成拙的感觉"[①]。这也就是张艺谋认为《活着》有些戏剧化的原因。

余华不同意王斌的看法,他认为福贵必须经受这些苦难,小说的意义才能充分地显示出来。作为小说家,他显然迷恋福贵面对苦难和死亡而坚忍承受的精神。考虑到电影最终要服从导演的意图,余华还是放弃了个人的意见。但在改写的长篇小说里,他仍然坚持己见。

最后,张艺谋给出改编《活着》的主导意见,大意是,第一,福贵经受的每一次灾难性的打击,都应该和当时的时代背景有一种暗合的关系。这种关系不能太直接,直接了就变成简单地对某一时代的"控诉"。希望能够处理成看似偶然,但其中蕴含着一种必然的因素,使大多数中国人能够从中感同身受。第二,如何处理苦根的死,显然是个问题。他突

---

① 王斌:《活着·张艺谋》,人民文学出版社 2011 年版,第 18 页。

发奇想:"咱们可不可以让苦根被人拐走了呢?"余华和王斌一致称好。但这个设计到电影拍摄时还是放弃了。第三,增加家珍的戏。小说中,家珍进入中段就基本上没有什么戏了,作为电影,这样就会显得单一,而且不好发展。他建议余华增加家珍的戏,尽可能让她跟着剧情走到最后。第四,二喜在小说中是歪脖子,会在视角上给人不舒服的感觉,而且演员也不好表演。让他是个瘸子,这样他的死就可以设计成因"文革"到处武斗,他跑不快,被人错打致死。二喜被武斗打死的设计,到电影拍摄时也放弃了。

《活着》的大致修改方案就这样敲定。张艺谋自信地说:"《活着》虽然还没拍,但我可以说它肯定成了。这种感觉我过去只有在拍《红高粱》前有过。"①

一个多月后,余华拿出根据张艺谋的意见改编的第一稿。这一稿大大地丰富了小说,尤其是增加了"大跃进"和"文革"的戏,福贵一家的遭遇已和时代背景有了关联,时代感增强。张艺谋看后,又提出了一些非常具体的意见,多属于细节的逻辑问题,并再次强调,家珍的戏还要加强,希望余华再改一稿。

余华以极快的速度拿出第二稿。看了第二稿,张艺谋发现余华很会写戏,那些加进去的东西很有神韵,尤其是1958年的戏。围绕这一稿,主创们的讨论越来越具体,越来越出彩。综合大家的意见,张艺谋又提出具体的修改意见:第一,确定《活着》的主题是"活着的还活着,死去的死了"。说得再通俗点,就是"好死不如赖活着"。并强调《活着》中的生命感就是'苟且'。这是中国人身上所特有的一种很真实的生命

---

① 王斌:《活着·张艺谋》,人民文学出版社2011年版,第20页。

状态"①。第二,解放前的戏坚实,解放后的戏单薄,应该把解放后的内容作为重点。最出彩的是第三点,在影片中增加皮影戏的内容。张艺谋认为原小说和剧本中幽默的"点"或者说"戏眼"太少,他不希望电影拍出来后,仍然是一个让人倍感沉重的戏,于是想在剧中增加些幽默。"幽默其实是一种很高明的智慧;不仅如此,幽默也意味着创作者已获得一种超越的眼光看世界。"②《活着》的基本故事走向不能变,我们只是讨论在什么地方很舒服地搁进皮影戏,但绝不想拿皮影戏造势说事。皮影在影片中只能是低调处理,仅是福贵生存行为的一面,但绝不是主要内容。果然,拍摄中给皮影艺人录唱段时,大家被皮影戏深深地感染而震撼了,王斌感叹:"皮影戏一旦唱起来,便会给人一种非常奇异的感觉。它不仅仅有一种来自黄土地上的纯朴,更有一种富有力度的苍凉,你会觉得中国人几千年的沧桑和痛苦都在这高亢的唱腔中凝聚、升华,然后构成一种震撼灵魂的东西。你会恍惚间觉得那分明就是一种来自灵魂的声音。"③实际的效果是,皮影的设计远超出预期效果,它分明还成为展现人物的个性喜好、生存行为、人生命运和历史变幻的隐喻性的民俗艺术,贯穿影片始终,起到了串联情节、烘托剧情的艺术效果。与此相联系的第四点,由于增加了皮影戏的内容,余华小说的故事发生地,原在南方,现在只能将其改在北方,因为皮影戏诞生于北方。第五,为春生、镇长、有庆、凤霞等人物设计生活化细节,出彩处频出。仅举二例:一例是春生在小说中着墨不多,特别是解放后的春生,在小说中仅

---

① 王斌:《活着·张艺谋》,人民文学出版社 2011 年版,第 32 页。
② 王斌:《活着·张艺谋》,人民文学出版社 2011 年版,第 23 页。
③ 王斌:《活着·张艺谋》,人民文学出版社 2011 年版,第 107 页。

仅是个点缀。张艺谋提出最好将春生作为贯穿性人物,使其间接地参与到福贵和家珍的关系中去,设计春生解放前就与落魄后的福贵一道唱皮影戏,然后又一道被国民党拉壮丁;而后来的有庆之死也与春生直接有关,同时将"大跃进"作为背景,使这一偶然事件变得意味深长。春生因忙于工作,几天几夜没合眼,劳累过度,不慎开车撞倒了一面墙,把同样因劳累过度而睡在墙后面的有庆砸死了。家珍一直迁怒春生,不能原谅他。直到"文革"中春生深夜来向福贵告别,当他透出"不想活了"的想法时,家珍冲出家门,对着在黑夜里远去的春生大声喊道:"春生,你记着,你还欠我们家一条命呢,你得好好活着!"这样一来,春生与福贵和家珍一家的命运、与有庆的死无形中连接在一起了,令人感慨万千!二例是凤霞之死,本来是很悲惨的情节,原作就一句话打发了:"凤霞生下了孩子后大出血,天黑前就断了气。"设计于悲惨的氛围中渲染出荒诞性要素:凤霞在医院生孩子,大夫被"造反派"打倒关进牛棚,一群卫生学校的学生接管医院。家珍不放心,叫二喜从牛棚拉来大夫。大夫因饥饿过度,多吃了几个馒头被撑坏。这一细节的加入,使得一个悲剧情节霎时变得荒诞起来,以其透视"文革"极其荒诞的特征。

不到一个月,余华又写出第三稿。但这一稿仍未达到张艺谋的要求。尽管所有细节的描述完全忠实于讨论的意见,但遗憾的是,这些细节仿佛丧失了生命,显得刻板僵硬。这也难怪,余华是一位非常个性化的小说家,他显然不太适应这种集体智慧的融合。

张艺谋再次召集主创人员讨论剧本。召集主创人员讨论剧本、反复修改剧本是张艺谋的一贯做法。这部影片从剧本的每次修改到影片拍摄过程中的每场戏如何演,几乎都是在充分讨论后确定下来的。他首先总结了前一阶段讨论的失误及剧本存在的问题,然后对症再次设计,终于找到了剧本中蕴含的哲学意味及女主角的性格基调。至此,全剧皆活。设计一:张艺谋十分迷恋小说中老爷子临死前对福贵说的一句话:"我们家原来就是一只鸡,鸡变成了鹅,鹅变成了羊,羊又变成了牛。"他觉得这句话很经典,很贴切地反映了一个小人物之所以要活下来的一个基本理由,那就是"相信生活最终会越来越好"。于是,这句话就成了影片主题的一种延伸。在影片的结尾,让家珍、二喜、馒头(小说中的苦根)一直陪伴着福贵,一家人看着天真稚气的馒头逗着小鸡,福贵给馒头讲:"小鸡长大变成鹅,鹅长大变成羊,羊长大变成牛。"馒头问:"牛以后呢?"家珍说:"牛以后,馒头就长大了。"馒头说:"我要骑在牛背上。"福贵说:"馒头长大了就不骑牛了,就坐火车,坐飞机,那时候,日子就越来越好。"小说描写的极端残忍的死亡故事被阻截了,而以一种日常生活的温馨情调来结束。设计二:家珍的性格一直没有确定下来,这个人物的性格不确定,势必会影响整个剧情。按小说,家珍是贤妻良母,逆来顺受,这与剧本的人物性格走向多有不合。反复讨论后,张艺谋最终确定:家珍不仅仅是一个依顺型的贤妻良母,还是一个有个性的女人,否则她不可能在福贵赌输之夜当机立断选择自己离开。

  第四稿确定由芦苇接手撰写,余华从此淡出剧组。

  经过逾半年时间的剧本创作,《活着》于1993年8月1日正式开机,当年12月12日拍摄结束,1994年2月在日本进行后期制作。紧接着从法国戛纳国际电影节传来消息,《活着》已经入选该电影节的参赛影片,是由台湾地区的制片方送达电影节参赛的。1994年5月12日,随着《活着》荣获第47届戛纳国际电影节"评委会大奖"和"最佳男主角奖(葛优)"等奖项,其经典性先于小说凝定。

二

从电影中抽身而出的余华很快将《活着》由中篇小说改为长篇小说。小说早出,其经典性的凝定却晚于电影。虽然电影《活着》很快获得多项国际大奖,接着又有另一部《活着》,即《许三观卖血记》的出版,二者对长篇小说《活着》的经典创构无疑起到了点题和推波助澜的作用,但直到1998年《活着》获得意大利格林扎纳·卡佛文学奖之后,小说《活着》的经典性才正式凝定,人们在民间化与现代性、民族化与人类性的想象中为它创构了经典性。它畅销不衰,成为当今销量最大的书之一,其印数已过两千万。余华坦言:"在中文世界里,我其他的书不可能超过《活着》,以后也不可能,我这辈子再怎么写,把自己往死里写,也写不出像《活着》这么受读者欢迎的书了,老实坦白,我已经没有信心了。《活着》拥有了一代又一代读者,当当网有大数据,前些日子他们告诉我,在当当网上购买《活着》的人里面有六成多是95后。"[1]现在,喜欢《活着》的读者群中又陆续拥进大批00后。这就是经典的魅力。

随之而来的,是余华研究的升温。在余华研究的众多论文、论著中,《活着》和《许三观卖血记》是被评论最多的两部作品。但我发现,大家在谈论《活着》、评论《活着》时,实际上都是在谈论、评论长篇小说《活着》,而把中篇小说《活着》遗忘了。即使是余华小说的研究者,也很少有人提到这部中篇版《活着》,一般的读者根本就不知道在长篇小说《活着》之外,还有一部中篇小说《活着》,自然也就不知道长篇版《活

---

[1] 余华:《我只知道人是什么》,译林出版社2018年版,第228页。

着》源自中篇版《活着》。

《活着》的两个文本同出一体，为何处境天壤之别？对照两个文本，很容易看出长篇版《活着》基本上沿用了中篇版《活着》的结构、情节，甚至在意蕴、旨趣和情感上，两个文本也具有相当大的一致性，那么，为何中篇版《活着》门庭冷落被人遗忘，而长篇版《活着》却洛阳纸贵，多种版本轮番出版、频繁地加印？长篇版《活着》究竟增加了哪些内容，这些内容是如何参与并最终成就第二个文本，并使之成为经典的？

长篇版《活着》在中篇版原构架内运思创构，依然以福贵的苦难人生作为叙写的重要内容。不过，它的内容、人物形象、意蕴和审美韵味较中篇版有了很大的丰富，原因是它在必要之处和关键之处增写、改写、扩写了一系列非常重要的内容和情节。

新增写部分是增加篇幅最多的部分，其内容是20世纪50年代至70年代的"大跃进""人民公社化"和"文化大革命"，其中还有对三年困难时期的饥荒的描写，主要有三个部分。

其一，关于"大跃进"和"人民公社化"运动的叙写。1958年5月，中共八大二次会议正式通过"鼓足干劲、力争上游、多快好省地建设社会主义"的总路线，全国各条战线立即掀起了以大炼钢铁为中心内容的"大跃进"运动，接着又开展"人民公社化"运动。"大跃进"运动和"人民公社化"运动由于严重违反了经济规律，造成"左"倾错误严重泛滥，国民经济秩序混乱，损失和浪费惊人，结果导致我国国民经济倒退，人民生活极度困难。在《活着》里，这种荒诞的现实描写带有讽刺的味道。人民公社成立，田地全划到人民公社的名下，为了使大家省出时间、力气往共产主义跑，村里办起了公共食堂，队长带着几个人挨家挨户来砸锅，家家户户的柴米油盐全被没收，连养的牲畜家禽都一并充公。公共

《活着》的两部经典创构始末

食堂体现出共产主义的特色,饭菜敞开吃,能吃多少就吃多少,想什么时候吃就什么时候吃。吃得方便、吃得好首先是为了更好地建设社会主义,其具体的任务之一,就是炼钢铁。村里从城里买回一只汽油桶炼钢铁,这些世世代代与土地打交道的农民,谁也没炼过钢铁,不知如何是好。福贵上小学的儿子有庆自作聪明,他把炼钢铁与煮饭联系起来,告诉队长:"煮钢铁桶里要放水",没想到,一个幼稚的头脑一闪而现的荒诞念头却成了大家赞许的科学技术,于是,炼钢铁变成了煮钢铁。钢铁煮了两个月仍硬邦邦的不见烂,全村挨家挨户轮流守着那只汽油桶煮钢铁。国庆节的前一天,轮到福贵家煮钢铁,半夜,疲惫不堪的福贵打起了瞌睡,患病的家珍没有力气给汽油桶及时加水,结果煮烂了桶底。原以为闯下了大祸,没想到意外地立下了大功,因为他家赶在国庆节这天把钢铁炼出来了。好景不长,公共食堂难以为继而散伙,大家赶紧进城买锅重起炉灶,各家过各家的日子。

其二,关于灾荒之年的叙写。这个新增写的部分叙写了三个情节:第一个情节,灾害之年,粮食颗粒无收,家家户户都接近断炊了。福贵卖掉有庆放养的那只心爱的羊,换回40斤米,几个月里,全家就依靠这40斤米掺和野菜和树皮度日。第二个情节,凤霞在田地里挖到一个地瓜,王四欺负凤霞不会说话,趁她不注意时一把将地瓜抢了过去。福贵见凤霞受欺负,与王四发生恶斗。第三个情节,凤霞与王四争地瓜的第二天,此时福贵家断粮已有一个月,重病的家珍挂着根树枝,摇摇晃晃地进城,找她爹要吃的,带回来一小袋米,救了一家人的命。

其三,关于"文化大革命"的描写。这个部分有两个情节:第一个情节,城里来的红卫兵将生产队队长当作走资本主义道路的当权派抓进城里批斗。第二个情节,县长春生被批斗,遭到"造反派"残酷毒打。

新增写的三个部分把中篇小说《活着》隐于故事背后作为背景处理的现实内容拉回到前台，使其构成作品的重要内容。增写了这些内容后，福贵近四十年的苦难人生——落到实处，苦难的现实与苦难的人生相互映现，成为坚实的生命存在。福贵及像福贵一样的中国百姓需要用现实苦难的长度丈量他们承受苦难、抗争苦难乃至消解苦难的力量。

新增写的内容落在现实层面，通向人物的生命存在，而改写和扩写的内容均落在人物情感、性格、道德、精神、形象的描写上。

改写的内容较少，只有两处。第一处是对福贵爹被气死的描写。在中篇小说《活着》里，对福贵爹被气死的叙述很简单：福贵输掉祖产祖业，全家要从几代人居住的屋子里搬出来，"我爹拍拍绸衣上的尘土，伸了伸脖子就往外走。他还没有跨出门槛就一头栽在地上。天黑之前，我爹死了。他是我们徐家最后一个死在这屋里的人"。到长篇小说《活着》，就有了这样精彩的描写：年过花甲、身穿黑颜色绸衣的徐老爷依然保持年轻时的习惯，每天都是双手背在身后慢悠悠地向村口的露天粪缸走去，然后蹲在上面拉屎。"我爹是很有身份的人，可他拉屎时就像个穷人了。他不爱在屋里床边的马桶上拉屎，跟牲畜似的喜欢到野地里去拉屎。"儿子福贵输掉全部家产后，徐老爷气急攻心，从粪缸上掉下来摔死。这段描写把着墨不多的徐老爷的身份、习惯、个性做了传神般的显现。第二处是对家珍去世的描写。在中篇小说《活着》中，家珍死在儿子有庆之后，"过了两天，家珍也死了"。冷冰冰的一句话，就无情地将多情多义、温存心善且与福贵生命不可分离的家珍打发走了，像空气一般消失了。到长篇小说《活着》，余华充分地显示出一位优秀作家的高尚品质，他将家珍的命运改为死在女儿凤霞之后，并对家珍的去世做了极其温情的描写：

《活着》的两部经典创构始末

凤霞死后不到三个月,家珍也死了。家珍死前的那些日子,常对我说:

"福贵,有庆、凤霞是你送的葬,我想到你会亲手埋掉我,就安心了。"

她是知道自己快要死了,反倒显得很安心……人啊,活着时受了再多的苦,到了快死的时候也会想个法子来安慰自己,家珍到那时也想通了,她一遍一遍对我说:

"这辈子也快过完了,你对我这么好,我也心满意足,我为你生了一双儿女,也算是报答你了,下辈子我们还要在一起过。"

家珍说到下辈子还要做我的女人,我的眼泪就掉了出来,掉到了她脸上,她眼睛眨了两下微微笑了,她说:

"凤霞、有庆都死在我前头,我也心定了,用不着再为他们操心。怎么说我也是做娘的女人,两个孩子活着时都孝顺我,做人能做成这样我该知足了。"

她说我:"你还得好好活下去,还有苦根和二喜,二喜其实也是自己的儿子了,苦根长大了会和有庆一样对你好,会孝顺你的。"

家珍是在中午死的,我收工回家,她眼睛睁了睁,我凑过去没听到她说话,就到灶间给她熬了碗粥。等我将粥端过去在床前坐下时,闭着眼睛的家珍突然捏住了我的手,我想不到她还会有这么大的力气,心里吃了一惊,悄悄抽了抽,抽不出来,我赶紧把粥放在一把凳子上,腾出手摸摸她的额头,还暖和着。我才有些放心。家珍像是睡着一样,脸看上去安安静静的,一点都看不出难受来。谁知没一会,家珍捏住我的手凉了,我去摸她的手臂,她的手臂是一截一截地凉下去,那时候她的两条腿也凉了,她全身都凉了,只有胸口还有一块地方暖和着,我的手贴在家珍胸口上,胸口的热气像是从我手指缝里一点一点漏了出来。她捏住我的手后来一松,就瘫在了我的胳膊上。

家珍临死之前与福贵的相互感激,分明也是作者与人物的相互感激,读者与人物的相互感激,读着这样感人的文字,我相信读者也会和我一样,从心底对余华发出深深的感谢。

扩写的内容几乎涉及作品中的所有人物,所占篇幅仅次于新增写部分,因此,这些人物形象都得到了不同程度的丰富。其中,最为突出者为福贵,次为家珍。

福贵是作品中的主角,作者自然要对他格外关注。其实,仅就福贵这个形象来说,中篇版与长篇版的区别并不特别明显,长篇版主要在福贵人生的三个紧要处,进一步渲染并深化了人物的生命意识。第一处,四十年前,阔少爷福贵堕落荒诞,整日钻妓院、迷赌场,无德无性,什么荒唐浪荡的事都干过。他常常让一个胖妓女背着自己从丈人的米行门前经过,见到丈人,总要戏弄一番,气得丈人想钻地缝,足见福贵年轻时是何等的荒唐恶劣。第二处,福贵输光祖产祖业后,从一个阔少爷变成了一个穷光蛋,父亲为之气死。我想,此时的福贵连死的念头都有,但他又缺少死的勇气。以后的日子该怎么过,人该怎么活,他一点主意也没有。这时,有两个女人在他生命中发挥了起死回生的作用,一个是他慈善的母亲,一个是他温存的妻子,她们用温情苏醒了他,劝他好好活着,善待生命,"人只要活得高兴,穷也不怕"。正是她们把福贵从死亡的边缘拉回,让他感受到生命的意义和价值。福贵改邪归正,浪子回头,便登门找赢了他全部家产的赌博师傅、如今的地主龙二租种田地,土地帮他找回了活着的意义,"说起来日子过得又苦又累,我心里反倒踏实了"。找回了活着的意义,也找回了善,在自己生活极度困难的情况下,他仍然善待他家从前的佃户、如今无家可归的长根。第三处,老年的福贵,历经人生的大劫大难而大彻大悟。

增写、改写和扩写最多的第二个人物是家珍。在新增写部分有她的许多描写;在改写的两处中就有一处是关于她的描写,这段改写实际上也是扩写;在扩写福贵及其他人物的描写中我们也总是同她相遇。她不善于表现自己,却让人感到她处处存在,是个灵魂性的人物。只要有她的存在,哪怕是她生病静静地躺在床上,福贵也能感受到来自她情感的力量,再大的痛苦、再大的灾难他也能挺得过去。家珍是个菩萨般的女人,她用温情照拂着福贵和儿女,福贵从心里感激她:"家珍是个好女人,我这辈子能娶上这么一个贤惠的女人,是我前世做狗吠叫了一辈子换来的。"别看她柔弱多病、温情和善,骨子里却是个有心劲的女人。她受到的委屈比福贵多,承受的苦难不比福贵少,可她不呼天喊地寻死寻活,她不声不响地把苦难咽下去,吐出来的则是可以化解一切的温情。她是福贵在经历苦难与死亡频频打击下仍然能够活着的精神支柱,活着的要义里有她的精神存在。当我从增写的情节里听到她劝"文化大革命"中被"造反派"残酷毒打而不想活下去的县长春生时,仿佛又听到她十几年前劝一夜之间变成穷光蛋的福贵要好好活下去的声音:"春生,你要活着。"她唯恐单凭这句话阻止不了春生死的念头,于是又加了一道劲:春生,"你还欠我们一条命,你就拿自己的命来还吧"。言下之意,你可不能死啊,有庆是为了救你老婆死的,你要是死了,谁来偿还我儿子的命。这就是多情多义、温存心善的家珍!

至于为什么要活着,活着为了什么,我想家珍一准回答不好,福贵也回答不好,还是余华说得好,他说《活着》"讲述了人是为了活着本身而活着,而不是为了活着之外的任何事物而活着"①。不过,这句很具哲理的表述怎么看都吐着自然主义的味道,倒是家珍那句很通俗、很民间的"你要活着"更直白、更有深意。家珍用她的情感和精神对"活着"的要义做了无言的诠释,福贵领悟到了,作为读者的我们,是否也领悟到了呢?

据说,马原看过中篇小说《活着》后,没有留下什么印象,对电影《活着》也不满意,很失望,但长篇小说《活着》使他十分吃惊:"那么究竟哪些方面更引人呢?因为长篇版《活着》有着中篇版、电影版所没有的节奏,充满信心,大步往前去;舒缓、平实,具有了可以让人触摸的质感。而这些都是余华先前作品中很难见到的。那么不紧不慢的节奏把读者带入了常态生活里,福贵由小到大到老,几十年如水如梦。刺激无多,自然激动也少,光彩也少,似乎太过平淡。几次心底波澜皆因身边的人或伤或死或痛或残,打击再多,但凡打到福贵身上都显得不够力,因为他不够敏感,反应便不如别人那么有形有声。他一生似乎不认识几个人,那几个人又谁都比他有亮有彩。不同的是,他们都没有活过他,他们闪过之后便消失了。福贵只是微弱地存在着,从未闪烁。但他活着,一直活着,活在最初也活在最后。"马原感叹:"奇怪的是,中篇版、电影版怎么没有这种味道呢?"②

马原的感觉是对的,单纯看中篇版《活着》,也不失为一部优秀之

---

① 余华:《活着·韩文版自序》,南海出版社2003年第2版,第3页。
② 徐林正:《先锋余华》,浙江文艺出版社2003年版,第82—83页。

作,我其至认为,如果运气好的话,像长篇版那样,借助电影《活着》在国际影坛获奖,它也有可能因获得国际文学大奖而走红。但对比两个文本后,这种感觉就出来了。中篇版《活着》叙述单纯简洁,但节奏有时过快,有着容易觉察到的控制意志在起作用。中篇版《活着》是中篇的框架,长篇的内容,矛盾自然要发生。既然中篇的框架难以承载长篇的内容,那只能削足适履,尽可能地将叙述长度和叙述内容控制在中篇框架允许的范围内。这样一来,那些本该进入作品的内容就被拦在了外面,而一些可以发展成情节或丰富情节和人物形象的叙述则一晃而过,直接由起点进入终点,叙述的终止造成了叙述的空缺或叙述的残缺。

而长篇版《活着》首先缓解了作品的结构与其所要表现的内容的紧张关系,在增加了关于"人民公社化"运动、大炼钢铁的"大跃进"运动和"文化大革命"的叙写之后,作品的叙述长度有了很大的延伸。一方面,这种叙述的延伸丰富了作品的现实内容和历史深度;另一方面,这种叙述在长度延伸的过程中,自然而然地把作品的结构也做了适度的扩展,使其与所要表现的内容互为共存,处于和谐状态。其次,它消解了叙述空缺或叙述残缺与其所要表现内容的不和谐关系,在对福贵、福贵爹、家珍、有庆、凤霞、春生、龙二等人物的情感、性格、形象分别做了适度的增写之后,人物形象的丰富性就呈现出来了。[1]

余华是一位追求叙述单纯简洁的作家,在他的观念里,叙述单纯简洁是最高的艺术原则。他认为一位艺术家最大的美德有两种:"一种是

---

[1] 以上文字,参见王达敏《余华论》,上海人民出版社2006年版,第63—73页。

单纯,一种是丰富。假如有人同时具备了这两种,他肯定就是大师了。"①我以为,直到长篇版《活着》,余华的这种叙述风格才充分建立起来。《活着》的叙述单纯简洁而又丰富有力,平实舒缓的叙述里有着音乐般的旋律,显现出自信和从容的品质。余华正是依赖这种看似传统而实际深通现代的叙述,植根于民间中国的现实,进而写出了"真正的中国人",才使《活着》成为中国当代文学经典。

三

　　小说和电影是两种不同的艺术形式,各有其特色优势。小说是语言的艺术,善于用语言来描写、叙述、抒情、运思、刻画人物,其功力甚至可以直达隐秘幽深的内心世界、灵魂世界。电影则是视觉艺术、综合性艺术,长于通过画面、声音和演员的表演,创造出直观立体且更具冲击力的影视作品。二者虽然分制,却完全可以通融同轨,讲述同一个故事,演绎同一个文本,表现同一种思想情感和精神内核。实践证明,两种艺术形式互文互存,相互激发又相互辉映,促进小说和电影得到了更好的发展。此中,小说是母本,是电影依赖的资源,它的质量在很大程度上决定着电影改编的取舍,适合电影改编的优秀小说总会被敏锐的导演首先选中。而电影对被选中的小说的影响,也不仅仅限于提高该小说的影响力乃至扩大作者的知名度,更重要的是,通过对小说的改编,电影实质上是对小说母本的内涵意蕴及其价值做了新的阐释,甚至还会促使小说作者对原作进行再度创作,并使之成为经典,比如余华的

---

① 见余华、潘凯雄《新年第一天的对话》,《作家》1996年第3期,第7页。

《活着》由中篇小说到长篇小说的二度创作便是如此。

中国电影自诞生那天起,就与小说结下不解之缘。一部中国电影史,几乎站满了根据小说改编的影片,毫不夸张地说,没有小说就没有中国电影的发展。而从20世纪80年代开始的中国当代电影的发展更是如此。由中国第四代导演开启、第五代导演狂飙突进的中国当代新电影,其优质的资源和创作灵感多来自小说。其中最突出者是张艺谋,他的电影创作生涯是从与小说结缘开始的,首创者,就是那部为张艺谋同时也为莫言赢得巨大国际声誉的《红高粱》。他追踪当代小说,乐此不疲,每年都要阅读大量小说,即便是休息、睡觉,他也不忘阅读刚刚发表的小说。莫言说:"有一段时间大家开玩笑,说中国如果只剩下一个读者,那就是张艺谋。他在不断地读小说,从小说里寻找灵感,哪部小说使他脑子里的电光闪了一下,故事就出来了。"[①]张艺谋对文学的虔诚和热爱通过他的电影得以淋漓尽致的表现,现在回过头来看,他创作导演的电影绝大多数来自小说,是小说帮助他登上电影的圣殿。为此,他由衷地感叹:"中国电影是由文学驮着往前走的,文学是电影永恒的创作母题。"[②]"文学是母体,没有好的文学基础和文学群体,没有层出不穷的好的文学作品,影视想繁荣,门儿都没有。"[③]莫言更是感同身受,"我觉得小说应该是影视艺术的母本。尽管有的电影、电视剧并不是从小说改编而来的,但文学恐怕还是影视的基础。编剧、导演如果没有一定的文学修养,没有读过几十部小说,不大可能编出有艺术含量的剧本

---

① 莫言:《莫言讲演新篇》,文化艺术出版社2010年版,第348页。
② 王斌:《活着·张艺谋》,人民文学出版社2011年版,第205页。
③ 张艺谋、方希:《张艺谋的作业》,北京大学出版社2012年版,第191页。

来,也不可能拍出很好的电影来。很多大导演,很多好的演员,文学素养都很高"①。

电影《活着》和长篇小说《活着》尽管在故事背景、情节、结构、人物命运特别是结局等方面存在较大差异,并且可以根据这些差异指出各自具体的意图——意义指向,但它们的经典性均超越具体意义指向而通向普遍意义,即两部作品所表现的"活着"中蕴含着既富于民族性又通向人类性的意义,这是它们之所以成为经典的共同原因。

电影《活着》的经典意义主要由张艺谋和王斌给出阐发。张艺谋心智机敏,创意频出,灵悟的穿透力能够直达作品要义,善于通过电影语言把小说中的精神突显出来,其运用电影语言的能力在第五代导演中首屈一指。但他不善于逻辑的理性分析和学术的畅达表述,这个任务就由主创之一的王斌来担任。王斌曾于 20 世纪 80 年代从事过文学评论,1988 年借调到青年电影制片厂,1989 年后进入电影界做过许多影片的文学策划和编剧,还著有长篇小说,是一位悟性与理性、感受与分析兼于一身的作家。张艺谋关于《活着》的经典性的表述,全部落在他关于《活着》主题的定义上,就是"活着的活着,死去的死了"。通俗点说,就是"好死不如赖活",其生命感就是"苟且","这是中国人身上所特有的一种很真实的生命状态"②。话糙直白,其间也没有价值判断。没关系,要点出来了,阐发要义的活由王斌来做。

"好死不如赖活""苟且"是一种消极性的人生态度,《活着》的要义若落在这上面,还有多大意义?王斌接着阐发。其实,他比张艺谋更看

---

① 莫言:《莫言讲演新篇》,文化艺术出版社 2010 年版,第 348 页。
② 王斌:《活着·张艺谋》,人民文学出版社 2011 年版,第 32 页。

重"苟且"："我们过去是用批判的眼光来看待'苟且'，也就是所谓活得窝囊。其实今天再回过头来看，这种被我们所不屑的'苟且'，也是一种人生态度。中国人在不断承受生存重压的情况下，就是这么活着，保护着自己，其中好像有难以言明的道理。我认为这是一种中国人所特有的生存境界，你无法说它是对还是错。我们许许多多的人就是这么活过来的，其中有许多东西令我们感动。"[1]

王斌解说，其实还是张艺谋在说，无非是换个人说，都是一个意思，仍然未见对"苟且"的价值判断。王斌说的这段话是他在进入剧组之初，对《活着》要义的初始把握，而且是接着张艺谋说的。随着半年来参与剧本改编的讨论和四个月的拍摄，他终于走进了《活着》，看透了《活着》。在拍摄最后一场戏时，他对《活着》的感悟阐发，实在精彩，不忍割爱，全文照录：

> 我是到现场之后，才看到这场戏的分镜头。看着看着，我突然觉得心里不禁一动，一种悠久、旷远的感觉从我心底深处升腾而起。我在那一瞬间，仿佛进入了一种静的状态。在这一状态中，我隐隐约约觉得有一种阔大、深远的境界正朦胧间向我渐隐渐显地走来。我知道此刻我的眼眶有些湿润。我长久地说不出话来。那种感觉已经攫住了我并带我超然而去。这不是哀伤，不是痛苦，更不是一种绝望，而是一个人历经苦难后的大彻大悟，一种超越性的人生境界。
>
> 当福贵、家珍面对自己的孙子，平静且达观地诉说着他们从自

---

[1] 王斌：《活着·张艺谋》，人民文学出版社2011年版，第22页。

己的人生境遇中升华出的人生感悟——鸡养大了变成鹅,鹅养大了变成羊,羊再养大了就变成了牛啦。这是一个普通的中国人一种或许是微不足道的人生哲学,可就是凭着这一份简单而普通的念想,他们度过了人世间所有的艰辛、痛苦乃至绝望。生活给予了他们生命的韧性和坚强的耐受力,以及对世事的豁达和宽容。我们过去很不屑地将其称为"苟且",直到今天我才发现所谓的"苟且"中居然还蕴含着一种旷远的人生境界和智慧。①

终于为"活着"翻出超越性的新意:始于消极性的苟且,终于积极性的人生境界。"这就是《活着》的主题,也是事关中国人的生存观和生命观之主题。"②

长篇小说《活着》的经典意义首先由余华给出表述:

> 前面已经说过,我和现实关系紧张,说得严重一些,我一直是以敌对的态度看待现实。随着时间的推移,我内心的愤怒渐渐平息,我开始意识到一位真正的作家所寻找的是真理,是一种排斥道德判断的真理。作家的使命不是发泄,不是控诉或者揭露,他应该向人们展示高尚。这里所说的高尚不是那种单纯的美好,而是对一切事物理解之后的超然,对善和恶一视同仁,用同情的目光看待世界。
>
> 正是在这样的心态下,我听到了一首美国民歌《老黑奴》,歌中

---

① 王斌:《活着·张艺谋》,人民文学出版社 2011 年版,第 172 页。
② 王斌:《活着·张艺谋》,人民文学出版社 2011 年版,第 208 页。

那位老黑奴经历了一生的苦难,家人都先他而去,而他依然友好地对待世界,没有一句抱怨的话。这首歌深深地打动了我,我决定写下一篇这样的小说,就是这篇《活着》,写人对苦难的承受能力,对世界乐观的态度。写作过程让我明白,人是为活着本身而活着的,而不是为活着之外的任何事物所活着。我感到自己写下了高尚的作品。①

活着是生命本身的要求,活着是对生命的尊重,"福贵是属于承受了太多苦难之后,与苦难已经不可分离了,所以他不需要有其他的诸如反抗之类的想法,他仅仅是为了'活着'而'活着'。他是我见到的这个世界上对生命最尊重的一个人,他拥有了比别人多很多死去的理由,可是他活着"。福贵是我这辈子见过的最有理由说他是"活着"的一个人,所以,"他更有理由发出'活着'的声音,他的声音应该比所有人'活着'的声音都要强大得多"②。

曾有多位评论家和作家撰文批评《活着》,他们对福贵既"哀其不幸",更"怒其不争",认为福贵没有苦难意识和反抗精神,只知消极受难,无奈地屈从于命运而被动地"苟活""赖活",是一个软弱、愚昧、落后的可怜人,一个被生命压平了的人、失去了存在价值的人。

这些批评看似在理,实则是思维惯性使然,从而导致他们误读、偏颇。原因是这些评论家和作家惯于在启蒙话语和革命话语的框架内思

---

① 余华:《活着·前言》,南海出版公司1998年版,第3—4页。
② 余华:《我能否相信自己》,人民日报出版社1998年版,第217—219页。

考问题,他们站在启蒙立场和革命立场,以现代知识分子的眼光审视福贵,他们期待福贵有所行动,去反抗自己的命运。他们当然更希望余华通过对福贵的描写,达到对国民劣根性的批判。但《活着》在这两方面都与他们的意愿相悖了。从深层原因上追究,不是他们有意要否定福贵的"活着",而是启蒙话语决定了他们的价值判断。余华显然不是从启蒙的或革命的需要来写福贵,而是从生命存在和人性的角度切入福贵的生命意识及精神史的。福贵面对苦难和死亡而坚忍地活着,是中国普通百姓,尤其是处于生活底层的贫苦农民普遍遵循的人生观和生存原则。其中蕴含着中国人的生命意识和生存智慧,用人道主义接通了生命存在的意义。正是这种生命存在的现代思想,使得这部叙写中国人的人生经验和生命意识的小说,首先在西方文学发源地的西欧被接受、被赏识。德国《柏林日报》1998年1月31日:"这本书写得十分成功和感人,而且是一部伟大的书。"意大利《共和国报》1997年7月21日:"这里讲述的是关于死亡的故事,而要我们学会的是如何不死。"

我关于《活着》的要义即经典意义的理解阐释,还需要下面一段表述方能补足:

> 人要活得有意义、有价值,在面对苦难、不幸、压迫、侮辱、不公,尤其是在民族危亡、国难当头之际,要积极抗争,在生存中实现生命的超越。在需要抗争,而且也能够抗争的情况下,人若放弃了抗争而苟活,就意味着放弃了做人的意义。如果一个人身处苦难与命运之绝境而无可反抗,或者说他的反抗无意义、无价值时,若强求他反抗,恰恰是不人道的。从人性和人道主义的观点来看,此时处于绝境之中而无可反抗的人,若被迫采取了所谓的"苟活"方

式,也是一种合法性的生存权利,不能过于指责。而这个人此时若能采取"不争之争"的隐忍抗争的方式,那一准是有精神和力量在支撑着他。对于这样的人,我们除了同情他的不幸,肯定他的生命精神,还能指责他吗?……在死亡不停地诱逼之下,福贵一次又一次地在死亡的边缘止步,于苦难悲伤的极限处善待生命,默默地承受着生命之重而无怨无悔地活着。人活到这个份上,已经不是苟活,而是敬重生命而好活了。①

这篇在新冠肺炎暴虐武汉进而蔓延全国,合肥随之封城之中完成的文章,让我平添颇多感慨。进入21世纪,2003年的"非典"、2008年的汶川大地震和现在这场还没有结束的新冠肺炎,惊醒了所有的中国人关爱生命、尊重生命、敬畏生命的意识,使整个民族在巨大灾难面前,对"活着"的精义终于有了一致的认知。《活着》的要义及其经典创构竟然还在文本之外的人与大自然暴力肆虐的搏斗中得到了一次又一次的丰富,实乃意外的收获。

---

① 王达敏:《关于〈活着〉的通信》,引自王达敏《批评的窄门》,安徽教育出版社2015年版,第151—152页。

民间中国的苦难叙事
——《许三观卖血记》批评之批评

读了《活着》，再读《许三观卖血记》，我发现这是另一部《活着》。两部小说都是关于当代中国社会普通百姓在苦难和厄运中如何生存、如何活着的故事。两部小说都蕴含着中国人代代相传的知天知命的生命意识和生存智慧，其乡土民间叙事均通向深度的人道主义。所不同者，《活着》是命运交响曲，写倒霉透顶的农民福贵在极其悲惨的命运的打击下，面对家人一个个宿命般地先他而去，他却依然活着，而且越活越超脱；在生与死的命运冲突中，最终是生战胜了死，具有形而上的生命哲学的意味。《许三观卖血记》是苦难交响曲，写身份卑微的工人许三观以卖血抗争苦难而凄惨地活着，体现出世俗化的民间叙事的特点，具有形而下的生活哲学的韵味。

《活着》和《许三观卖血记》是余华的至爱，余华正是凭着这两部小说首先走向世界，继而走红国内的。1998年，《活着》获得了意大利最高文学奖——第17届格林扎纳·卡佛文学奖。从此，《活着》和《许三观卖血记》好评如潮，并开始进入经典运作与建构的阶段，人们在民间化与现代性、民族化与世界性的想象中为它们建立了经典性。与此同时，它们呈现与蕴含的意义的不确定性，又引发出截然相反的两种批评：肯定性批评与否定性批评。这两种批评都以某种人生观、价值观及意识形态作为判断的标准。在自设的语境中,它们的言说都具有一定的合理性。当自设语境与文本语境相合或相近时,其批评在很大程度上切合作品的实际;当自设语境与文本语境不合或相异时,其批评不是对作品做了误读误解,就是强行将作品纳入自设语境之中,逼迫作品就范。说到底,自设语境是一种先定预设、先天为真并且具有排他性的话语系统,尤其是绝对排他性的自设语境,是极力排斥通约性的。而对作品的正确判断与评价,是不能以绝对排他性的自设语境作为唯一视界的。绝对排他性的自设语境内的批评尽管有时也能够在某些方面或某一点上有独到的看法,但它的"独到的看法"常常不仅不能将它的有效性覆盖到整个作品,反而将视界定于一端或一点,从有限的合理走向极端的偏执,影响了批评的正确性。如同《活着》《许三观卖血记》所蕴含的意义也处于明晰又含混、确定又不确定、单纯又丰富的状态,这样就为各种批评提供了建构自设语境的可能性。我以为,正是这种意义表面处于确定性的"显在",而实际上处于不确定性的"含在",在为《许三观卖血记》造就了经典性的同时,也为批评预设了不确定性。批评的不确定性不断撑大了《许三观卖血记》的意蕴和意义的边界,丰富了它的内涵,无论是肯定性批评还是否定性批评,都对它的意蕴做了真正意义上的发掘。我做批评之批评,是想在拆除绝对排他性的自设语境的情况下,努力抵达《许三观卖血记》的苦难叙述之中,去体会、去把握它真正的真实。

一

我在《超越原意阐释与意蕴不确定性——〈活着〉批评之批评》一

余华论

文中说:"余华是一位不回避对自己的小说做本意阐释的作家,在作品解读方面,他有着异乎寻常的领悟天赋与理性言说的才能。他对他的主要作品差不多都做过解释,有的三言两语,有的专文解说,甚者则一而再,再而三地论及。从情感的力度和阐释的深度来看,他最倾情的小说无疑是《活着》。他对《活着》的本意阐释不是最多,明显少于《许三观卖血记》,却是最到位、最深思熟虑的,所言所论均落到实处。相比较而言,对《许三观卖血记》的阐释常往虚里走。"即使这样,余华对《许三观卖血记》所做的原意阐释,还是对批评家们产生了不容忽视的深度影响。我们不难发现,在作者的原意阐释与肯定性批评之间,其理路和思想有着内在的逻辑联系,因此,解读余华的原意阐释,是通往《许三观卖血记》及其批评的一条必经之路。

余华对《许三观卖血记》做了较多的阐释,其要点有二。

第一,许三观抗争命运,虽然失败,却拥有生命的力量。余华是在回答《活着》与《许三观卖血记》谁更优秀的提问时表达这个看法的:

> 对我来说,福贵和许三观是我的两个朋友,我在生活中曾经与他们相遇过,而且以后还会经常相遇。要说这两个人:福贵是属于承受了太多苦难之后,与苦难已经不可分离了,所以他不需要有其他的诸如反抗之类的想法,他仅仅是为了"活着"而"活着"。他是我见到的这个世界上对生命最尊重的一个人,他拥有了比别人多很多死去的理由,可是他活着。许三观是我另外一个亲密的朋友,他是一个时时想出来与他命运作对的人,却总是以失败告终,但他从来不知道失败,这又是他的优秀之处。所以这两个人都是我生活中重要的人物,至于说他们两人谁更优秀或者说他们的故事谁

更精彩动听,我不知道。①

余华从许三观不知失败,在失败中体现出生命的力量的看法,让我突然想起余华在一次访谈时讲的一个故事。这个来自《圣经》的故事仿佛是专为余华的这个看法预备的,我将其移过来作为余华对许三观看法的注解。

《圣经》里的故事是这样的:有一个人非常富有,有一天这个人突发奇想,带着全家人去了一个遥远的地方,他把自己的全部家产托付给一个他最信任的仆人。他在外面生活了二十年后,人老了,想回来,于是就派一个仆人回去,告诉原先那个管理他家产的仆人,说主人要回来了,结果报信的仆人被毒打一顿,让他回去告诉主人不要回来。可是主人不相信这个结果,他认为自己不应该派一个不够伶俐的人去报信,于是就派另一个仆人回去,这一次报信的仆人被杀了。他仍然不去想从前的仆人是不是已经背叛他了,他又把自己最疼爱的小儿子派去了,认为原先的仆人只要见到主人的儿子,就会像见到他一样,可是儿子也被杀害了。一直到这个时候,他才意识到,过去的仆人已经背叛他了。"这个人向我们展示的不是他的愚笨,而是人的力量。他前面根本不去考虑别人是否背叛自己,人到了这样单纯的时候,其实是最有力量的时候。"②

确实,许三观是在没有明确的抗争意识的情况下,被迫用不断卖血的方式来抗争苦难的。许三观每当遭遇苦难与厄运的袭击而难以挺过

---

① 余华:《我能否相信自己》,人民日报出版社1998年版,第219—220页。
② 余华:《我能否相信自己》,人民日报出版社1998年版,第243页。

去时,卖血就自然而然地成为他唯一的拯救之策。这种被迫抗争之举,正是中国民间底层百姓面对苦难与厄运时普遍采取的应对方式。至于许三观为何反抗,而福贵为何不反抗,我认为余华没有找对原因。问题的关键在于,福贵不是不反抗,而是无可反抗,他即使想反抗,也找不到目标。因为他面对的不是实在的苦难,而是无影无踪的命运。当命运将死亡的灾难一次又一次降临到他全家时,他全然不知那个隐形遁迹在死亡背后的真凶,而且更料不到它还会在下一个路口等着他。他只能按照他对生活的理解去活着,以隐忍抗争的方式,即"不争之争"的方式活着。在生与死的决斗中,一个最有生命力量的人不是选择死亡,而是选择活着。福贵自然不是"苟活",而是在体验了人生的大悲大难,领悟了生命的要义之后,超然乐观地活着。

许三观面对的不是宿命般的命运,而是实实在在的苦难,所以他要采取应对之策,用卖血来救难,否则他就挺不过去。研究《活着》和《许三观卖血记》、福贵和许三观,必须做出这种存在意义上的区分。

第二,《许三观卖血记》是一本关于平等的书。余华在《许三观卖血记》韩文版(1998年)序言中说:"这是一本关于平等的书。"他没有直接说许三观,而是说有这样一个人,他知道的事很少,认识的人也不多,只有在自己生活的小城里行走他才不会迷路。他有一个家庭,有妻子和儿子,同其他人一样,在别人面前他显得有些自卑,而在自己的妻儿面前则是信心十足,所以他也就经常在家里骂骂咧咧。这个人头脑简单,虽然他睡着的时候也会做梦,但是他没有梦想。当他醒着的时候,他追求平等。"他是一个像生活那样实实在在的人,所以他追求平等就是和他的邻居一样,和他所认识的那些人一样。当他的生活极其糟糕时,因为别人的生活同样糟糕,他也会心满意足。他不在乎生活的好坏,但是不能容忍别人和他不一样。"①最后,余华说这个人的名字可能叫许三观。在这里,余华实际指的是许三观们。追求平等是现代意识的体现,可许三观追求的平等,却是人性之恶的表现,这一点也许是余华没有意识到的。当他得知妻子许玉兰婚前和何小勇有过一次生活错误后,为了"平等",他寻找机会也犯了一次生活错误。当偷情之事被揭开之后,他理直气壮地对许玉兰说:"你和何小勇是一次,我和林芬芳也是一次;你和何小勇弄出个一乐来,我和林芬芳弄出四乐来了没有?没有。我和你都犯了生活错误,可你的错误比我严重。"他认定许一乐是何小勇的儿子,心里憋着气,觉得自己太冤,白白地替何小勇养了九年的儿子,于是,他处处刻薄一乐,并严厉地告诉儿子二乐、三乐,要他们长大后,把何小勇的两个女儿强奸了。

这就是许三观追求的平等,这就是心胸狭隘、以复仇的形式平衡心理的许三观。但许三观毕竟不是无赖可耻之徒,从本质上看,他是一个心地善良又心软的人。许三观的人性之恶逐渐消退而人性之善持续上升,是从何小勇发生车祸后,他终于同意让一乐为何小勇喊魂开始,特别是经过"文化大革命"的种种磨难之后,温情地引领着他的人性通向了伦理人道主义。从人性的结构与人性的发展来看,许三观的人性远比福贵的复杂丰富。

二

真正对《许三观卖血记》做出了深入研究的批评,是由批评家们的

---

① 余华:《我能否相信自己》,人民日报出版社 1998 年版,第 137—138 页。

肯定性批评和否定性批评共同完成的。在作者的原意阐释之后，先起的是肯定性批评，然后是肯定性批评与否定性批评并行。肯定性批评以国外媒体的评价和吴义勤、张清华及张梦阳的批评为代表。

肯定性批评1 国外媒体对《许三观卖血记》的意义和意蕴的评价直取要义：法国《读书》杂志认为，这是一部精彩绝伦的小说，是外表朴实简洁和内涵意蕴深远的完美结合。法国《视点》杂志认为，在这里，我们读到了独一无二的不可缺少的和卓越的想象力。法国《两个世界》认为，余华以极大的温情描绘了磨难中的人生，以激烈的形式表达了人在面对厄运时求生的欲望。法国《新共和报》认为，作者以卓越博大的胸怀，以简洁人道的笔触，表达了人们面对厄运时求生的欲望。比利时《展望报》认为，余华是唯一能够以他特殊时代的冷静笔法来表达极度生存状态下的人道主义的人。比利时《南方挑战》认为，这是一个寓言，是以地区性个人经验反映人类普遍生存意义的寓言。[①] 这种言简意赅、直抵实质的点评，虽非专论宏论，但它的批评是深刻精到的。由于它直取要义，同时又将所取要义的表述直接凝定在观点和看法上，这样就使得它实际上直接为其他的批评提供了观点和看法，而事实也确实如此。因此，切不可小视这种点评的力度及影响力。

肯定性批评2 吴义勤的专论《告别"虚伪的形式"——〈许三观卖血记〉之于余华的意义》[②]。吴义勤文章的逻辑起点定在一个视点上，那就是以《许三观卖血记》来认定余华文学创作的"转型"，同时又以余

[①] 徐林正：《先锋余华》，浙江文艺出版社2003年版，第87—88页。
[②] 吴义勤：《告别"虚伪的形式"——〈许三观卖血记〉之于余华的意义》，《文艺争鸣》2000年第1期，第71—77页。

华文学创作的"转型"来确认《许三观卖血记》的意义。余华的文学创作由"虚无"到现实、由先锋到写实,短篇小说《两个人的历史》和中篇小说《一个地主的死》开其端,到长篇小说《活着》和《许三观卖血记》则大功告成。吴义勤对《许三观卖血记》有一份特别的情感,他认为"这是一部奇特的文本,从纯文学的意义上讲它的巨大成功是90年代任何一部其他文本所无法企及的"。它的出现,标志着余华文学创作转型的最终实现。从主题学层面看,《许三观卖血记》的意义有二:一是人的复活,二是民间的发现与重塑。

其一,人的复活。复活者,许三观也。先锋文学阶段,余华小说中的人物是充分抽象化、符号化的存在,到《两个人的历史》《一个地主的死》《活着》和《许三观卖血记》等小说,余华笔下的人物被重新灌注了生命的血液,恢复了人所具有的现实性和人性。特别是许三观,他自动呈现的平凡人生、朴实话语和丰富复杂的性格,已经与民间中国融为一体。吴义勤认为余华对许三观的塑造主要集中在三个维度上:一是对许三观顽强、坚忍的生命力的表现;二是对许三观面对苦难的承受能力和从容应对态度的表现;三是对许三观的伦理情感和生存思维的表现。应该说,吴义勤的眼光是锐利准确的,他对余华的思想倾向和许三观形象意义的把握,基本上与小说的语境吻合。三个维度的表现,全部集中在"卖血"行为及"卖血"背后所生成的精神维度上。对于许三观来说,他对待苦难的唯一方式就是"卖血"。本质上,血是"生命之源",但许三观恰恰以对"生命"的出卖完成了对生命的拯救与尊重,完成了自我生存价值和生存意义的确认。在小说中,"卖血实际上已经升华成了一种人生仪式和人性仪式"。

其二,民间的发现与重塑。首先,《许三观卖血记》重建了一个日常的"民间"空间。小说没有设置尖锐的矛盾冲突,而是以民间的日常生活画面作为作品的主体,民间的混沌、民间的朴素、民间的粗糙甚至民间的狡猾呈现出它的原始生机与民间魅力。在许三观应对苦难的人生境遇中,我们感受到的是他那种来自乡土民间的生活态度和人生境界。其次,《许三观卖血记》体现了先锋作家从贵族叙事向民间叙事的真正转变。吴义勤说,"在我看来,这是一部真正贯彻了民间叙事立场的小说",正因为如此,"我们在《许三观卖血记》中既不会遭遇知识分子启蒙立场所张扬的那种批判性传统,也不会遭遇贵族叙事所抛撒的那种高高在上的怜悯,而只会感动于那种源于民间的人道主义情怀对于人生与现实的真正理解"。这是我乐意接受的一种看法,我在《超越原意阐释与意蕴不确定性——〈活着〉批评之批评》《福贵为何不死——再论〈活着〉》和《从启蒙叙事到民间叙事——以余华的"少爷三部曲"为例》等文章中提出的看法和论述与此不谋而合。

肯定性批评3　张清华的专论《文学的减法——论余华》[①],重在揭示《许三观卖血记》所包含的"人类性"因素。2000年秋末,张清华在德国海德堡大学汉学系客座讲授题为"中国当代文学中的历史叙事及历史意识"的课程时,常询问德国及其他欧洲国家的学者,问他们最喜欢的中国作家是谁,回答中所喜欢最多的是余华和莫言。他问他们,中国当代作家很多,为什么偏偏喜欢余华和莫言,回答是:感觉他们两个与我们的经验最接近。问他们最喜欢的作品是哪部,几乎所有的回答都是《许三观卖血记》。从这一很有意思的事实中,张清华首先想起的是

---

① 张清华:《文学的减法——论余华》,《南方文坛》2002年第4期,第4—8页。

一条有关文学交流的规律,即"经验的最接近"是不同文化背景下的文学能够沟通的一个最重要的条件,认为这不仅是一个"原因",还应该是一个"标准",它表明一部作品所包含的"人类性"的量。而《许三观卖血记》正是这样的作品,"我相信它已经具备了'世界文学'的可能",这表明余华在他的小说写作中,一定选择了一条特殊的道路,即一条特别简便而又容易逾越民族文化屏障的道路。

遗憾的是,张清华对《许三观卖血记》包含的"人类性"因素的看法到此为止,仅仅完成了一个揭示,至于这"人类性"包含了哪些内容,他提而未论。也许他认为这些内容是不言自明的,无须再论。但这一终止,将已经悄悄来到身边的"世界性"也放弃了。"人类性"与"世界性"相通,但"人类性"不等于"世界性","人类性"必须有"现代性"才能转换成"世界性",否则,它必然要受限于自然主义的生成原则。

肯定性批评4　鲁迅研究专家张梦阳先生在《阿Q与中国当代文学的典型问题》一文中对《许三观卖血记》的肯定性批评[①],是从启蒙立场出发的,他认为从阿Q到许三观,贯穿着20世纪"一种新的写作方式"。他分析了当代众多小说,余华的《活着》和《许三观卖血记》是其中作为重点深论的两部长篇小说。但对这两部小说的价值判断,他竟然做出了截然相反的两种批评。他先将《活着》与《阿Q正传》比较,认为《活着》集中笔力雕刻福贵,在表现人物精神上"实现了突破"。福贵继承并凸现了阿Q的乐天精神,说明我们中国人这几十年是如何熬过来的,是怎样乐天地忍受种种苦难,坚忍地"活着"的。正是本根于这种

---

①　张梦阳:《阿Q与中国当代文学的典型问题》,《文学评论》2000年第3期,第43—51页。

精神,阿Q才不致发疯或自杀,福贵也没有跟随他所有的亲人去死,中华民族也才坚韧不拔地顽强延续了五千年。《活着》称得上是一部"洋溢着象征"的真正的小说,福贵乐天地"活着"的精神正是一种"寓居世界方式的象征"。他具有一定的典型性,但是与阿Q相比差距甚大。其症结在于:鲁迅对阿Q的精神胜利法这种"与世界打交道的方式",主要采取批判的态度,深刻地揭示了其负面的消极作用,让人引以为鉴,克服自身类似的弱点。而余华对福贵乐天地"活着"的精神主要采取赞颂的态度,对其负面的内在消极因素缺乏深掘。

关于这一点,我在《超越原意阐释与意蕴不确定性》一文中提出了我的看法与批评。我认为,"《活着》非《阿Q正传》,它们不是一路的小说,各有各的意蕴和潜指。余华也非鲁迅,这两篇小说表现了他们不同的写作立场和本意设置。两条不会相交的平行线,硬是要以一个去规定另一个,只会人为地造成批评的失范。以一个作家或一部作品的写法来衡量、规约写作路数乃至写作立场与此相异的另一个作家或另一部作品,乃批评之大忌"。《阿Q正传》是启蒙立场和启蒙语境中的启蒙叙事,意在"要画出这样沉默的国民的灵魂来",以此挖掘并批判国民的劣根性。《活着》是民间立场和民间语境中的民间叙事,意在表现民间中国的生命意识和生存智慧,用人道主义接通生命存在的意义。

接着,张梦阳先生又将《活着》与《许三观卖血记》比较,断言《许三观卖血记》一反《活着》的叙事立场而转为对中国人的"活法"进行了"深入的揭示与严酷的批判",由此而得出结论:"《许三观卖血记》是《活着》的深化,是余华朝前迈出的一大步。作家是通过许三观这个典型形象,从与阿Q既同又不同的另一个更为具象、更为残酷的视角批判了中国人'求诸内'的传统心理与精神机制。"所谓"求诸内",就是拒斥对外界现实的追求与创造,一味向内心退缩,制造种种虚设的理由求得心理平衡和精神胜利。《许三观卖血记》比《活着》深刻之处,"正在于对许三观'求诸内'的负面消极性进行了异常深刻的批判,却又没有采取排斥、嘲笑的态度,令人从许三观的失败和固执中感受到他是个既可悲又可爱的人"。因此,"许三观的典型意义明显高于福贵"。而且,我们通过这一形象还联想和省悟到:"如果不从根本上纠正中国人'求诸内'和追求绝对平等的致命弱点,将心理定式与精神走向扭转为求诸外,在建设中求生存,在竞争中求发展,中国的改革开放事业就不可能成功,或者暂时成功了还会被巨大的惯性拉回老路。这就是许三观的内涵意义,是这个典型形象给予我们的哲学启悟。"

如果说,张梦阳先生对《活着》及福贵的批评是由所持的不同观点所致的话,那么,他对《许三观卖血记》及许三观的批评,就有误读误解之嫌了。因为,无论是作者余华本人,还是作品显现的意蕴和意义,都没有"深入的揭示与严酷的批判"的倾向。你可以不满意许三观的"活法",可以从许三观的"活法"中揭示出中国人"求诸内"的消极性,并且还可以分析这种消极性对社会和人性的发展极为有害,但这一切都不能以曲解作品为前提。

三

否定性批评以夏中义、富华和谢有顺的专论为代表。

否定性批评1 夏中义、富华也持启蒙立场,所不同者,张梦阳从启蒙立场看出《许三观卖血记》的积极意义,而夏中义、富华则从启蒙立场看出《许三观卖血记》的消极意义。看来,用同一立场看待同一部小说

（或事物），也会得出截然相反的看法。夏中义、富华的专论《苦难中的温情与温情地受难——论余华小说的母题演化》[1]，将《活着》和《许三观卖血记》看成同一种性质的小说，对它们均做了在所有批评中最为精彩又最为深刻的批评。两位学者在自设语境中对福贵"温情地受难"并且"生物性"地"活着"进行批判后，接着批评许三观：

说罢福贵，再说许三观，不啻是"活宝"一对。他俩一农一工，一乡一城；一是全家唯一的幸存者，化苦为乐，一是举家患难，苦中作乐，在演示"温情地受难"一案，可谓既"分工"又"协作"。

先说"分工"。笔者曾言作为余华母题基因的"苦难"，本含"境遇层面的生存之难"与"体验层面的存在之苦"；若就小说人物所遭逢的生存困境而言，则又可分"人性之恶"与"人世之厄"。假如说，福贵重在以盲目皈依宿命来忍受"人世之厄"，从而使不堪忍受的人生灾难变得可被忍受；那么，三观则旨在以温情的自我复制来置换"人性之恶"，亦即以终生"卖血"滋润人伦来冲淡"嗜血"之欲所引爆的血亲仇杀。由于福贵、三观皆能艺术地做到"足恃于内，无求于外"，故他们也就能"协作"扛起"温情地受难"这块金匾，不仅"苦难"皆踩脚下，且有大能耐化屈辱为欣慰，化卑微为高贵，比如福贵明明一生多祸且贱，在小说中却俨然成了超越红尘的"真人"；又如三观为成家、保家、养家、救子几近卖完了最后一滴血，却依然豪迈得像阿Q"手执钢鞭将你打"。其实能让三观神气

---

[1] 夏中义、富华：《苦难中的温情与温情地受难——论余华小说的母题演化》，《南方文坛》2001年第4期，第28—39页。

的资本并不厚,因为他倾满腔碧血所凝成的功绩仅仅是为一家子糊口,"活着"而已。诚然,比起孙有才,三观能如此呕心沥血,近乎捐躯地为人夫为人父,任何一个稍知沧桑者都不免感动,甚至潸然泪下,但同时,三观并不识其悲壮,仅仅是在生物学水平做"困兽犹斗",这又未免蒙昧。……故亦可说,若曰《卖血》是另一种"活着",那么,《活着》便是另一种"卖血"。显然,这儿的"血"作为隐喻已属引申义,它并非指在脉管流淌的鲜红稠液,而是指尊严人格在痛感现实苦难时的那份道义的"血"性。然不论福贵,还是三观,人所以为人的那份"血"性,皆已被小说兜售得差不多了。当他们既不直面"人性之恶",同时亦放弃指控"人世之厄",这老哥俩当然也就能乐呵呵地庸碌终生。(第33页)

问题还在于,《许三观卖血记》(包括《活着》)无形中成了"乡土中国的生存启示录"或"本土《圣经》",余华从民俗气息浓郁的"酸曲子、荤故事"中掘出历代农民赖以忍辱负重、绵延至今的那种群体生存理念或乡土智慧,以期诱导当今中国人也能"温情地受难",消极地承受人性之恶、人世之厄。

我在《超越原意阐释与意蕴不确定性》中,从批评主体自设的"先结构"的三个理论支点入题,逐层分析了夏中义、富华关于《活着》的看法与批评的偏误,这些分析也完全适合于批评二位学者关于《许三观卖血记》的看法与批评,此处不再论。

否定性批评 2　谢有顺的专论《余华的生存哲学及其待解的问题》[①],从存在主义的视角研究余华小说。通观全文,不难看出,谢有顺亮出的牌面是存在主义,但牌底仍是启蒙主义。他也把《活着》和《许三观卖血记》看成同一种性质的小说。平心而论,谢有顺对余华小说的整体把握体现出独到的见解,尤其是在逻辑推演中对《活着》与《许三观卖血记》、福贵与许三观所做的灵动而思辨的分析,紧贴着文本和人物,其分析相当到位。但一进入价值判断,那种自我预设的"先结构"——存在主义和启蒙主义就成为他评价《活着》和《许三观卖血记》的潜在原则。

既然取了存在主义的视角,那么就要用存在主义并结合启蒙主义来确认福贵和许三观"活着"的意义。"从存在的意义上说,福贵并非勇敢的人,而是一个被苦难压平了的人。为此,他几乎失去了存在的价值。"到晚年,福贵主动地将那头老牛也称为"福贵",与自己同名,是将自己的存在等同于动物的存在,实际上是对"我是谁"这一问题的放弃,宣布自己从世界中退出,这意味着一个人对自身的存在的自觉放弃。而福贵表现出来的所谓平静,实际上只是一种麻木之后的寂然而已,从中,"我不仅没有读到高尚,反而读到了一种存在的悲哀"。

而到了许三观,他认为这种感觉更加强烈,"这个人,好像很善良、无私,身上还带着顽童的气质,但他同时也是一个讨巧、庸常、充满侥幸心理的人,每次家庭生活出现危机,他除了卖血之外,就没想过做一些其他事情,这有点像一个赌徒和游手好闲者的性格"。到最后,卖血居

---

① 谢有顺:《余华的生存哲学及其待解的问题》,《钟山》2002 年第 1 期,第 106—118 页。

然成了他的本能,"这是个悲剧人物",余华却赋予了他过多的喜剧性,正是这种戏剧性,使苦难丧失了给人物及读者带来自我感动和道德审判的可能。他甚至用加缪笔下的西西弗斯形象来比较许三观,发现二者无论在生命意识上还是在存在质量上,都有着天壤之别。

西西弗斯推石上山是一则希腊神话:诸神为了惩罚西西弗斯,判他把一块巨石不断地推上山顶,石头因为自身的重量又从山顶滚下来。明知这种劳作既无用又无望,但西西弗斯仍日复一日,迈着坚定的步伐,将巨石一次又一次地向山顶推去。存在主义哲学家兼文学家的加缪称"西西弗斯是荒诞的英雄",当他看见巨石一会儿工夫滚到下面世界时,他又得再把它推上山顶。于是他又朝平原走去,"当他离开、渐渐深入神的隐蔽的住所的时候,他高于他的命运。他比他的巨石更强大"。之所以如此,是因为他是"有意识"的,"西西弗斯,这神的无产者,无能为力而又在反抗,他知道他的悲惨的状况有多么深广:他下山时想的正是这种状况。造成他痛苦的洞察力的同时也完成了他的胜利。没有轻蔑克服不了的命运"。而西西弗斯的喜悦和幸福也在这里,尽管他深知巨石还会滚下来,但推石上山的努力本身使他满足。"登上顶峰的斗争本身足以充实人的心灵。应该设想,西西弗斯是幸福的。"[①]加缪坚信人的斗争,哪怕是徒劳的,也是伟大和高尚的。

谢有顺沿着加缪的思路进入比较,他自然是先看到西西弗斯是有意识的存在,"他的命运是属于他的","他是自己生活的主人","他的命运是他自己创造的",他在痛苦面前一直没有失去自我。但福贵和许

[①] 阿尔贝·加缪:《加缪文集》,郭宏安等译,译林出版社1999年版,第706—709页。

三观就不同了，"他们没有抗争，没有挣扎，对自己的痛苦处境没有意识，对自己身上的伟大品质也没有任何发现，他们只是被动、粗糙而无奈地活着；他们不是生活的主人，而只是被生活卷着往前走的人"。他们都是被生活俘虏的人、被动的存在者。

　　这一比较，是形而上的崇高与形而下的卑微的比较，高下优劣一目了然。但谢有顺的论述存在着不甚合理之处：第一，西西弗斯是形而上的抽象化的存在，而许三观则是形而下的现实的存在，将两种不同的存在强行纳入同一价值体系进行比较，实是找错了比较对象。第二，加缪对西西弗斯的阐释仅仅是一种阐释，我们也完全可以从西西弗斯无怨无悔的生存态度及"无用又无望"的劳作中对其做出相反的判断。即使西西弗斯的神话只有加缪这一种解释，我认为西西弗斯与许三观在本质上仍有着内在的一致性，即面对苦难时，他们或用劳作或用生命之血对苦难与命运做了积极的抗争。第三，至于如何面对苦难、抗争苦难，不同的民族和不同的阶层的人各有不同的应对方式，不能强求一律。对待苦难，积极抗争是一种方式，承受苦难并化解苦难也是一种方式，而取隐忍抵抗的"不争之争"方式，更是中国底层百姓普遍采取的抗争方式。

四

　　苦难是文学的母题，也是余华小说反复渲染的主题。从存在主义的观点看，苦难不是别的，它是人类存在的基本状况，人类永远摆脱不了苦难。但人在面对苦难的同时又必须抗争苦难，否则就要被苦难所吞噬。人是在与苦难相处并抗争苦难中成长起来的，从这个意义上来说,苦难永远是人类存在的主题。

苦难有很多的表现形态,其常见的表现形态主要有三:一是由物质性匮乏引起的物质性苦难;二是由不幸的命运或种种权力压迫造成的生存性苦难;三是由价值失范、意义虚无和精神焦虑造成的精神性苦难(又称心灵苦难)。像福贵、许三观这类生活在社会底层的普通百姓,与他们的存在发生关系的苦难,一般是物质性苦难和生存性苦难。

对待苦难,不同的国家和不同的民族的不同阶级、阶层的人,在不同的环境和不同的时代各有不同的态度和应对方法。面对苦难,人为何活,如何活,活在何等水平上、何等境界中,就成为衡量人的生命质量和精神维度的重要标志。

民间中国面对苦难有三种境界:第一种境界,屈服于苦难或厄运而忍辱苟活。第二种境界,承受苦难,与苦难同在,在默默的隐忍或抵抗中化解苦难,做被动式的有限度的抗争。多数处于苦难之中的普通百姓活在这种境界,如许三观。特别要指出的,第二种境界的范围比较大,其存在方式多处于流动状态,具有相当大的不确定性。这种境界最好的走向,是通向生命本真状态,超然乐观地活着,如福贵。第三种境界,主动积极地抗争苦难,在体验苦难中体现出生命的伟大和精神的崇高,并为人类提供可以效仿的理想的道德原则和精神向度。

福贵和许三观活在第二种境界,由于这种境界之中的存在状态和生命意义常处于不确定状态,致使人们对活在这种境界中的人的判断,常常会发生歧义,并出现肯定亦对、否定亦对,或肯定亦错、否定亦错的尴尬局面。如何正确地感受活在这种境界中的普通百姓的情感思想和生命意识,并对其做出既符合文本又符合现实的判断,就成为批评的难题。因为这里没有纯粹绝对的存在,自然也就不可能有绝对性判断。

在这里,绝对性原则只能让位于相对性原则,不然,对福贵和许三观,为何有这么多的歧义?

在中国现当代文学中,第一种境界的苦难叙事一般通向两途:一是伦理叙事,一是启蒙叙事。前者多为民间叙事,后者多为革命叙事。第三种境界的苦难叙事一般也通向两途:一是启蒙叙事,一是宏大叙事,前者指向现实批判,后者通向伟大崇高。而第二种境界的苦难叙事多限于民间叙事,它足踏乡土民间,心系人道伦理和生命本体论,并可在人道主义的引领之下通向人类性和世界性。

《许三观卖血记》是纯粹的民间叙事:许三观与其生命的关系是在"生命—人性"的层面展开的,他的生命历程是一部苦难史。从一开始,余华就没有让民间叙事的《许三观卖血记》及许三观去承载"社会—历史"与"启蒙—革命"的宏大意义,尽管许三观的苦难史中也映现出饥饿与贫困、政治的荒诞与社会的动乱,但这一切都是在许三观的苦难史中自然呈现出来的,是作为苦难叙事的背景材料而存在的。《许三观卖血记》超越了启蒙叙事而走向民间叙事,既不是启蒙呐喊,也不是作为启蒙批判的对象,它是来自民间的生命歌唱。既然如此,我们就不能用启蒙叙事或革命叙事来规约《许三观卖血记》及许三观,用启蒙叙事或革命叙事来解释它(他)们。从上述的种种批评中,我们很容易发现,一旦启蒙话语强行进入《许三观卖血记》之中,对其的批评无论是肯定,还是否定,都与作品的本意不合。而一旦取民间视角、民间立场去看《许三观卖血记》,作品的意蕴及意义就随着批评者的解读而愉快地展开了。

我作如是观、如是说,是想尽可能地贴近《许三观卖血记》的本意,对其构建的意蕴与意义做出正确的评论。至于《许三观卖血记》有没有问题,是否需要批评,这是另一个问题。我只想说,《许三观卖血记》不仅存在着问题,而且问题还不少。以我之见,《许三观卖血记》最大的病症之一,是大量的庸俗低劣而又消极的世俗性描写,压低了人物面对苦难和呈现人性的思想境界,心胸那么狭隘,且品德也很糟糕的许三观后来竟然变得那么高尚,着实让人感到有些突然。由此而生发出的另一病症,是许三观的人性状态能够保证他以卖血的方式被动地抵抗苦难,但不能使他主动地走向阔大的精神境界。"卖血"的十三次变奏,变奏出的仍是苦难。文学展示苦难,更需要展示某种超越苦难的精神。在这一点上,它明显不及《活着》。《许三观卖血记》最大的贡献,是起于苦难叙事,用"卖血"来丈量苦难的长度、强度,以此考量许三观承受苦难、抗争苦难的力度,终于伦理人道主义。此中,善成为主体,成为中心力量。

民间中国的命运叙事
——余华的先锋小说和长篇小说《活着》

尽管我连续地写了三篇论《活着》的文章,但直到最近写《民间中国的苦难叙事——〈许三观卖血记〉批评之批评》时,我才顿悟般地透析了余华小说并有了一个发现:余华《许三观卖血记》之前的小说,具体地说,余华创作于1986—1992年的先锋小说和长篇小说《活着》,从意蕴和思想指向上来看,其主题/母题主要不是写苦难,而是写命运。[①]

尽管评论家们对余华小说的主题/母题早已做了连篇累牍的阐释且形成了定论,认为余华小说的关键词是"暴力""血腥"和"死亡",其始终不变的主题是苦难,"在余华的小说中,我们除了看到作者尽其所

[①] 到目前为止,几乎所有评论余华小说的文章,实际上都是在评论余华1986—1995年创作的小说。如果抽去1995年发表的长篇小说《许三观卖血记》,那么这个时间就要前移至1992年。余华的小说创作依其变化自然划出三个阶段:1983—1986年是"写作的自我训练期";1986—1992年是先锋小说创作时期,余华的先锋小说家地位奠定于此;1992—1995年是余华由先锋叙事转向现实叙事、由启蒙叙事转向民间叙事的时期,其代表作是长篇小说《活着》和《许三观卖血记》。余华因有了这两部当代小说经典,而一跃成为当代知名作家。而此间及其后写作的中短篇小说,则笔纳近距离的现实。

能地渲染苦难之外,还可以看到什么别的东西吗?似乎什么也看不到"①。余华小说的母题,可以用两个词来指称,即"苦难"与"温情"。②圈内知名评论家、学者相互启发而发现的苦难主题被锁定之后,很快就成为定论,成为人们普遍乐于接受的共识。但我依然认为,余华小说(指副标题确定的余华小说,下同)的主题/母题是命运,而不是苦难,余华小说真正以苦难作为主题的,是一部《许三观卖血记》和半部《活着》。《活着》铺展及渲染的是苦难和死亡,而隐于死亡背后并操纵一切的力量,则是无影无踪的命运,以及人性与厄运的韧性抗争;《活着》是悲凉而深沉的命运变奏曲,而暴力、血腥、死亡和苦难则是命运的展开形式。

命运变奏曲

先从文学的苦难主题谈起。

文学的苦难主题所呈现的苦难不是别的,它既是人的存在方式,又是人的体验和意识。作为存在方式,它是人存在的表征,是对人的生命意义和价值的确认;作为体验和意识,它是人的情感、思想和精神的体现,是人在体验苦难且超越苦难中获取的一种崇高的精神向度——苦难意识;它还收纳人性、人道、自由、崇高和美好,并将其播撒于一切存在之中。

---

① 郜元宝:《余华创作中的苦难意识》,《文学评论》1994 年第 3 期,第 89 页。
② 夏中义、富华:《苦难中的温情与温情地受难——论余华小说的母题演化》,《南方文坛》2001 年第 4 期,第 28 页。

因此,苦难与文学结下了不解之缘,并成为文学永恒的主题。

因此,苦难又必然成为噩梦般的苦难年代逝去之后的中国新时期文学叙写的主题。事实证明,新时期文学是从叙写苦难开始,从伤痕文学、反思文学到改革文学再到寻根文学,苦难已经成为反复渲染又层层拓展的深度主题。然而,余华为何偏偏钟情于命运呢?事实上,不仅仅是余华,甚至是整个先锋派作家都偏爱神秘抽象的命运,尤其是不可捉摸的宿命。宿命是先锋派作家手中的一张王牌,潘军坦言:"我就很崇尚一种宿命的东西,我觉得'宿命'某种意义上确实是对命运里的那种不可捉摸的东西进行了一种高度的概括,概括成了一种比较美的形式。"[①]如果将潘军这段表白视为先锋派作家的宣言,我想是不为过的。

先锋派作家不约而同地偏爱命运及命运叙事,绝非偶然之巧合,这是一个思想激进、艺术先锋的写作群体的共同选择,也是一个时代文学的选择。

先锋派作家为何偏走"实在的苦难"而直取"抽象的命运",这与他们的文学观念密切相关。必须指出,上述所说的并不是说先锋派作家冷淡苦难,拒绝叙写苦难,使苦难成为被搁置的缺席者,而是说先锋派作家不再以苦难为中心命题。先锋派作家即使写苦难,也是让苦难与荒诞的现实、虚无的存在和人生的无常互生共存,成为神秘命运的展开形式。在他们看来,现实是不真实的,现实不真实是因为现实是被遮蔽、被解释的。苦难的现实具象性和纯粹客观性拘泥于表象,而表象往往是虚假现实的表征,阻碍着他们"内心真实"的表现,不能让他们从更

[①] 潘军:《坦白——潘军访谈录》,安徽大学出版社2000年版,第11—12页。

高远、更深刻的广面概括更多的内容,直指现实的真实。而命运就不同了,命运的偶然性、不确定性、不可知性和神秘性,使它高高在上又遁迹无形,无影无踪又无处不在,这一切正好与先锋派作家将现实抽象化、实体虚化幻化、人物符号化的艺术主张及艺术实践相合。1989年,余华发表了一篇"具有宣言倾向的写作理论"的文章,题为《虚伪的作品》。其实,它何止是余华的文学宣言,很大程度上,它是整个先锋派作家的文学宣言。在这篇具有叛逆精神的文章中,余华根据自己的创作体验首先提出了一个挑战性、颠覆性的命题:写作是为了更加接近真实,而要达到真实,必须使用"虚伪的形式"。所谓"虚伪",是针对人们被日常生活围困的经验而言的。这种经验使人们沦陷在缺乏想象的环境里,使人们对事物的判断总是实事求是地进行着。这种认识事物的方式难道不对吗?从古至今,人们在绝大多数的情况下都是根据经验对事物做实事求是的判断,但这种认识论在现代主义思潮产生后,受到了前所未有的怀疑与否定。余华的文学观(先锋小说写作阶段)在很大程度上与西方现代主义文学思潮有着内在的一致性。余华认为经验地看待事物,其谬误有三:一是这种经验只对实际的事物负责,它越来越疏远精神的本质,于是真实的含义被曲解也就在所难免。二是当我们就事论事地描述某一事物时,我们往往只能获得事物的外貌,而其内在的广阔含义则昏睡不醒。这种就事论事的写作态度窒息了作家的才华。三是文学所表达的只是大众的经验时,其自身的革命便困难重重。

  发现经验地认识事物的谬误只能导致"表现的真实"之后,就必须寻找新的表达方式。寻找的结果使余华的文学观念及写作态度发生了逆转:不再忠诚于所描绘事物的形态,而开始使用一种"虚伪的形式","这种形式背离了现状世界所提供给我的秩序和逻辑,然而却使我自由地接近了真实"。

　　从认识论的角度来看,余华的这种反叛是从对常识进而对现实生活的怀疑开始的,其怀疑源自作家对自己的小说写作所做的目的论的深度思考。余华承认自己1986年以前所有的思考都是从常识出发的,在无数常识之间游荡,使用的是被大众肯定的思维方式。但是那一年写完《十八岁出门远行》之后,他"隐约预感到一种全新的写作态度即将确立","那时我感到这篇小说十分真实,同时我也意识到其形式的虚伪"。到1986—1987年写《一九八六年》《现实一种》和《河边的错误》等作品时,他的思考突然脱离常识的范围,开始对常识发生怀疑,不再相信现实生活的常识。现实生活是不真实的,这种深度的怀疑与否定导致他对另一部分现实的重视,即对精神现实的重视,认为"真实存在的只能是他的精神"。现实生活是不真实的,只有人的精神才是真实的,"在人的精神世界里,一切常识提供的价值都开始摇摇欲坠,一切旧有的事物都将获得新的意义"[①]。在余华的理论话语中,"精神"是一个特殊的概念,它有时与"现实"相对立,有时则是"真实的现实"。它在另一些文章中不便以"精神"一词出现时,便用"内心""虚无"替代。

　　命运正是这种"虚伪的形式",从人难逃荒诞现实的设陷与捉弄的《十八岁出门远行》《西北风呼啸的中午》《四月三日事件》开始,到人为深藏于内心深处的人性之恶所困的《现实一种》《一九八六年》《河边的错误》《往事与刑罚》,还包括《祖先》,再到叙写神秘宿命的《死亡叙述》《难逃劫数》《世事如烟》《两个人的历史》《命中注定》,再到人最终难逃

[①]　余华:《我能否相信自己》,人民日报出版社1998年版,第158—164页。

悲剧命运的《鲜血梅花》《古典爱情》《祖先》《此文献给少女杨柳》,最后到"立命""正命""知命"的《活着》,余华小说构成了循序渐进、结构严整和乐思(主题)丰富的命运变奏曲。

之所以称余华的先锋小说和长篇小说《活着》组构的是命运变奏曲,是因为在这些小说中,命运已经成为绝对的存在。这个无所不在的"存在者""隐形上帝"操纵着世间的一切,主宰着人的生死祸福。在"我"十八岁出门远行的路上,在西北风呼啸的"活见鬼"的中午,在山岗和山峰两家的相互施暴的残杀中,在算命先生居住的湿漉漉的小镇上,在陈雷三十年前喊出三十年后死亡之声的汪家旧宅里,在阮海阔复仇途中,在富贵之家的后花园里,在福贵的人生中……我们一直能够感觉到命运这个"隐形上帝"的"在场",它超现实的存在。它掌握着人间的一切,在它的魔掌之中,人的生死祸福均是命中注定,劫数难逃。在命运主题的不断提示下,其中的每一篇小说都是对主题的一次变奏,叙写着命运。通过反复变奏,命运主题得到了极大的拓展与丰富。余华小说的命运叙事始于人为命运所陷所困,发展部是漫长黑暗的宿命肆意暴虐,宿命变成人的本体,掌控着人的一切,终于"知命"战胜"宿命",以"活着"战胜"死亡"而告终。

变奏曲是音乐的形式之一,"由代表基本乐思主题的最终陈述及其若干次变化的重复或展开(称为'变奏')所构成的曲式称为变奏曲式"①。其原则为:先奏出一个自成段落的主题,继以一系列的主题变形(变奏),使主题通过许多不同的变奏而得到多方面的发展,从而使主题

---

① 吴祖强:《曲式与作品分析》,人民音乐出版社 2003 年第 2 版,第 192 页。

得到极大的丰富。其图式为：主题→变奏1→变奏2→变奏3……或写成：A+A1+A2+A3……变奏次数根据主题和表现的需要而定，有的多至数十次者。变奏曲式既可以用于独立的乐曲的曲式，常有用变奏曲写成的独立的器乐曲，如贝多芬《c小调三十二次变奏曲》，也可以成为套曲的某个乐章或作为更大型乐曲中曲式结构的一部分。在现代音乐中，它多用于奏鸣曲和交响曲等大型乐曲中。

余华的先锋小说和长篇小说《活着》组构的是一部大型的命运变奏曲，其中的每一篇小说都是命运的一次变奏，而长篇小说《活着》，不仅是这部大型的命运变奏曲的最后一个乐章，通过它的变奏而展现了命运的转机，将命运主题推向高潮，它自身又是一部独立的命运变奏曲。由于《活着》展开的是生与死、知命与宿命的反复搏斗，最后是"活着"战胜了"死亡"，人战胜了命运。因此，它更像一部命运交响曲，而变奏则是其中主要的曲式及表现手法。

命运叙事之一：荒诞存在乃人之命运

余华小说的命运叙事、命运变奏从短篇小说《十八岁出门远行》开始，如果对余华的命运变奏曲的全部小说做学理性概括，不难发现内涵丰富的命运变奏曲的三个重要特征（元素），竟然均滥觞于此。

其一是荒诞性。荒诞性是余华小说的重要标志，它既是现实世界的存在状态，也是人无法逃遁的生存状态，而隐于其间又起着主控作用的则是命运。于是有二。其二是命运常性及其神秘性。谓命运常性是因为命运无处不在，谓命运神秘性是因为命运无影无踪、不可捉摸。它或隐而不现，如《十八岁出门远行》《西北风呼啸的中午》《现实一种》诸篇,或忽隐忽现,如《世事如烟》《命中注定》《古典爱情》诸篇,后者是余华小说命运叙事的主要形式,其数量自然占多数。当命运隐而不现时,荒诞称大,其小说俨然纯粹的荒诞小说,岂不知,它的一举一动始终受"隐形上帝"的遥控。当它忽隐忽现时,荒诞就成为命运运演、操纵、播撒的标识,成为命运展开的形式。其三是命运叙述在民间中国的文化语境中生成,体现出民间性与合法性。

《十八岁出门远行》的荒诞性一目了然:在一个晴朗温和的中午,一位十八岁的青年在父亲的安排下,背起漂亮的红背包出门远行,去认识外面的世界。行走一天的他既没找到旅店,也没搭上汽车,直到黄昏时,才搭上一辆往回开的满载苹果的汽车。好景不长,汽车途中抛锚,一伙不知从何而来的乡民哄抢苹果,拆卸汽车,司机袖手旁观,他上前阻止,却被打得遍体鳞伤,连自己的红背包也被加入抢劫者行列的司机抢走了。直到这时,他可能才意识到这是司机和乡民串通一气设下的圈套。于是,遍体鳞伤的他只好以遍体鳞伤的汽车作为旅店过夜。"我一直寻找旅店,没想到旅店你竟在这里。"

《十八岁出门远行》是余华小说"命运变奏曲"的第一次变奏,第一篇以卡夫卡式的荒诞叙写宿命的荒诞小说。一眼看上去,它不像写宿命,倒是更像写现实的荒诞。身临这荒诞的现实中,感觉所发生的一切都莫名其妙,十八岁的"我"出门远行去认识外面的世界,去哪里?干什么?怎么认识世界?看似有备而来,实际上是无目的、无方向的游走流浪,"随便上哪","反正前面是什么地方对我们来说无关紧要"。行走一天只有中午遇见一次汽车,难道汽车都有意躲开了?黄昏时突然出现运苹果的汽车,汽车途中莫名其妙地抛锚,又莫名其妙地从天而降一伙抢劫者。汽车从何而来?汽车究竟是谁的?抢劫者从何而来?他们与司机是什么关系?还是莫言说得对:"何须问,问就是多管闲事。"①只要看到正在发生的事就行了,至于为什么会发生这种事,小说拒绝回答。这正好符合荒诞叙事与命运叙事的特征,一切既是现实的,又是荒诞的;既是确定的,又是不确定的,不确定才有莫名其妙。余华小说的人物一旦走到这莫名其妙的荒诞世界,就再也回不去了,他们要在这个陌生的世界认识"人性之恶",遭受"人世人厄",承受"生存(命运)之难",体验"存在(灵魂)之苦"。② 这就是人的宿命——人的荒诞的现实命运。

毋庸置疑,《十八岁出门远行》是一篇现实性的荒诞小说,我曾在《新时期小说的非现实性描写》一文中,对荒诞小说的艺术原则和类型做了这样的论述:"荒诞小说以非现实性描写为标识,但是,荒诞小说营构非现实情境,并不以非现实为指归,而是以非现实性描写为叙述策略,将现实非现实化,现实与非现实互指,即非现实是现实的改装,现实的替代形象——现实的象征符号。根据非现实化程度的强弱,可将新时期荒诞小说分为三种类型:现实性的荒诞小说、可能的现实性的荒诞小说、非现实性的荒诞小说。"③现实性的荒诞小说与真实的现实靠近,变形度不大,它一脚踩着现实,一脚又伸入非现实,这种特性决定着它是"轻度荒诞"。而可能的现实性的荒诞小说与现实拉开距离,变形强

---

① 莫言:《清醒的说梦者——关于余华及其小说的杂感》,《当代作家评论》1991年第2期,第31页。

② 夏中义、富华:《苦难中的温情与温情地受难——论余华小说的母题演化》,《南方文坛》2001年第4期,第29页。

③ 王达敏:《新时期小说的非现实性描写》,《文艺评论》1997年第5期,第32页。

度增大,非现实性的形象或情节就会成为小说的主要形象或主要内容。但这些非现实性的形象或情节又具有很强的现实性,具有成为现实的种种可能性。因此,它们是可能的现实性的。紧随其后的《西北风呼啸的中午》就属于这种类型的荒诞小说。

这是一篇纯正的卡夫卡式的荒诞小说:一个西北风呼啸的"活见鬼"的中午,一位满脸络腮胡子的彪形大汉"一脚踹塌了我的房门",将我从被窝里提出来,莫名其妙地给我送来了一个我根本不认识的且"行将死去"的朋友,逼我前去吊唁。我有口难辩,在强力逼迫下参加丧事,"装作悲伤的样子"以示哀悼,无可奈何地为"死鬼"守灵,而且极不情愿地让死者的母亲——一个素不相识也说不上什么情感的老女人成了我的母亲。

小说的虚假性、荒诞性一目了然,暴露无遗,而这虚假荒诞的事件偏偏又是一个名叫余华的亲身经历,余华即身为叙事者的"我"。从现实的角度来讲,存在与不存在是相互否定的关系,虚假的故事(不存在)就不是"我"余华的经历(存在),"我"余华的经历就不是虚假的。二者并存又相互拆解否定,而就是在这相互纠缠否定、弄得人莫名其妙的荒诞情境中,直透了宿命厄运对现实的设陷与捉弄。这个莫名其妙的故事从根本上来说是虚设的,但它又具备了现实的可能性。在现实中,像这种莫名其妙的荒诞的事还少吗?这个沾着死亡气息的故事实际上是现实被抽去外在的逻辑性的虚拟存在,是荒诞叙述命运的又一次变奏。

"出门远行"遭遇厄运,睡在家中天降厄运,而摆脱厄运,唯有逃遁。《四月三日事件》叙写的正是躲避厄运的逃遁:一个患迫害狂的十八岁青年,思维混乱,精神恍惚,在幻觉中感受着无时不在、无处不在的迫害。他感到周围所有的人,包括他的同学、街上的陌生人以及他的邻居、父母都对他充满敌意,都在议论他、监视他并想迫害他,就连邻居家的小孩也"训练有素",与大人一起合伙欺骗他、算计他。他从人们的议论、表情、举止以及黑暗的窗口等幻象中隐隐约约地发现小镇上的所有人在共设一个阴谋:他们要在 4 月 3 日这一天暗害他,置他于死地。感受着巨大的迫害和威胁,他跳上运煤火车出逃了。

  他能逃到哪里去呢?在余华小说构设的现实世界里,人逃到哪里,宿命厄运就追到哪里。荒诞存在已经成为人的命运,人无处隐藏,无法逃遁。在《一九八六年》里,我们将看到逃遁不是人的厄运的终结,而是更大悲剧的开始。

命运叙事之二:人性之恶乃人之宿命

  用荒诞存在来指实人的现实命运,这还是卡夫卡的思路。余华受惠于卡夫卡是事实,但他未受卡夫卡所限也是事实。大约从 20 世纪 80 年代初至 1986 年春,余华迷恋川端康成,几乎排斥了所有别的作家。1986 年春,一个偶然的机会,余华读到了卡夫卡的《乡村医生》,这个短篇小说让他大吃一惊,被深深地震撼了。"我当时印象很深的是《乡村医生》里的那匹马,我心想卡夫卡写作真是自由自在,他想让那匹马存在,马就出现;他想让马消失,马就没有了。他根本不做任何铺垫。我突然发现小说可以这么自由,于是我就和川端康成再见了,我心想我终于可以摆脱他了。"[1]受卡夫卡的启发,余华开始了先锋写作,但他很快就与卡夫卡貌合神离了。卡夫卡对余华的深度震撼,主要是他那种"自

---

[1] 余华:《我能否相信自己》,人民日报出版社 1998 年版,第 252 页。

由自在"的写法,以及将现实世界和人的存在荒诞化的表现方法,而卡夫卡的现实批评精神与20世纪80年代的中国文化批评思潮的契合,无形中也影响了余华这一代作家的思想。余华更多接受的则是民间中国传统的文化资源,他在卡夫卡的思路上稍作停留之后,便立即携带现实信息深潜,直抵中国文化的根部,去做本体论的追问与否定性的叙写。

余华的大多数小说几乎都在表述这样一个形而上的命题:人性之恶乃人之宿命。这不仅是冥冥之中的"他者"主宰操纵使然,也是藏匿于人的内心深处的邪恶所致,其中的《一九八六年》《往事与刑罚》《河边的错误》《现实一种》《祖先》等小说则直接表现了"人是他自己的囚徒"的主题。

这些小说直通人性之恶,但所取路径各有不同。《一九八六年》和《往事与刑罚》将历史抽象化为暴力与人性之恶,它们揭示:暴力源自人性之恶,暴力构成当代中国的一段历史;暴力之恶摧残人性之善和文明;暴力成为历史的存在形式。所不同者,《一九八六年》的"历史抽象化"打通了历史与现实的联系,由在"文革"中被迫害致疯而逃遁的中学历史教师最终又回到小镇,并在暴力本能(欲望)的诱导下,接受暴力对其的"自虐",充分揭示了"人性之恶乃人之宿命"的命题。而《往事与刑罚》的"历史抽象化"则将历史格式化,提出"历史即过去即暴力"的命题。在这篇小说里,历史被抽象化了,抽象化为刑罚,刑罚专家不过是刑罚的承受者、实施者。刑罚即历史,历史即过去即暴力;暴力的历史不仅消灭了现在和将来,还取消了人类文明和智慧的全部内容。所以,刑罚专家才会对陌生人说:我们永远生活在过去,我就是你的过去;你始终深陷于过去之中,永远走不出过去;我的事业就是总结人类的全部智慧,而人类的智慧里最大的部分便是刑罚。刑罚是以恶抗恶的暴力形式,当它成为文明的力量,并异化为以恶抗善、以恶称大,进而以此构成历史内容时,整个历史就被颠倒了。因为,源自文明形式的刑罚,一旦越出特定的边界而暴虐一切时,历史就被格式化了。陌生人和刑罚专家展示的那五个年份日期,用暗示和隐喻的方式排列出当代中国曾经发生过的暴力的历史。

《河边的错误》在疯子的无意杀人与公安人员的有意杀人的对照中构成反讽,其意旨并不是通过一桩无审判对象的杀人凶案引发另一桩执法者的故意杀人案,以此披揭执法者愚弄法律,也不是通过循环杀人(轮回杀戮)的故事制造先锋叙述,而在于揭示人性。疯子反复杀人是一种无意识的暴力本能的召唤,隐含着人性之恶的本源性,而公安人员马哲一时怒起杀掉疯子又何尝不是人的暴力本能的表现?与此类似的《现实一种》,更是将暴力本能和人性之恶暴露无遗,写兄弟间丧失人性的连环报复、循环杀人,从小孩们的无意伤害到大人们有意的互相残杀。山岗四岁的无知小儿皮皮抱着堂弟——一个婴儿晒太阳,不留神摔死了堂弟;婴儿的父亲山峰实施残忍的报复性攻击,踢死侄儿皮皮。变态的山岗处心积虑地虐杀山峰,将山峰绑在树上,往他脚底涂烧烂的肉骨头,让小狗舔他的脚底,致使山峰狂笑而死。山岗因此被枪决。山峰妻子冒充山岗之妻,将山岗的尸体献给国家,使山岗死后尸体被肢解,达到了进一步报复的目的。山岗与山峰两家的自相攻击、自我毁灭,是暴力本能与邪恶欲望对人性的施暴,表现出人性中兽性的、动物性的残酷。对此,余华在《虚伪的作品》中有一段很好的阐释:

我在一九八六年、一九八七年里写《一九八六年》《河边的错误》《现实一种》时,总是无法回避现实世界给予我的混乱。那一段时间就像张颐武所说的"余华好像迷上了暴力"。确实如此,暴力因为其形式充满激情,它的力量源自人内心的渴望,所以它使我心醉神迷。让奴隶们互相残杀,奴隶主坐在一旁观看的情景已被现代文明驱逐到历史中去了。可是那种形式总让我感到是一出现代主义的悲剧。人类文明的递进,让我们明白了这种野蛮的行为是如何威胁着我们的生存。然而拳击运动取而代之,在这里我们可以看到文明对野蛮的悄悄让步。即使是南方的斗蟋蟀,也可以让我们意识到暴力是如何深入人心。在暴力和混乱面前,文明只是一个口号,秩序成为装饰。①

《河边的错误》和《现实一种》直接从人的相互残杀中指认暴力本能与人性之恶,而写于1992年的《祖先》则反其道而行之,它从人与兽的比较中,对"人性之恶乃人之宿命"的命题做了寓言式的演绎。一个懵懂混沌的婴儿被棉袄包裹着放在田埂上,在田里耕作的父母顾不上他,他感到孤独,感到被遗弃的恐惧。从密林深处走来的黑猩猩抚慰着他,给了他温暖。没想到,充满着人性的黑猩猩却被他母亲和乡亲们用刀砍死,且肉被瓜分了。他实在难以理解母亲和乡亲们为何要杀死黑猩猩,"对我来说,他比村里任何人都要来得亲切"。黑猩猩是我们的"祖先",乡亲们砍死了自己的"祖先",吃掉了自己的"祖先",他们已经沦为无人性的"畜生""禽兽"。小说中,"人性之恶"与"兽性之善"在对比性的观照中呈现出反讽性:人行兽性,兽行人性;人比兽恶,兽比人善。现实的人性内容被超现实的兽性内容抽空并改写,但现实的"暴

---

① 余华:《我能否相信自己》,人民日报出版社1998年版,第162页。

力"最终还是无情地扼杀了超现实的"善"。

我以为,余华对"人性之恶乃人之宿命"的叙写到此就终结了,因为在五个月之后的 1992 年 9 月,余华写出了标志着他的创作由先锋叙事向现实叙事、由启蒙叙事向民间叙事转向的长篇小说《活着》。但我仍然看到了与《现实一种》诸篇同一路的小说,它们是 1995 年发表的《我没有自己的名字》和 1997 年发表的《黄昏里的男孩》,前者在平实的叙写中直指人性的麻木与残忍,后者透视人性之恶在现实中的合法性,从中可以看出余华对人性认识的一贯性。

命运叙事之三:宿命变奏(上)

命运变奏曲演进到《世事如烟》《难逃劫数》时,其变奏急转直下而进入"潮湿和阴沉"的宿命主题。

余华在《虚伪的作品》中对此做了论述:

> 从《十八岁出门远行》到《现实一种》时期的作品,其结构大体是对事实框架的模仿,情节段落之间的关系基本上是递进、连接的关系,它们之间具有某种现实的必然性。但是那时期作品体现我有关世界结构的一个重要标志,便是对常理的破坏("世界结构"后应加"的看法"——笔者)……
>
> 当我写作《世事如烟》时,其结构已经放弃了对事实框架的模仿。表面上看为了表现更多的事实("表面上看"后应加"是"——笔者),使其世界能够尽可能呈现纷繁的状态,我采用了并置、错位的结构方式。但实质上,我有关世界结构的思考已经确立,并开始

脱离现状世界提供的现实依据。我发现了世界里一个无法眼见的整体存在,在这个整体里,世界自身的规律开始清晰起来。

……

……于是我发现了世界赋予人与自然的命运。人的命运,房屋、街道、树木、河流的命运。世界自身的规律便体现在这命运之中,世界里那不可捉摸的一部分开始显露其光辉。我有关世界的结构开始重新确立,而《世事如烟》的结构也就这样产生。在《世事如烟》里,人与人,人与物,物与物,情节与情节,细节与细节的连接都显得若即若离,时隐时现。我感到这样能够体现命运的力量,即世界自身的规律。[1]

于是便有了《世事如烟》《难逃劫数》《死亡叙述》《命中注定》《两个人的历史》诸篇,又有了《鲜血梅花》《古典爱情》《祖先》《此文献给少女杨柳》诸篇。从《十八岁出门远行》到《现实一种》等小说,现状世界的现实莫名其妙,被荒诞和人性之恶及种种不可知的神秘力量拆解的现实和人性让人生恐惧而不可信。《世事如烟》之后的小说放大了神秘力量,这种神秘力量已经成为"世界自身的规律",成为主宰人类命运的无形之手。

命运简称命,"命"是中国文化中的一个重要范畴。何谓"命"?李泽厚解"命"为"命运""宿命""命中注定";"命"是偶然性,又具有神秘

---

[1] 余华:《我能否相信自己》,人民日报出版社1998年版,第168—170页。

性，难以预测、把握、知晓、控制，超乎人们的知识和想象。①"命也者，不知所以然而然也者"，即人力所不能控制、难以预测的某种外在力量、前景、遭遇或结果。②民间中国视"命"为至高无上的力量，认为人的富贵贫贱、吉凶祸福、生死寿夭、穷通荣枯，乃至科场中举、货殖营利、婚嫁生子等等，一切在命。故孔子的弟子子夏说："死生有命，富贵在天。"③人依附于命，就要知命，"不知命，无以为君子也"④。

中国人讲"命"，必须连讲"运"，钱穆先生说："当知天下无运不成命，无命不成运。"钱穆先生解"命"释"运"，更注重二者之间的相互关系，"中国社会迷信爱讲命，命指八字言，八字配合是一大格局，这一格局便注定了那人终生的大命。但命的过程中还有运，五年一小运，十年一大运，命是其人之性格，运是其人之遭遇。性格虽前定，但遭遇则随时而有变"。因此，好命可以有坏运，坏命可以有好运，"命虽有定，却可待于运之转"⑤。命是定数，运是变数，变数可以改变定数，对一个人来说，运是很重要的。《中国古代算命术》一书据此引证：有的人八字虽然生得好，可就是一直不走运，碌碌无为地过一辈子。有的人八字虽然生得一般，甚至还有破缺，经常处于逆境之中，可就是碰上那么一两次大运，从而干出一番出人头地的事业。⑥ 也就是说，好运能够松动并化解

---

① 李泽厚：《论语今读》，安徽文艺出版社1998年版，第213—214页。
② 李泽厚：《论语今读》，安徽文艺出版社1998年版，第453—454页。
③ 《论语·颜渊》。
④ 《论语·尧曰》。
⑤ 钱穆：《中国思想通俗讲话》，生活·读书·新知三联书店2002年版，第83—86页。
⑥ 洪丕谟、姜玉珍：《中国古代算命术》，上海人民出版社1989年版，第53页。

坏命,而坏运则会破损好命。

《世事如烟》诸篇中的人物,无论是命好还是命差,均"时运不齐,命途多舛",命中注定他们难逃宿命与厄运联手合谋共设的劫数。宿命无形,需要借助形式,而最好的形式莫过于神秘意识和神秘事象。神秘意识和神秘事象中隐藏的神秘力量是一种超自然、超现实的力量,人一旦落到它手里,便成为任它摆布的玩偶,其生死祸福全由它命定。面对神秘的超自然力量,《世事如烟》里的小镇居民于恐惧中宁可信其有而不可信其无,于是疑神疑鬼,巫风神气弥漫,把原本就湿漉漉的小镇弄得阴森恐怖、鬼气袭人,犹如一座鬼城。在《世事如烟》里,阴界与阳界、现实与非现实不用切换,它们是一体的。在这个世界中,阴气上浮,阳气消退;阴界俘获阳界,占有阳界;非现实压抑现实,改写现实。贯穿其中的是一股无所不在、无所不能的神秘力量。非现实的神秘力量漫过现实,笼罩现实,将灾难、厄运频频降临于每一个人的头上,使所有人都难逃劫数,就连守着阴阳两界的算命先生也是如此。这位年逾九十的算命先生居住的老屋似乎是"一只精心设计的陷阱",凡是走进他这阴气逼人的屋子的人,不是被引向死亡,就是受到他的暗算。他接收着阴界发出的信息,预测着小镇居民的生死祸福,然而他自己也超越不了生命的大限。他按照五行相生相克的原理用去了五个儿子的性命来为自己增寿,又用"采阴补阳术"每星期采一位少女之"阴"以延年益寿,人的"神性"无奈地降格为"动物性",而"动物性"支持不了"神性"。术数有道,然而也有限,算命先生炼不了金刚不坏之身,自然也就难逃命运的限定。《难逃劫数》犹如死亡谷,阴森恐怖,神秘莫测,处处是死亡的陷阱。劫数难逃,因为它是来自超现实的神秘力量,不可知、不可测,但这篇小说中的人物都能以预感和感觉的方式看到别人的劫难,唯独看不到自己的劫难。还有,这里连续发生的灾难是超现实的神秘力量借助他们自己之手实施的。因此,他们既是劫难的制造者,又是劫难的承受者。实际上,其真正的主凶,所有劫数的播撒者,正是宿命。

《命中注定》显然是宿命神秘性的独奏:三十年前的一天,六岁的刘冬生和陈雷溜到汪家旧宅,他们猛然听到一个孩子喊叫"救命",连喊三声。刘冬生确定这是陈雷的喊叫,而一直站在一起的陈雷全然否定。两个孩子吓得脸色苍白,惊慌而逃。三十年后,陈雷死于一起谋杀,他是在汪家旧宅里睡着时被人杀害的。小说取名《命中注定》,暗示了劫数难逃。三十年前的陈雷的"亡灵"喊出了三十年后的陈雷死亡的声音,不是三十年后陈雷的"亡灵"超越时空提前喊出死亡之声,那又是谁在惨叫呢?也就是说,三十年前陈雷的劫难就命定了,无论他怎么逃也逃脱不了,命中注定他三十年后必死于非命,这是他的宿命。

真正让人为之震撼的,却是简单透明、没有一点神秘色彩的纯粹现实性叙写的短篇小说《两个人的历史》。两个人的历史是一种历史的两种结果:少爷谭博一生总是有梦,又赋予行动,结果是越活越窝囊、越活越苦涩。他的悲剧命运随着身份的不断变化而清晰地显示出来:地主家的少爷→思想先进的新潮学生→投奔延安的革命者→解放后任解放军文工团团长→"文革"中被判为反革命分子→1985年离休,孤单一人回家乡度晚年。而下人兰花儿时与谭博一样有梦,后来渐渐少梦直至没有梦,却活出了"满足""幸福"。两个人的历史构成了历史的反讽,意在揭示少爷谭博宿命般的悲剧命运,以其映现出一个时代的悲剧。

命运叙事之四:宿命变奏(下)

《世事如烟》诸篇始终是宿命主题的变奏,本指望《两个人的历史》奏出立命、造命、正命的强音,以此扭转命运变奏曲的走向,而且它也确实呈现出"梦想成真"的运道。遗憾的是,少爷谭博成为革命者后,反而命走背字,运道坎坷,前景灰暗,悲剧定终。谭博的悲剧是其少爷身份与"革命"不相容的矛盾造成的,尽管他年轻时就背叛了所属阶级而投身革命,成为一名革命者,但革命内部对地主阶级的排斥是先定的,尤其在极"左"思想掌控革命的时期更是如此。如此看来,从一开始,谭博的命运就被注定了。《鲜血梅花》《古典爱情》《祖先》《此文献给少女杨柳》诸篇仍然是宿命主题的变奏,所不同者,其一,这几篇小说已经淡化了《世事如烟》诸篇阴森恐怖的神秘力量的成分,取而代之的是玄虚空无的"梦幻"任意漂游。余华自言这五篇小说(包括《往事与刑罚》)"是我文学经历中异想天开的旅程,或者说我的叙述在想象的催眠里前行,奇花和异草历历在目,霞光和云彩转瞬即逝"。它们仿佛梦游一般,"所见所闻飘忽不定,人物命运也是来去无踪"[①]。其二,人物的厄运悲剧已经不完全是"隐形上帝"操纵之结果,而来自偶然性的离间与捉弄,则成为宿命玩弄的把戏,表现了思而不得、求而不得、得而顿失、美梦难圆的思想。

---

① 新世界出版社1999年出版余华的中短篇小说集六种,即《鲜血梅花》《世事如烟》《现实一种》《我胆小如鼠》《战栗》《黄昏里的男孩》。这段文字引自每集前的《自序》。

《古典爱情》统括二义,占尽风流,在四篇中最具代表性。它叙述:一位名叫柳生的穷书生赴京赶考,途中路过一座繁华城市时,不知不觉地走进一户富贵人家的后花园。此时正当盛春,仙境般的后花园姹紫嫣红,奇花异木遍布,水阁凉亭、楼台小榭和假山石屏巧设其间,心旌摇荡的柳生与如花似玉、深居绣楼的千金小姐惠一见钟情。一夜柔情,敲定一桩姻缘,由此演绎出一段才子佳人浪漫自由而又凄凉悲伤的爱情故事。小姐惠剪发作为信物施与柳生,盼望他赴京赶考早去早回,"不管榜上有无功名"。

数月后,柳生落榜而归。城中街市依旧,而小姐家的深宅大院却是断壁颓垣,一片废墟,满目荒凉,小姐的绣楼也不复存在。柳生怅然若失。

三年后,柳生再度赴京赶考。这一年是大荒之年,柳生一路走来,满目尽是荒凉凄惨之景象,昔日繁华的城市疲惫地呈现出败落相。三年下来,小姐的绣楼和她家那气派的深宅大院连断壁颓垣也无影无踪了,眼前只见一片荒地。柳生顿生伤感,不禁感叹世事如烟,富贵荣华转瞬即逝。饥荒之年,粮无颗粒,树皮草根渐尽,百姓们便以人为粮。小姐惠不幸沦落为"菜人"。柳生行至菜人市场,正逢小姐的一条玉腿被砍下卖出。柳生倾其所有赎回了小姐的那条腿,并答应小姐的请求,一刀结果了她的性命,算是报答了小姐的知遇之恩。柳生洗净小姐身体,将她安葬于河边。

数年后,柳生又三次赴京赶考,均榜上无名。屡试不中的柳生彻底断了功名的念头,为一大户人家看坟场。落难的柳生孤独寂寞,常常思念独自安眠于河边的小姐,承受着情感煎熬的柳生终于不辞而别,直奔小姐安眠的河边,决定在此守候小姐了却残生。夜晚,小姐的魂灵现原形与柳生重逢,柳生在虚幻缥缈之中感受着软玉温香的小姐的全部真实。待天亮他睡醒时,小姐已经离去。柳生甚奇,便打开坟冢看个究竟。他看到娇美容颜的小姐正在新生时,知道她不久将生还人世,便一阵喜悦,沉浸在与小姐重逢的美梦之中。恍惚间,小姐又至,她悲戚地对柳生说:"小女子本来生还,只因被公子发现,此事不成了。"说罢,垂泪而别。

  初看上去,这篇小说仿佛是《西厢记》的再版,写才子佳人的爱情故事。因为它具有才子佳人这类作品的基本模式:有赴考的贫寒书生、闺楼怀春的千金小姐、热心牵线的丫鬟,有幽闭温馨的后花园里的一见钟情;自然还有书生与小姐美目欢畅的私会、缠绵婉转、难分难解的分别。但这一切仅仅开了个头,接下去,这古典式的爱情故事就走样了。在传统小说、戏曲、神话和传说中,"私订终身后花园,落难公子中状元"这一叙事模式成为多数作品的母题或功能指向。这类才子佳人的爱情故事,无论怎样坎坷曲折,最终总是以书生金榜题名而导向大团圆结局,表现出"愿天下有情人终成眷属"的思想。即使是悲剧,也会是或人鬼团聚,或生死同穴,或双双化蝶成仙的结局。这篇被颠覆并改写了的"古典爱情"故事却遁入宿命:柳生屡试不中,暗示着他与小姐惠难结百年之好;苦命书生幸走桃花运,转眼间又化为乌有;好不容易盼来了小姐的魂灵可以夜夜与柳生相会,小姐正在新生且不久将生还人世之时,心存疑惑的柳生偏偏要打开坟冢看个究竟,致使小姐死而不能复生,悲剧接着悲剧。

  其他三篇皆然。

命运叙事之五：命运交响曲

命运变奏曲的最后一部小说是《活着》。

《活着》的出现，标志着阴暗悲怆、荒诞宿命的命运变奏曲告一段落，取而代之的是，充满着人性人道和人的力量的旋律成为命运变奏曲的主调。

《活着》是余华文学道路上一个至关重要的标志性作品，根据余华在每篇小说后面标出的写作时间来判断，他的先锋小说写作始于1986年11月的《十八岁出门远行》，终于1992年7月写作、1993年7月发表的《命中注定》。而代表余华创作由先锋叙事转向现实叙事、由启蒙叙事转向民间叙事的第一个文本，应该也是写于1992年7月的《一个地主的死》。指出这一点，是想说明余华小说创作的变化，即一种写作（先锋写作）的终止与另一种写作（民间写作）的开始，是在不知不觉中同时进行的，没有激昂的宣言，没有鼓噪般的喧嚷，像风吹叶落、水遇弯自转一样自然流畅，不着有意为之的痕迹。一旦这种变化生成，其变化前后的作品，又天壤之别。由《一个地主的死》开其端的现实叙事、民间叙事，到《活着》才被经典化，并开出胜境。

不要小看这本薄薄的长篇小说，它的分量足够打造出一位优秀小说家的品牌。对于余华来说，有没有这部小说，可就大不一样了。有了它，余华才有今天享誉国际文坛的盛名，1998年余华因《活着》获得了意大利最高文学奖——格林扎纳·卡佛文学奖而走向国际，转而走红国内，使一度寂寞的余华成为中国当代文坛最知名的作家之一。还是因为有了它，余华不仅在一定程度上避免了其他先锋派作家及其作品备受讨伐乃至否定的不幸命运,而且使自己的创作满盘皆活,并由此进入经典运作与建构的阶段。由于《活着》及其后的《许三观卖血记》写出了"真正的中国人",体现出纯粹地道的"民间中国叙事"的特色,余华进入了创作的新境界。如果没有《活着》,余华很可能会像其他多数先锋派作家那样,昙花一现,再难有新的辉煌;或者守着曾经拥有的"先锋",在幻想怀旧中被现实抛弃。

现在突然冒出来的问题是,余华的先锋小说为何这般阴暗悲怆、荒诞宿命?《活着》为何一改宿命叙写而极力彰显人性人道和人的力量?

关于第一个问题,我认为是20世纪80年代盛行的文化激进主义使然。80年代是启蒙的年代,在拨乱反正、破除现代迷信、清算极"左"思潮和极"左"路线,以倡导思想解放、呼唤现代性并启动现代化建设的社会变革中,文化激进主义应运而生,与思想启蒙相互助力且互为表里,成为所有文化思潮中最有力量的一种社会变革思潮,曾一度处于主控地位,很大程度上左右着整个社会意识形态的状态及其思想走向。其中最明显的例子,莫过于80年代的文化讨论热潮。

80年代的文化讨论热潮,始于1982年,其初衷是如何写好一部中国文化史,填补学科的空白。但是,这种以纯粹的学术研究为目的的文化讨论,到1984年便发生了质变,由此引发了一场以思想文化界为中心并波及全国的文化讨论热潮。从1984年开始,由于社会变革和思想启蒙的迫切需要,文化激进主义直接插手文化讨论,使文化研究的重点由撰写中国文化史转向反思中国传统文化,尤其是反思中国近现代的历史命运。我国长期处于封闭保守的自然状态,几千年来的封建专制统治下形成的思想意识、思维方式、伦理道德和价值观念根深蒂固,人们的思想常常自觉或不自觉地与改革开放中出现的新观念、新思想和

余华论

新事物发生冲突,严重地阻碍着社会的发展。在这些阻力中,最大的阻力恰恰来自改革者自身,来自潜存于民族文化深层结构中的集体无意识力量。文化讨论着眼于现实,其中,探索、解剖并批评中国文化的劣根性是一个重要的主题。

与80年代文化启蒙思潮相呼应并推波助澜的文学创作,也是从1984年开始了对中国传统文化的批评,先是寻根小说在所谓的寻文学之根的名义下发起了大规模的批判民族文化劣根的壮举,接着是源起于形式革命的先锋小说以激进的解构,对传统、历史和现实中的一切存在,包括意义、价值、深度、崇高、理想等终极话语进行彻底的否定,历史的虚无、现实的荒诞、人生的不确定性、生命的无意义等,成为先锋小说反复渲染的主题。

看清了80年代,也就明白了余华的先锋小说为何充满着暴力、血腥、邪恶、黑暗、死亡和宿命。余华在《活着·前言》中说:"我在很长一段时间里是一个愤怒和冷漠的作家",长期以来,"我的作品都是源出于和现实的那一层紧张关系","我和现实关系紧张,说得严重一些,我一直是以敌对的态度看待现实"。而到写作《活着》的1992年时,正是社会转型、文化思潮转向和启蒙退位时代的开始,余华的创作也发生了变化,这是第二个问题。

作家文学创作的变化首先应该是思想的变化,余华坦白:"随着时间的推移,我内心的愤怒渐渐平息,我开始意识到一位真正的作家所寻找的是真理,是一种排斥道德判断的真理。作家的使命不是发泄,不是控诉或者揭露,他应该向人们展示崇高。这里所说的崇高不是那种单纯的美好,而是对一切事物理解之后的超然,对善与恶一视同仁,用同情的目光看待世界。"正是在这种思想的指导下,余华创作了《活着》。

《活着》写人对苦难的承受能力,对世界乐观的态度,"写作过程让我明白,人是为活着本身而活着的,而不是为活着之外的任何事物所活着。我感到自己写下了高尚的作品"①。

如果以为《活着》全是温情脉脉的人性人道和生命力的自由宣泄,那就大错特错了。《活着》依然沉郁悲怆、哀伤凄凉,依然险象环生,充满宿命和死亡。但宿命和死亡的对面已经出现了一个新的力量,即人性和生命的力量。二者相互搏斗,彼此消长,最终是"活着"战胜"死亡","知命"战胜"宿命",它是一部生与死决斗的命运交响曲。

当命运之钟敲响后,《活着》展开了两种力量的冲突与交锋,形成了两个变奏序列,即"死亡变奏序列"和"活着变奏序列"。在《活着》中,尽管"活着"的主题一再响起,但宿命和死亡的力量依然非常强大,龙二的死和春生的死是最好的说明。赌博师傅龙二做手脚赢尽了福贵的祖产祖业后,金盆洗手,神气地做上地主。他做梦也没想到的是,土地改革时,他被当作恶霸地主给枪毙了。临死前,他连连喊冤:"福贵,我是替你去死啊。"而地主少爷福贵正是因为输掉了祖产祖业而保住了性命,想到此,福贵既后怕又庆幸:"毙掉龙二后,我往家里走去时脖子上一阵阵冒冷气,我是越想越险,要不是当初我爹和我是两个败家子,没准被毙掉的就是我了。我摸摸自己的脸,又摸摸自己的胳膊,都好好的,我想想自己是该死却没死,我从战场上捡了一条命,到了家龙二又成了我的替死鬼,我家的祖坟埋对了地方。"很明显,这里是将现实做了宿命的处理,传达出善有善报、恶有恶报的轮回观,作恶多端的龙二命中注定逃不过这一劫。而在战场上死里逃生,打来打去都没被打死,解

---

① 余华:《活着·前言》,南海出版公司 1998 年版,第 3—4 页。

放后当了县长的春生,由于在"文化大革命"中忍受不了诬陷与残酷的毒打,反而自尽了。福贵感叹:"一个人命再大,要是自己想死,那就怎么也活不了。"这里表现的也是宿命观念,只不过是上一例带有命运反讽的意味,而这一例则具有历史反讽的意味。

重要的是,在生与死变奏的主线上,即福贵如何"活着"的主线上,却是"生"战胜了"死"、"知命"战胜了"宿命"。按照民间宿命的说法,福贵是命好运不好。福贵命好,是因为他生于富贵之家;运不好,是因为他一生几乎与厄运死亡相伴。厄运破了福贵的富贵命,注定他一生只能以苦难为生。面对苦难和死亡,福贵一次又一次地在死亡的边缘止步,于苦难悲伤的极限处善待生命,默默地承受着生命之重而无怨无悔地活着。正如李泽厚所说,这便是立命、造命、正命和知命,因而"显示出人的主体性的崇高强大"[①]。

余华的命运变奏曲及命运交响曲到此暂告结束,继之而来的《许三观卖血记》另奏苦难变奏曲,余华写作了近十年至今尚未问世的另一部长篇小说,是命运变奏曲,还是苦难变奏曲,抑或是二者的兼收并蓄,尚不得知,念之盼之。

---

① 李泽厚:《论语今读》,安徽文艺出版社1998年版,第454页。

民间中国的世俗叙事
——余华小说集《黄昏里的男孩》

新世界出版社1999年出版余华的中短篇小说集共六种,即《鲜血梅花》《世事如烟》《现实一种》《我胆小如鼠》《战栗》《黄昏里的男孩》,共收集余华1986—1998年创作的中短篇小说三十四篇,差不多将余华在这期间创作的中短篇小说全部收齐。前五种中除《我胆小如鼠》这个短篇写于1996年以外,其他均写于1986—1992年,且绝大多数为先锋小说。1986—1992年余华由"写作的自我训练期"(1983—1986年)直入"先锋小说创作期",余华的先锋小说家地位奠定于此时。从1992年开始,余华由先锋叙事转向现实叙事、由启蒙叙事转向民间叙事/世俗叙事,并于1992年和1995年先后创作了《活着》和《许三观卖血记》这两部当代小说经典。而于此间及其后写作的短篇小说,合为一集,名为《黄昏里的男孩》。

《黄昏里的男孩》的多数作品是余华在两个创作高峰——先锋小说创作高峰与长篇小说创作高峰之间和之后写作的短篇小说,除《黄昏里的男孩》和《我没有自己的名字》外,其他十篇均未引起读者和评论家的关注,但研究余华,就无法绕过它们。

《黄昏里的男孩》共十二篇,写于1993—1998年。它与前五种最明显的区别,是先锋叙事/启蒙叙事与现实叙事/民间叙事的区别。余华

余华论

对其小说的编选原则及说明,也有助于我们做出这种判断。余华说他是按照每册拥有"相对独立的风格",又使六册有着"统一的风格"的原则编选小说集的,因此,各册均有相对独立的内容与风格:

>《鲜血梅花》是我文学经历中异想天开的旅程,或者说我的叙述在想象的催眠里前行,奇花和异草历历在目,霞光和云彩转瞬即逝。于是这里收录的五篇作品仿佛梦游一样,所见所闻飘忽不定,人物命运也是来去无踪;《世事如烟》所收的八篇作品是潮湿和阴沉的,也是宿命和难以捉摸的。因此人物和景物的关系,以及他们各自的关系都是若即若离。这是我在80年代的努力,当时我努力去寻找他们之间的某种内部的联系方式,而不是那种显而易见的外在的逻辑;《现实一种》里的三篇作品记录了我曾经有过的疯狂,暴力和血腥在字里行间如波涛般涌动着,这是从噩梦出发抵达梦魇的叙述。为此,当时有人认为我的血管里流淌的不是血,而是冰碴子;《我胆小如鼠》里的三篇作品,讲述的都是少年内心的成长,那是恐惧、不安和想入非非的历史;《战栗》也是三篇作品,这里更多地表达了对命运的关心;《黄昏里的男孩》收录了十二篇作品,这是上述六册选集中与现实最为接近的一册,也可能是最令人亲切的,不过它也是令人不安的。[1]

《鲜血梅花》里的异想天开、飘忽不定,《世事如烟》里的潮湿、阴沉和宿命,《现实一种》里的暴力、血腥和噩梦,《我胆小如鼠》里的恐惧、

---

[1] 见每集前的作者《自序》。

不安和想入非非,《战栗》里的宿命与厄运,均是典型的先锋叙事,它们通过"虚伪的形式",铺展及渲染了荒诞现实、暴力本能、人性之恶和神秘宿命。而《黄昏里的男孩》则沿着《一个地主的死》开拓的传统而现代的民间叙事之路做纯粹的世俗叙事,必须指出的是,它基本上没有《一个地主的死》对正统历史观的消解、《活着》对现实与命运的否定、《许三观卖血记》对苦难的抗争等深广的现实背景,它漫不经心地打量着当下现实,笔纳近距离的现实事象,做平面化的世俗叙事。

世俗是民间的生活状态,它的自然性、日常性使之成为社会生活和社会文化的基础,在这里,人们没有高拔的批判意识与伟大的理想冲动,没有深度的文化原则与崇高的精神追求及宏大的终极目标,有的只是"烟火人生"和"凡庸生活"。但这一切并不妨碍余华创作才能的发挥,《活着》和《许三观卖血记》已经让我们看到了余华在民间叙事方面的大家风范,而中外文学大师,如余华喜爱的作家川端康成、马尔克斯、鲁迅等作家的创作,更是充分说明民间实乃文学的沃土,关键是看作家怎么写。《黄昏里的男孩》里的十二篇小说,其中有十篇是纯粹的世俗叙事,只有《黄昏里的男孩》和《我没有自己的名字》两篇笔纳世俗叙事,心系先锋意图。之所以说《黄昏里的男孩》和《我没有自己的名字》不是纯粹的世俗叙事,是因为它们在世俗叙事之中,与《一九八六年》《现实一种》《河边的错误》《死亡叙述》《祖先》等先锋小说在思想指向上有着内在的逻辑一致性,前者从世俗视角透视人性之恶在现实中的合法性,后者在平实的叙写中直指人性的麻木与残忍。

《黄昏里的男孩》是一个被世俗叙事改写了的先锋文本:一个无依无靠的小男孩饥饿难耐,偷了水果摊上的一只苹果,摊贩孙福抓住小男孩,当众残酷地惩罚他,不仅扭断了男孩的手指,还逼他当街自我羞辱。

余华论

　　追溯孙福的生活史，这也是一个不幸的苦命人，多年前，他有一个漂亮的妻子和一个五岁的男孩，家庭幸福。后来的一个夏天，儿子不幸溺水身亡。再后来，妻子与剃头匠私奔，一个好端端的家就这样散了。至今，他孑然一身。

　　余华不动声色的纯粹客观的叙述有着准确的方向，犹如利刃直入人性的命门。孙福对男孩实施残酷的惩罚，是在道德的名义下进行的，他一再振振有词地声称："我这辈子最恨的就是小偷"，"我也是为他好"。这样，道德的维护者对男孩实施的不道德行为就既合情又合理了。

　　孙福对男孩的惩罚是有意识的，但他没有意识到自己的所作所为也是不道德的。在这里，恰恰暴露出人性之恶的本真性。更让人震撼的是，看众对这残酷的一幕竟然无动于衷，他们都不知不觉地站到了孙福的立场上。至此，不道德的惩罚被合法化了。而这，才是这篇小说真正的深意。

　　小说最后写孙福多年前的不幸遭遇，其意何为？我不同意有的评论家的看法，认为这是余华有意要宽恕孙福，为孙福的不道德提供情理上的合理性。一向视人性之恶为人类痼疾的余华绝对不会这般浅薄，这般冷漠地宽恕残忍。我的理解是，余华尾收一笔，是一个优秀作家的责任，他要借此追溯孙福人性堕落的现实原因。无论从哪方面说，孙福不幸的过去，都不应该成为他向他人、向社会发泄怨恨和报复的理由，有此不幸的遭难，将心比心，他更应该同情、可怜、关爱这个无家可归的小男孩。但是，来自人性深处的恶的力量最终还是漫过了善、取代了善。

　　《我没有自己的名字》如出一辙，写一个傻子如何被非人化的。小说叙述者"我"是一个傻子,一个给镇上的人家送煤的傻子。我本来有自己的名字,叫来发,是人都有自己的名字。正因为我是傻子,我成了人们嘲弄、戏耍与欺负的对象。他们在侮辱我时,连我的名字也给取消了,我成了一个没有自己名字的人,一个没有符号所指的"非人"。

我没有自己的名字,可是我一上街,我的名字比谁都多,他们想叫我什么,我就是什么。他们遇到我时正在打喷嚏,就会叫我喷嚏;他们刚从厕所里出来,就会叫我擦屁股纸;他们向我招手的时候,就叫我过来;向我挥手时,就叫我滚开;他们叫我叫得最多的是"喂"……还有老狗、瘦猪什么的。他们怎么叫我,我都答应,因为我没有自己的名字。他们只要凑近我,看着我,向我叫起来,我马上就会答应。

命名被剥夺是制造"非人"的前提,来发有许多"非我"的命名,但这些非我的命名是戏谑性、侮辱性的,它们在取消真实命名的同时,结果导致无名。无名即非人的隐喻。

傻子的存在是"非人"的存在,"非人"是不配拥有名字的。久而久之,连傻子自己也遗忘了自己的名字。

非人是孤独的。孤独常有两义:一是指存在的孤独,它是被冷落、被抛弃的结果;二是指精神状态,它是防止外界的侵扰而保持个体独立的表现。傻子的孤独存在是在关系中被嘲弄、被抛弃的结果,他生活在一个缺乏同情、温情和关爱的环境中,只能接受非人的待遇。

没有名字的人被排斥在人类之外,自然就不能获得人类的同情和温暖,倒是一条流浪的小狗成了傻子的朋友,与他相依为命。但就是这么一点来自人类之外的温情,最终也被无情的人类残酷地剥夺了,他们在冬天还没有来临之前,就迫不及待地把狗打死煮熟吃了。小说在人性与兽性倒置的对比中,直指人性的麻木与残忍。

余华论

在余华的小说中,一般情况下,纯粹的世俗叙事不携带深度意义。它在叙写现实时,不再像先锋小说那样,有意背离现状世界提供的现实依据,对现实进行抽象化的处理,用"虚伪的形式"重新结构世界;也不像《活着》和《许三观卖血记》那样沉重悲凉,在苦难与死亡的变奏中发掘生命的意义。它们仿佛是余华在创作《活着》和《许三观卖血记》之余,于闲散随意中写出的一组叙写世俗状貌的小说。但是,你一旦接触了它们,就会发现其中的《蹦蹦跳跳的游戏》《他们的儿子》《阑尾》等小说已经将《活着》和《许三观卖血记》等小说叙述简洁、幽默,于感伤处含温情,以及用感受描写细部的特点,一一运用到庸常生活的叙写中,仔细阅读,还会发现余华在自然随意的叙述里并行着适度的节制,从中能够看到鲁迅的笔法和鲁迅的眼光不时闪现。

《蹦蹦跳跳的游戏》,一篇两千来字的短篇小说,叙写的内容极其简单、简洁:一对年轻的夫妇带着他们的儿子——一个七八岁的小男孩到一家医院去治病。没写小男孩得了什么病,病了多长时间,病情如何,只写了他们在医院门外的三个镜头。第一个镜头,他们第一次送孩子来住院,医院没有空出来的床位,他们就回家了。第二个镜头,第二天,他们第二次来医院,孩子住进了医院。第三个镜头,大约过了一个星期,这对夫妇走出医院,孩子死了,他们安静地走了。

我被深深地震撼了,如此巨大的痛苦悲伤,却写得这般不动声色,这只有写过《活着》的余华才能写得出来。不写痛苦悲伤,却能感受到痛苦悲伤的声音,以及从伤感凄凉之中传达出来的温情。

这里有川端康成淡淡的哀愁和感伤式的温情,有鲁迅简洁而丰富的笔法,但这一切又是余华的。在文学的深处,大师的眼光、大师的感受、大师的情感是相互联系着的。因为,他们的内心都是被善和美涵化着的。正是有了这种来自文学深处的相互联系,文学才会越来越丰富,越来越具有超越性。

小说是通过医院对面的一个小店的老板的眼光来写这对夫妇的,全是简单到不能再简单的细节描写。例如第一个镜头写这对夫妇生活的艰难,不直接写他们如何艰难,难到何种程度,只写了两个细节就全显露出来了。第一个细节:丈夫到小店给儿子买橘子,老板林德顺看到的他是"一张满是胡子楂的脸,一双缺少睡眠的眼睛已经浮肿了,白衬衣的领子变黑了","袖管里掉出了几个毛衣的线头来"。第二个细节:他只买了一个橘子。再如第三个镜头写他们在悲伤中相互安慰、相互体贴的感情,就写了一个细节,丈夫在小店买了一个面包劝妻子吃,妻子不吃,转而又劝丈夫吃。

应该说,这是一篇很不错的小说,可我认为凭余华的才能,他应该写得更好才对。我对这篇小说不满意的地方有两处:一是小说的题名暖意轻飘了,与作品的基调不合;二是结尾写小店老板瘫痪的原因,添足了。我猜想,这可能是余华无形中受到了鲁迅小说《孔乙己》的影响。孔乙己最后一次来酒店,鲁迅特别写到他是用手走来的,余华认为这是经典的写法。余华在《温暖和百感交集的旅程》一文中,怀着十分崇拜的情感分析了这段描写:在《孔乙己》里,鲁迅省略了孔乙己最初几次来到酒店的描述,当孔乙己的腿被打断后,鲁迅才开始写他是如何走的。这是一个伟大作家的责任,当孔乙己双腿健全时,可以忽视他来到的方式,然而当他腿断了,就不能回避。于是,我们读到了文学叙述中的绝唱。"忽然间听得一个声音:'温一碗酒。'这声音虽然极低,却很耳熟。看时又全没有人。站起来向外一望,那孔乙己便在柜台下对了门槛坐着。"先是声音传来,然后才见着人,这样的叙述已经不同凡响了,当"我

117

余华论

温了酒,端出去,放在门槛上",孔乙己摸出四文大钱后,令人战栗的描述出现了,鲁迅只用了短短一句话:"见他满手是泥,原来他是用这手走来的。"①

《孔乙己》这么写可以,因为它情感的焦点一直落在孔乙己身上,而《蹦蹦跳跳的游戏》也这么写就中心偏移了,因为它将已经确定好了的情感方向由被叙述者转向了叙述者。这说明,即使像余华这样优秀的作家,稍不留神,也会出现不该有的失误。

《他们的儿子》没有这样的缺陷,但叙述没有《蹦蹦跳跳的游戏》有力、丰富。工人石志康、李秀兰一家经济拮据,生活艰辛,为了节省每一分钱,他们都要付出相应的代价,而他们正在上大学的儿子对父母的艰难一点也不体谅。从叙述方式和情感指向上来看,它与新写实小说早期的《风景》《烦恼人生》等作品同属一路,叙写"无奈的生活"中普通百姓"生活的无奈",不过,它的叙述最终落在情感上。

余华的这本小说集,可以进入优秀短篇小说之列的,除《黄昏里的男孩》和《我没有自己的名字》外,还有《阑尾》。我个人对它的喜爱,在前两篇之上。

《阑尾》幽默风趣,写得很机智。小说写一个关于切除阑尾的故事,传达出"滥用信任造成恶果"的思想。小说是这样开始的:

> 我的父亲以前是一名外科医生,他体格强壮,说起话来声音洪亮,经常在手术台前一站就是十多个小时,就是这样,他下了手术台后脸上仍无丝毫倦意,走回家时脚步咚咚咚咚,响亮而有力,走

---

① 余华:《内心之死》,华艺出版社 2000 年版,第 10—11 页。

到家门口,他往往要先站到墙角撒一泡尿,那尿冲在墙上唰唰直响,声音就和暴雨冲在墙上一样。

精力充沛的外科医生每天最少要割掉二十来条阑尾,最快的一次他只用了十五分钟。两个孩子纳闷,阑尾被割掉以后怎么办呢?他鄙视地说:"阑尾一点屁用都没有。"转而又认真地说:"可是这阑尾要是发炎了,肚子就会越来越疼,如果阑尾穿孔,就会引起腹膜炎,就会要你们的命。"接着,他讲了一个英国的外科医生被困在一个没有医院、没有医生、没有药品的小岛上,自己给自己动手术切除阑尾的故事。正是这个故事,差一点要了他的命。这个故事让两个孩子听得目瞪口呆,激动不已,他们希望父亲也能够像那个英雄般的医生一样,自己给自己动手术。得到父亲肯定的回答后,他们热血沸腾,"我们一向认为自己的父亲是最强壮的,最了不起的,他的回答进一步巩固了我们的这个认为,同时也使我们有足够的自信去向别的孩子吹嘘:'我们的父亲自己给自己动手术。'"他们在内心里盼望父亲阑尾发炎,这样父亲就有机会自己给自己动手术,而他们也就有了吹嘘的本钱了。当父亲的阑尾真的发炎时,"我心里突突地跳,我心想父亲的阑尾总算是发炎了"。两个孩子自作聪明,不是听从父亲的话喊来医生,而是从医院手术室偷来手术包,让父亲给自己动手术。让他们失望的是,父亲没能像个英雄那样给自己动手术,他被送进了医院。由于延误了时间,父亲被送进手术室时,阑尾已经穿孔,肚子里全是脓水,他得了腹膜炎,治疗了一个多月才出院。父亲虽然没死,但身体从此就垮了,他不能再去当外科医生,只能改做内科医生。他经常埋怨妻子:"说起来你给我生了两个儿子,其实你是生了两条阑尾,平日里一点用都没有,到了紧要关头害得我差点

余华论

丢了命。"

小说到此戛然而止,止在以阑尾喻人的譬喻上,读之忍俊不禁,思之则再三感叹余华不愧是一位优秀小说家,就这么看似不经意的一笔,竟然拓开了始于生理医理,终于人生感悟的境界,其意味、意趣和意蕴全有。

世俗虽然是民间的日常生活状态,惯于不做高拔的提升与深度的切入,但它不等于平庸和庸俗。将世俗等同于平庸和庸俗的人绝对不是少数,事实上,这两者不是同一个范畴的指称,不能相互取代。世俗是文化范畴或社会学范畴的概念,是文化层级或社会层级区分之结果,而平庸和庸俗则是价值论范畴的概念,它不是实体的存在,而是对事物存在的属性及其质量所做的价值判断。世俗叙事的平面化、民间化、日常化容易流于平庸和庸俗,也是不争的事实。世俗叙事最能考验一个作家的才能,可以在优秀作家与平庸作家之间划出泾渭分明的界限。而即使是优秀作家,若稍不注意,也会不知不觉地滑入平庸。

余华是一位写作经验丰富的优秀作家,我在想,凭着写过那么多神思飞扬的先锋小说和名扬海外的《活着》《许三观卖血记》的余华,是不会写出平庸之作的。在当代作家中,余华是我最喜爱的作家之一,从情感上讲,我极不愿意看到余华有平庸之作。在这里,情感使我忽视了文学史的一个事实,那就是,即使是再伟大的作家,也难免会写出平庸之作。余华最喜爱的川端康成和卡夫卡有平庸之作,他经常阅读的文学大师博尔赫斯和马尔克斯也有平庸之作,鲁迅呢?自然也不例外。这样一来,余华有平庸之作也就在情理之中了。

事实上,余华不仅有平庸之作,还不止一篇,依我之见,这本《黄昏里的男孩》中就有五篇之多,它们是《为什么没有音乐》《女人的胜利》

《我为什么要结婚》《空中爆炸》《炎热的夏天》。

它们平庸,不是平庸在叙述艺术上。客观地说,它们的叙述不仅保持着余华小说惯有的以简洁、单纯体现丰富的特点,还将机智和幽默也做了适度的发挥。它们平庸在故事和意蕴的构设上入了俗套,不是写妻子红杏出墙,就是写丈夫隐瞒私情;或者不是写女人的心计,就是写好色男人不可救药,均是似曾相识的言情小说的当代版。

《为什么没有音乐》幽默、巧合,妻子吕媛出差,丈夫马儿闲着无聊,从朋友郭滨那儿胡乱借来几盒录像带消磨时间。让他没想到的是,他从录像里看到妻子吕媛与郭滨私通云雨的镜头。《女人的胜利》则相反,丈夫李汉林出差,妻子林红在整理丈夫的抽屉时,发现了被三层信封包藏的一把钥匙。由这把钥匙做导引,她又发现了丈夫暗地里与一个年轻女人私通的隐情。冷战开始,林红占理便惩罚丈夫,丈夫忍受不了无休无止的惩罚而提出离婚。在离婚过程中,他们又找回了感情,重归于好。而《空中爆炸》中的好色男人唐早晨不接受教训,显然要将无德无耻进行到底。唐早晨本性好色,频频勾引女人,不论是未婚的姑娘,还是有夫之妇,只要他看上了,就不顾一切地去勾引。这次,他又勾引了一个有夫之妇,不料被这个女人的丈夫发觉,这个满腔怒火的男人守在他家楼下,咬牙切齿地要置他于死地。他不敢回家,便求四个已有家室的朋友陪他回家,而在去家的途中,他又以令人吃惊的速度,一转眼就勾搭上了一个漂亮姑娘。对此,四个朋友只能瞠目结舌,眼看着他又去追求新的幸福了。

还有天方夜谭式的故事:母亲要我帮她整理厨房,父亲要我帮他整理书房,我厌烦极了,便编了一个谎话,说朋友林孟与老婆萍萍吵架,打得死去活来,作为朋友,我应该去劝劝。谎话帮我逃了出来,谎话又将我引到林孟家。只有萍萍一人在家,虽然我们一直相处甚好,但我还是觉得此地不便久留。临走时,我鬼使神差地要上他们家的卫生间,偏巧这时林孟闯回来,我被逮了个正着。林孟指责我和他老婆有染,我有口难辩。林孟借此提出离婚,把萍萍硬塞给我,要我做她的丈夫。我理直气壮地谴责了林孟,并充当起了英雄救美的好汉,没想到正好掉入了陷阱。"我想这小子很可能在一年以前就盼着这一天了,只是他没想到会是我来接替他。"可是,"我一点都不知道自己为什么要结婚"。

《炎热的夏天》就更平庸俗套了,写两个非常要好的姑娘围绕一个男人,彼此间发生的趣事。黎萍与温红是好朋友,她们起初都瞧不起在文化局工作的李其刚,都说他是个傻瓜。小说写了两个情节:一是炎热的夏天,她们戏弄李其刚,戏弄之余,又相互述说李其刚如何追求自己。二是一个多月后的夜晚,温红来到黎萍家,谈起李其刚,她们都隐隐约约而又极力地暗示李其刚跟自己更亲近,说了更多的秘密。正巧李其刚此时敲门进来,原来,已经成为一对恋人的黎萍和李其刚约好一道去看电影,直到这时,温红才明白究竟发生了什么。

相比之下,同样滑入俗套的《在桥上》却写出了当代婚姻的危机。一对结婚五年的年轻夫妻,生活像流水一般安静,最近一个星期,丈夫显得烦躁不安,着了魔似的关心妻子的月经是否准时到来。他发现妻子的月经已经推迟时,以为妻子怀孕了,于是找出种种理由要妻子去打胎,而妻子则想要孩子。过了几天,妻子的例假来了,他如释重负地笑了,接着提出离婚。原来,他是怕妻子怀孕离不了婚。他为什么要离婚,小说没做交代。这篇不起眼的小说虽然平庸俗套,但其中透着一些机智、节制和巧合。更主要的是,它通过世俗生活的叙写,揭示出常态生活中潜藏着的婚姻危机。

指出这五篇小说是平庸之作,并不影响余华小说的成就。《活着》和《许三观卖血记》高高在上,谁还会去在意这五篇不惹人注意的小说呢?即使是专门研究余华的学者,也没有人像我这般愚呆较真。我说即使是再伟大的作家,也难免留下平庸之作,指出的是文学史上的事实,并非有意祖护余华。我只能说,余华不该写作这样的小说,如果偶然失手写出一两篇这样的小说还能理解、还可以原谅的话,那么,在短期内连续写了五篇平庸之作,就不能不让人质疑了。我以为像余华这样有才华有成就的作家,宁可暂时没有小说出来,也不要一篇这样的小说。虽然多数读者和评论家不在意这几篇小说,可在意的读者和评论家能够从中觉察出余华小说创作开始出现惰性,创造力在下降。我不相信余华看不出这几篇小说的平庸之处,如果他不认为这几篇小说是平庸之作,那么不是我的审美观发生了问题,就是余华的审美观发生了问题。问题还在于,如果余华一开始就意识到这样的小说是平庸之作,偏偏还要一而再,再而三地去写作,那就让人怀疑他是否还有足够的创造力,使他能够在《活着》和《许三观卖血记》达到的高度上继续前行。

1995年完成了《许三观卖血记》之后,余华计划在20世纪结束之前写出第四部长篇小说。据余华说,这部小说写得十分艰难,已经几易其稿。转眼间又过去了几年,这部小说还未出来。但在1995—1998年间,余华全部的兴趣集中在随笔上,且越写越多、越写越顺手、越写越上瘾,短短几年,就出版了《我能否相信自己》《内心之死》《高潮》三本随笔集。这些以解读经典作家、经典作品和经典音乐为主的随笔发表后,让文学界、学术界的作家、学者和教授们一致称好。我个人对它们的喜爱,在余华的作品中仅次于《活着》《许三观卖血记》和部分先锋小说。我看过很多当代作家解读文学的随笔,但余华的随笔一出,就出类拔萃

余华论

了。即使是王蒙、王安忆、莫言这些随笔高手也赶不上余华,他们缺少余华随笔灵动的文思、长驱直入的力量和饱满的才华。解读经典需要阅读经典、思考经典,其阅读量与产出量之比,该是数十倍之多。这样一算,这期间余华还真没多少时间写小说,但他又不能不写,而此时他的激情全让随笔占去了,那么,偶获小感触、小印象而随意成篇的事就少不了要发生。我做如是猜想,但愿事实亦如此;但我更愿余华以后的创作不再如此。

从启蒙叙事到民间叙事

——以余华的"少爷三部曲"为例

一、引言

虽然时间已经从20世纪进入了21世纪,但我们仍处于20世纪90年代的社会语境中,而仅仅过去十多年的80年代,仿佛是很久远的年代了。

我们意识中之所以出现这种时空错觉,源自90年代的"时代性"超时代的延伸,以及对80年代的"时代性"遗忘之结果。因此,这里的"90年代"一直延伸到现在,是"90年代以来"之简称。

80年代是中国拨乱反正的年代、启蒙的年代,到90年代,随着中国社会思想的转向和市场经济的启动,一场以现代化为主题、负载甚多历史重任的启蒙大戏,刚刚拉开帷幕就谢幕了。中国在社会制度没有发生根本性变化的情况下,就越过这一重要的历史环节而"软着陆"。由现代化打造的时代,顺利地实现了社会转型,并在现代化的导引下同时进入全球化时代。无论怎么看,这都是中国社会变革的一大奇迹,着实让世人深为震惊,"90年代以来,尤其是逼近世纪末的最后几年里,中国在文化体制没有突变的情况下,能够如此迅速地与世界文化对接,如此深刻地融会于西方文化,'五四'的沉重命题没有也不可能在漫长的历史过程中完成,它却使人们在'全球一体化'的演进之中看到了新世纪文化的聚变,高速运转的经济物质发展的巨轮将中国悄然带进了一个'全球一体化'的轨道上,轻轻地、悄然无声地就消解了近现代以来那个十分沉重的启蒙文化语境,这就难怪一些原是五四文化启蒙的学者们,亦只能'放逐诸神'而'告别革命'了"[①]。对于后发展的中国来说,直取这种快捷的现代化的运作方式,既是智慧的选择,更是时世所逼之必然。中国显然不能按部就班地进入现代化,那样的话,中国就要在全球新一轮的现代化高潮——全球化浪潮中被淹没,成为全球化霸权的牺牲品。有学者指出:今天的全球化实际上是源自西方的现代化扩张的继续,"其实质内涵绝不限于全球经济的一体化,毋宁说,它曾经是,现在依然是一件包含着现代人类社会的政治、经济和文化价值观念等多个方面的重大的'现代性'事件"[②]。全球化是一个以经济、政治、文化为中心,并以西方的价值观念为体系指标的历史过程,它已经在世界范围内形成了强大的规约力量。在现代语境中,"全球化"已然成为一个极具扩张力量的"现代性"概念,"由于它蕴含不可剥离的现代性意味,且被赋予越来越强烈的现代人类目的论的价值期待,在某种意义上说,它甚至正在成为表达现代性价值目的的关键词,因而不仅拥有日益普遍化的事实描述性和经济解释力,而且也被赋予了一种超经济的价值

[①] 丁帆:《"现代性"与"后现代性"同步渗透中的文学》,《文学评论》2001年第3期,第19页。

[②] 万俊人:《经济全球化与文化多元论》,《中国社会科学》2001年第2期,第41页。

评价性和跨文化的话语权力"①。即使在它还没有充分涉足的地方,人们也能感受到它的权力无所不在。

然而,现代化不能仅仅化约为经济现代化,现代化是一个综合指标,跛脚的现代化不可能在全球化时代把一个国家、一个民族带到很远;换言之,独自称大的经济现代化不可能扬帆远航全球经营现代化。由80年代构设的启蒙宗旨和现代化目标,需要政治现代化、制度现代化、文化现代化与经济现代化协同运作,才有可能实现。在政治现代化、制度现代化和文化现代化还滞后于经济现代化的90年代,现代化内部必然会出现种种新的问题和新的矛盾,而这些问题和矛盾会波及包括政治、经济、文化、文学在内的社会各个领域。

要理解90年代,首先要理解80年代。套用王德威先生的话来说,没有80年代的思想启蒙,何来90年代的现代化? 80年代与90年代是区别极为明显的两个不同的年代,但它们之间的关系完全可以描述为历史演进的逻辑过程。正是在这种时代背景中,本文着意把握八九十年代中国文学如何由80年代的启蒙叙事演变为90年代的无主题变奏,并进而探析从启蒙叙事/先锋叙事而来的余华,在无主题变奏的语境中,如何从乡土中国的民间叙事中发掘并提升出"世界性因素",由此而为90年代以来的文学标示出一条发展的路向。

---

① 万俊人:《经济全球化与文化多元论》,《中国社会科学》2001年第2期,第38—39页。

二、八九十年代中国文学:从启蒙叙事到无主题变奏

启蒙叙事是 20 世纪中国文学的一大特色,启蒙是 20 世纪中国文学的逻辑起点。在 20 世纪中国文学史上,有两次启蒙高潮。

第一次启蒙高潮发生在五四时期。在五四新文化运动中,作为其重要一翼的文学,主动地担负起"启蒙"的重任,"用科学和民主来启封建之蒙"[①]。新文化运动主将之一的陈独秀在《本志罪案之答辩书》中说:"我们现在认定只有这两位先生,可以救治中国政治上道德上学术上思想上一切的黑暗。"[②]其目的是用西方现代先进的科学和民主的新文化、新思想来批判中国封建传统的旧文化、旧思想,把文化、文学和人的思想从封建专制主义和蒙昧主义的桎梏中解放出来,建设新鲜的、属于现代中国的新文化、新文学。文学的启蒙思潮成就了文学革命,从而实现了文言文向白话文、古典文学向现代文学的转变。浪漫的文学在社会变革之际,总是力求扮演"天降大任于一身"的角色,试图承担起社会变革的全部重任。在五四新文化运动时期,文学的启蒙思想在作用于思想革命、文化革命和政治革命等方面,显然没有在文学革命方面这么成功。文学对社会的启蒙,主要是思想上和观念上的,这是它的功能和性质决定的。而社会—文化结构整体性的变革,首先从思想和观念层面展开,然后再进入社会—文化结构的实质性层面。从这个意义上

[①] 黄子平、陈平原、钱理群:《论"二十世纪中国文学"》,引自王晓明主编《二十世纪中国文学史论》第 1 卷,东方出版社 1997 年版,第 7 页。
[②] 陈独秀:《本志罪案之答辩书》,《新青年》1919 年 1 月第 6 卷第 1 号。

从启蒙叙事到民间叙事

来说,五四文学的启蒙思潮在新文化运动及社会变革中起着先锋呐喊的作用。由于五四时期的启蒙思想没有渗透到全民族意识中,再加上经济上、政治上缺乏对封建主义准确而致命的打击,五四启蒙的反封建还停留在思想意识的一般层次上。新文化运动高潮过后,五四文学的启蒙宗旨便自然而然地进入新民主主义革命的主题之中,成为反帝反封建的内容。其时反帝的主题高于一切,这使得反封建的思想革命主动为其让道。历史失去了一次机会,不能再失去第二次机会,但在此后的几十年里,由于我们放松了对封建思想意识的警觉性,竟然使它侥幸潜存下来。在新中国,它曾改头换面、乔装打扮,以迂回的方式极力开拓自己的疆土,当它膨胀到顶级状态时,终于酿成了"文化大革命",中国人民为此付出了惨痛的代价。

而对"文化大革命"的批判与反思,又成为80年代文学及其启蒙叙事——20世纪中国文学第二次启蒙高潮的逻辑起点。"为了完成'反专制'、追求西方现代性的表述,'新启蒙主义'以'文学'这个否定性的'他者'作为自己的逻辑起点。"[①]在学术界,最早将80年代的启蒙话语表述为"新启蒙主义"的学者应该是汪晖,他在《当代中国的思想状态与现代性问题》一文中对"新启蒙主义"做了经典性的论述。[②] 此后,学人们多采用此概念。至于"新启蒙主义"在80年代的社会变革和思想史上的意义,以及它在市场化的社会面前表现出的暧昧、含混和矛盾,文学启蒙话语对新时期文学的框限与压抑,不在本文所论范围,可见汪

---

① 刘复生:《"新启蒙主义"文学态度及其文学实践》,《文艺理论与批评》2004年第1期,第19页。
② 孟繁华:《九十年代文存》(上卷),中国社会科学出版社2001年版,第243—287页。

129

晖、刘复生等人的文章。为了论述的需要,本文仍沿用"启蒙叙事""启蒙话语""启蒙思潮"等概念,而把"新启蒙主义"当作一个在特殊情况下使用的概念。

80年代文学的启蒙叙事实际上是对当时社会思潮的反映,与思想文化界所倡导的思想解放,以及对民主、人性、现代化、社会变革与重建政治文化秩序的要求是一致的。不过,在具体的文学潮流中,启蒙的内容、性质有着差异。我们以八九十年代的小说为例。

具体而言,伤痕小说和反思小说所体现的启蒙在性质上偏重于思想—政治启蒙,而改革小说和寻根小说则偏重于社会—文化启蒙,二者在启蒙水平上正好构成递进关系。在启蒙语境中,伤痕小说和反思小说对十年浩劫的政治批判及对极"左"思潮、极"左"路线的历史反思,其启蒙的意义表现在:反封建、破除现代迷信、清算极"左"思潮和极"左"路线造成的政治危害、反对"两个凡是",以倡导思想解放、推动社会变革、促进现代化因素。改革小说是思想—政治启蒙向社会—文化启蒙演进的第一站,这种变化是由思想革命向经济体制改革以进行四个现代化建设的社会革命演进的历史决定的,也是思想革命在现实新的条件下主动做出的角色置换,由思想政治启蒙者变成社会变革启蒙者。新时期之初确立的现代化目标,成为八九十年代中国社会发展的主方向,现代化构成了中国现实语境与权威话语,现实的一切几乎都成为对它的言说。改革小说在现实的现代化语境中做社会变革启蒙,其意义表现为:在改革与反改革、文明与愚昧的二元对立中启蒙民众的社会变革意识,并确立"现代化"与"社会改革"的合法性。寻根小说的情况比较复杂,其复杂性表现为:理论文本与小说文本不一致,在较多情况下甚至截然相反;启蒙话语、启蒙叙事中包含着反启蒙的强烈冲动,反启蒙的姿态里又含有启蒙的成分。寻根小说派最初的出发点是寻文学的根，意图让文学接上被五四新文化运动中断的民族传统文化，这一想法无疑是偏执的文化保守主义的表现。正如丁帆所说：寻根文学派作家们以其反启蒙反五四运动的文化姿态，试图以民族主义的话语进入"现代"乃至"后现代"的文化语境之中。他们退守到反启蒙的文化立场上，试图删除"现代性"这一历史的必然进程，而直接进入与世界文学对话的"全球一体化"的"后现代主义"语境之中，虽然他们在具体的创作中又在无意识层面回归到五四文化启蒙的"现代性"母题上，但是其透露出的民族认同的虚幻性及其文化民族主义情结的偏执与内在矛盾已经是显而易见了。[①] 寻根文学派作家的"意蒂牢结"，一是想以反现代性的方式寻文学的根，二是进行文化启蒙，这两者在现代性语境中是相互对立的。如果说寻根文学派作家有意要反五四文化启蒙和现代性，确实是冤枉了他们，但是，要想对他们做彻底的清理，找出其思想矛盾的根结，一定是件很难的事。不过，我们可以辨析出寻根文学派从理论阐述到小说创作的基本思路。

寻根文学派作家最初的出发点是寻文学的根，但也就是从这里开始，强劲的政治意图很快就扭转了寻根文学的主向，由寻文学的根转向寻文化的根，使文学的话题变成文化的话题，乃至政治的话题。尽管寻文学的根与寻文化的根在文化层面有较多的相通之处，但二者毕竟是不同性质的。纯粹的文学问题不搭载思想—政治启蒙或社会—文化启蒙的承诺，而寻文化的根则是在现代性的现实语境中做出的一种文化

---

① 丁帆：《"现代性"与"后现代性"同步渗透中的文学》，《文学评论》2001年第 3 期，第 22 页。

选择,意在分析传统文化之优劣,以更新民族文化,重建现实的政治文化秩序。寻根文学的理论表述明确地表达了这种意向:寻根是要发现传统文化与当今文化的同构关系,找出它们的对应点,以便扬弃其非人性的部分,放大其合乎人性的部分,最终达到彻底"改造民族精神",建立一种"崭新的文化形态"的目的。① 但是,寻根文学的理论构想很快被小说创作所抛弃,寻根小说经过探寻挖掘,发现传统文化的根早已枯萎腐朽,不再有生命力;相反,潜存于腐朽之根中的陈旧的观念、思想、意识和文化原则则穿越时空,顽强地冲出历史的地表而进入现实,严重地阻碍着社会的发展。由此,寻根小说转而批判民族文化的劣根性。正是在这里,它回归到五四文化启蒙的"现代性"的母题上,同时,又与80年代中期声势浩大的文化启蒙思潮相呼应。应该说,寻根文学的启蒙叙事是从小说文本,而不是从理论文本开始的。

先锋小说的情况更复杂,任何绝对性的批判对它都是失效的。它像一位满口狂言、行为乖张、桀骜不驯、目空一切的叛逆者,在毁灭中创新,在创新中破坏,其先锋的观念常常为虚无主义所支配。源起于形式革命以打破一体化的文学格局的先锋小说,以极端的后现代的叙事为突破口。在艺术上,先锋小说标新立异,追求后现代激进的文本实验和技术操作,以此达到对传统文学的颠覆、对艺术创新的先锋表达。由于它激进的叙事实践对技术操作的执迷以致走火入魔,因而它难以为继,其由盛而衰竟然在弹指之间。在思想上,先锋小说以"后现代之形"行"现代性之实",以激进的解构对传统、历史和现实进行否定,披揭存在

---

① 陈骏涛:《寻"根",一股新的文学潮头》,《青春》1985年第11期,第57页。

的荒诞,表现了作家对价值危机、意义丧失的荒诞现实和荒诞人生的焦虑与无奈。这是典型的启蒙叙事,但是,由于先锋小说对历史和现实中的一切存在,包括意义、价值、深度、崇高、理想等终极话语都做了否定性的拆除、消解乃至彻底颠覆,因而暴露出虚无主义的思想倾向,而正是这种虚无主义思想又构成了对启蒙自身的否定,使其陷入否定之否定的怪圈。

很多人据此而否定先锋小说,不能说没有道理。遗憾的是,人们在偏激地否定先锋小说的先锋形式和虚无主义时,连同它的先锋精神也否弃了。我曾在一篇文章中说:90年代以来的文学普遍降低了现代性的力度,缺乏批判精神,从社会广面的角度看,主要是实利性的经济在与其他权力争夺社会主导地位时推销的商品拜物教和消费至上主义对精神价值、审美价值压抑与否定的结果;从文学角度看,则是包括先锋小说在内的先锋文学的现代性和先锋精神受到贬抑的缘故。[①] 只要看看90年代文学那种不温不火、不冷不热的样子,你就知道先锋小说那种创新求变的先锋姿态、先锋精神对于我们是多么重要。

80年代文学的启蒙叙事到此应该画上句号了,然而,在先锋小说虚无主义阴影里悄然而起的新写实小说,却让我们疑惑了。说它没有丝毫的启蒙成分,显然有违事实,特别是早期(80年代末)的新写实小说,在它那极力"原生态"的零度叙述中,对荒诞的现实有着内敛式的批判,其意图明显与启蒙叙事相通。意图自然不错,但它经不起另一种叙事对其的消解,这就是它在指认现实并拆解现实时,丧失了启蒙话语参与

[①] 王达敏:《理论与批评一体化》,安徽教育出版社2003年版,第166—167页。

价值的建构,对无奈的现实采取认同的态度,以无奈的消极态度来指认无奈的现实,当它以"无奈"对待"无奈"时,存在本身也遭到了质疑。如同先锋小说,其启蒙叙事最终被虚无主义所笼罩,启蒙者无奈地退出启蒙。不过,先锋小说是绝望的虚无主义,纵然路绝了,它也不放弃批判的先锋精神,而新写实小说则是无奈的虚无主义,从骨子里透出灰暗的暮气。

这种精神状态不属于80年代,它应该属于90年代打造的"时代性"的提前支取。新写实小说虽然崛起于1987年,但它的叙事状态和价值取向已经属于90年代了。

90年代是启蒙退位、现代化入位的年代,现代性与后现代性、全球化联手的年代。启蒙的退位是因为启蒙在政治方面预设的社会变革与现代化的目标在主要方面基本实现——中国社会实现了从传统社会向现代社会的转型,即由农业社会向工业社会的转型,由计划经济社会向市场经济社会的转型。这是90年代文学生存与发展的社会—文化语境。这个新的语境对于文学具有双重性:一方面是它巨大的思想—文化资源对文学的支持,更具现代性、世界性因素对文学精神的提升;另一方面是它携带的新意识形态的规约性及其巨大的吞噬力对文学的制约。毫无疑问,90年代文学是较80年代文学更丰富、更具现代性,同时也更复杂的年代。80年代文学在二元对立格局中展开的启蒙叙事,到90年代变成多元并进、杂语共存的无主题变奏了:现代性与后现代性互渗,民族化与全球化牵手,意识形态被民间收编,文化守成主义与反启蒙思潮联袂,经典性的精英写作与商业化的大众写作同台……

无主题是多主题,它是相对于80年代文学启蒙主题变奏集中、创作潮流有规律推进而言的。

90年代文学在"怎么都行"的宽阔视野中,自然不再遵从或依附于一个指向了。急于超越80年代、超越此在而使创作具有"现代性"和"世界性",成为很多作家公开的追求。遗憾的是,90年代文学东冲西突,就整体而言,始终没有冲出大格局、大境界。原因众多,此处不能一一分析,但只要看看其中最主要的创作现象和文学思潮,就不难知其主要原因了。

新写实小说是90年代最大的文学潮流,在我看来,90年代文学是从新写实小说开始的,而它的基调和主要的创作原则也是由新写实小说奠定的。新写实小说持守的"原生态""零度叙述""平面化""民间化"的创作原则,用以消解意义、深度、理想、存在、终极关怀的技法,越来越明显的商品化、世俗化,甚至媚俗化的趋向,以及作为"意蒂牢结"的虚无主义,直接为90年代的新历史小说、新乡土小说、晚生代小说,特别是现实主义冲击波小说提供了"共语"。如果再考虑到90年代可能有近一半的小说不同程度地受其影响,你就会知道90年代文学为何总是在平面上兜圈子,总是提升不起冲击世界的力量。

最让人担忧的是,90年代始终存在着一股强劲的反现代性的思潮,它们或以褊狭的现实主义的名义抵抗现代主义,或公开以文化保守主义名义反先锋叙事,或以现代性、后现代性的名义反现代性,更多的是以世俗性、民间性消解现代性。我以为,90年代以来的任何创作资源,包括观念、思想,若不经过现代性的处理,终难具有现代性、世界性。

而经过了现代性的处理,也难保一定会有现代性、世界性。原因在于创作主体对现代性价值趋向的选择,若取现代性的下行线,就会不可避免地发生叙事错位,宏大的意图降格为欲望的宣泄,为数甚多的所谓"私人化写作""身体写作""欲望化写作""另类写作",还有一些用先锋叙事或民间叙事打造的新历史小说,自己为自己设限,把前提当作目标。

处于无主题变奏中的90年代文学,实在是一个"怎么都行"的文学形态。我的苛刻描述源自我对它不大不小的失望——它没有达到它应该达到的标高。我预设的标高是,90年代文学在现代性整体提高的水平上,应该出现几个公认的大师,打造出十部以上能够理直气壮地问鼎于世界文坛的经典之作,文学的整体水平达到并在有些方面超过中国现代文学。现在看来,90年代文学显然没有达到这个水平。

眼下,对90年代文学做是非优劣的判断已经不是很重要了,重要的是要研究90年代文学在哪些方面做出了实质性的推进,取得了哪些具有创新意义的发展。尤为重要的,是要将那些或处于酝酿状态,或处于潜行状态,或处于半明半昧状态,而又具有现代性和世界性发展前景的创作标示出来。正是在这个意义上,我认为余华的小说创作,代表了八九十年代文学从启蒙叙事向民间叙事演进,并朝"现代性"和"世界性"发展的一种趋向,而他的"少爷三部曲"则是以经典性的形式突出地显示了这种创作趋向。

三、"少爷三部曲":从启蒙叙事到民间叙事

余华写于1989年8月的《两个人的历史》(短篇小说)、写于1992年7月的《一个地主的死》(中篇小说)、写于1992年9月的《活着》(初为中篇小说,1993年在改编电影的过程中,余华在原著的基础上又增写了近5万字,于是就有了12万字的长篇小说《活着》),因为均以地主少爷为主角,我特称这三部小说为"少爷三部曲"。

"少爷三部曲"是一个人物的三种写法。三种写法对应三种人生和三种历史，三种人生和三种历史对应三种叙事立场以及三种叙事话语，并十分明显地标示出余华小说创作从"启蒙叙事"到"民间叙事"演进的轨迹。具体地说，《两个人的历史》是启蒙叙事，《一个地主的死》是民间叙事，其中又有启蒙的成分，《活着》是纯粹的民间叙事，并从民间叙事中发掘并提升出世界性因素。

《两个人的历史》：启蒙叙事

受卡夫卡的启示而大梦初醒且领悟了先锋写作诀窍的余华，神示般地把握了先锋写作的精神质地。余华的先锋小说创作与先锋小说潮流同步，1987—1989年是其高峰期。在先锋小说潮流由盛而衰后，他仍然执着地将先锋写作至少持续到1992年7月①，以一篇《命中注定》作结。需要说明的是，余华此后的小说创作，无论是民间叙事还是现实叙事，内里都潜含着先锋的张力和现代性的质地。

《两个人的历史》是余华在先锋小说写作阶段唯一用非先锋技法写成的小说，即用现实主义小说平实叙事的技法写成的小说，但它的旨意与精神质地又是先锋叙事的指向。

余华的先锋小说是启蒙叙事，其母题围绕人性之恶、世事如烟、命

---

① 评论界几乎无疑义地将余华创作于1991年9月、首先发表于《收获》1991年第6期的长篇小说《呼喊与细雨》（出书时改名为《在细雨中呼喊》）视为余华先锋写作的终结，在此之后则转向"乡土牧歌"。实际上，在《呼喊与细雨》之后，余华的先锋小说创作至少持续到1992年7月，有《夏季台风》《祖先》《命中注定》等。

中注定、难逃劫数等命题而展开,《两个人的历史》亦如此。

两个人的历史是一种历史的两种结果:

1930年,少爷谭博和女佣的女儿兰花时常坐在一起讨论梦。他们的梦境相同:梦中时常为尿折磨,梦醒后他们都发现尿湿了被褥。

1939年,17岁的谭博和16岁的兰花偶尔有些交谈。此时,谭博是新潮先进的学生,兰花则是谭家的女佣。他们的梦开始不一样,谭博梦想去延安,而兰花则梦想出嫁。

1950年,任解放军文工团团长的谭博在转业之前回家探亲,此时的兰花已经儿女成堆,粗壮的身躯抹杀了昔日的苗条,有关兰花的梦,在谭博那里将永远销声匿迹。

1972年,身穿破烂黑棉袄的"反革命分子"谭博垂头丧气地回家料理母亲的后事,此时兰花的儿女已经长大成人,二人相见,无梦可谈。

1985年,谭博离休回家,孤单一人。兰花白发苍苍,孙儿孙女成群,天伦之乐融融。兰花已没有梦,谭博仍常有梦,可梦境险恶。

就这么一些淡淡的、世俗的、简单的文字,漫不经心地排出两个人生命之流的几个年份,却让人读出了世事如烟、命中注定的况味。少爷谭博总有梦,又赋予行动,结果是越活越窝囊、越活越苦涩。而下人兰花后来没有梦,却活出了"满足""幸福"。

两个人的历史构成历史的反讽,意在揭示少爷谭博宿命般的悲剧命运。"宿命"是先锋小说家的至爱,可这篇小说表现的"宿命",不是指向冥冥之中的神秘力量对存在的捉弄,而是指向现实中的一种实在的力量,正是这种潜在的力量,导致了少爷谭博的悲剧。

谭博的悲剧是其少爷身份与"革命"不相容的矛盾造成的,尽管他年轻时就背叛了地主阶级而投身革命,成为一名革命者,但革命者内部对地主阶级的排斥是先定的,在极"左"思想掌控革命的时期更是如此。从一开始,谭博的命运就被注定了。谭博的人生悲剧映现出一个时代的悲剧。从这个意义上来说,《两个人的历史》是一篇反思历史、批判现实的启蒙主义小说。

《一个地主的死》:民间叙事与启蒙叙事

余华的小说创作从启蒙叙事向民间叙事的演进,以《一个地主的死》为标志。

这是一个发生在抗日战争时期的故事:城外安昌门外大财主王子清的儿子王香火进城时被日本兵抓住,日本兵强逼他当向导,带他们去一个叫松篁的地方,他却故意把日本兵引向另一条绝路,并一路上悄悄吩咐当地人拆掉所有的桥以断日本兵的后路。日本兵陷入四面环水的孤山绝境,王香火因此而被日本兵残酷杀害。

这应该是一个抗日英雄的壮举。然而,小说中的王香火既不是抗日英雄——无论是生前还是死后,他都没有获得这一崇高的命名——也不是日本鬼子的帮凶、汉奸。他只是地主家的少爷,一个地地道道的行走在城乡之间的乡里人。事情发生得很突然,但他从一开始就打定主意要把日本兵引向死亡之境。王香火不是地下党,也不是热血青年。相反,作品中的一些在场和不在场的声音告诉我们:王香火油头粉面,不务正业,游手好闲,有事没事总爱往城里跑,钱用完了又回来要钱;父亲看不惯他,气不过时就憋骂:"这孽子!"

这样的纨绔子弟面对日本鬼子的刺刀能挺起脊梁于死而不顾吗?无论是政治的阶级论,还是当代 80 年代以前的小说都告诉我们:不可能！毛泽东在1926年写的《中国社会各阶层分析》、1933年写的《怎样分析农村阶级》、1939年写的《中国革命和中国共产党》等文章中明确指出：地主阶级代表中国最落后和最反动的生产关系，阻碍着中国生产力的发展；中国现阶段（抗日战争）革命的主要对象或主要敌人，是帝国主义和封建主义，是帝国主义国家的资产阶级和本国的地主阶级。这种出于战争年代特殊情况和特殊需要而做出的政治的阶级论，对地主的身份、立场及所属阶级做了阵线分明的政治界定，地主成了革命的敌人。自此之后，地主的这种政治身份在逐渐强化的阶级论的语境中演变成一种政治符号，直到1979年1月11日，中共中央才做出《关于地主、富农分子摘帽子问题和地富子女成分问题的决定》。这种政治的阶级论为文学描写地主形象规定了不可逾越的原则，从40年代解放区文学一直到80年代初的文学，作品中的地主形象，除少数叛逆者和开明人士外，绝大多数都是作为反面人物形象出现的。战争年代的地主，不是土豪劣绅恶霸，就是汉奸与还乡团的骨干分子。《一个地主的死》暗含的历史观是明确的，它突破政治的阶级论所形成的主流意识形态历史观对历史的某些"遮蔽"与"误读"，从民间意识形态及普遍人性的立场看待历史，直抵历史的本真状态，对地主形象进行改写。由于拆除了先在的政治的阶级论对人物的身份、立场和阶级性的设限，人的本质状态指向了人的复杂性。在国难当头之际，民族主义往往会突破政治的、阶级的限定而点燃爱国主义情感，使那些具有民族感的国人不惜生命与入侵者抗争。在那个残酷的战争年代，不否认有许多地主成了日本鬼子的傀儡、汉奸，但也不可否认有不少地主成了民族的斗士。具有反讽意味的是，在这篇小说中，不惜豁出性命与日本兵拼得一死的不是别人，而是地主家的少爷王香火。而那些一直被视为革命的中坚力量的农民,他们的种种表现却令人大失所望,他们在王香火遭难之际,全然忘记了国恨家仇,以看客的幸灾乐祸的心理嘲笑被日本兵奸污的老太婆,并在街头津津有味地戏弄牲畜性交。更有甚者,地主家的长工孙福被东家派去打听少爷的下落,但他心里惦记的不是少爷的遭难,而是盘算着怎样向东家多要点赏钱,多拿些粮食,而且,他在执行任务的途中也不忘抽空从一个女子那里买得一时之欢。

一个文本改写了另一个文本,一种历史观颠覆了另一种历史观,民间叙事里显而易见地并行着启蒙思想,其意蕴指向,在启蒙层面,即反思历史、批判现实的层面,基本上与《两个人的历史》相同。在人性的层面,它接通了人道主义,表现出对人的进一步的理解与评价。

《活着》:民间叙事与世界性

从先锋写作到现实写作,从启蒙叙事到民间叙事,表面上是余华小说创作从文本形式到母题的变化,实质上却是作者世界观的变化。

世界观的变化是根本性的变化,我们不妨听听余华是怎么说的:"我在很长时间里是一个愤怒和冷漠的作家",我的作品都源于"我和现实关系紧张,说得严重一些,我一直是以敌对的态度看待现实"。那么,余华为何又没有将这种启蒙意义上的"敌对的态度"坚持到底呢?他是这样解释的:"随着时间的推移,我内心的愤怒渐渐平息,我开始意识到一位真正的作家所寻找的是真理,是一种排斥道德判断的真理。作家的使命不是发泄,不是控诉或者揭露,他应该向人们展示高尚。这里所说的高尚不是那种单纯的美好,而是对一切事物理解之后的超然,对善与恶一视同仁,用同情的目光看待世界。"[①]这是超现实、超意识形态且直指人性、人道和终极存在的态度。追踪余华小说至此,并且又理解了这段话的要义,就不难把握余华由启蒙叙事到民间叙事的思想脉络。

余华的民间叙事,《一个地主的死》开其端,到《活着》则开创了新境界,即在民间叙事中发掘并提升出世界性因素。由此,余华的民间叙事表现为两种功能指向,形成了两个叙事层级。第一层级的民间叙事以《一个地主的死》为代表,其功能指向是用民间立场突破政治的阶级论所形成的主流意识形态历史观(官方历史观或正统历史观)对历史的"遮蔽"与"歪曲",试图恢复历史的本来面目。第二层级的民间叙事以《活着》为代表,其功能指向是用生命本体论思想做超现实、超功利的腾升,在生命存在中发掘世界性。两个层级的民间叙事各自包含着特定的内容,同时又构成递进的逻辑关系。

"少爷三部曲"中的三个少爷,第一个少爷背叛本阶级参加了革命,第二个少爷以其壮举成为事实上的抗日英雄,而《活着》中的少爷福贵,则命走背字而成为终生紧紧与死亡相伴的贫苦农民。一个个亲人相继先他而去,他依然活着,不仅活着,而且越活越超然、越通达。面对苦难和死亡,福贵一次又一次地在死亡的边缘止步,于苦难悲伤的极限处善待生命,默默地承受着生命之重而无怨无悔地活着。余华由此感叹:福贵是"我见到的这个世界上对生命最尊重的一个人,他拥有了比别人多很多死去的理由,可是他活着"[②]。

余华也许没有意识到,他的这番感叹实际上揭示了《活着》的世界

[①] 余华:《活着·前言》,南海出版公司1998年版,第3页。
[②] 余华:《我能否相信自己》,人民日报出版社1998年版,第219页。

性因素,关爱生命、尊重生命、体悟存在的终极意义,是20世纪文学在描写苦难、指认"存在的荒诞"中拓展的一个世界性命题,体现出人道主义的新走向。

现在的问题是,余华对《活着》、对福贵的原意阐释是否符合作品的实际。

关于这个问题,我首先注意到学术界对福贵的"活着"的否定性批评。这些批评对福贵既"哀其不幸",更"怒其不争",认为福贵没有苦难意识和反抗精神,只知消极受难,无奈地屈从于命运而被动地"苟活""赖活",是一个软弱、愚昧、落后的可怜人,一个被生命压平了的人,一个失去了存在价值的人。

对于否定性批评,我在《超越原意阐释与意蕴不确定性——〈活着〉批评之批评》和《福贵为何不死——再论〈活着〉》两文中发表了我的看法。我认为否定性批评是超文本、超文化语境的批评,其表现在于这些批评家惯于在启蒙话语和革命话语的框架内思考问题,他们站在启蒙立场和革命立场,以现代知识分子的眼光审视福贵,他们期待福贵有所行动,去反抗自己的命运。他们当然更希望余华通过对福贵的描写,达到对国民劣根性的批判。但《活着》在这两方面都与他们的意愿相悖了。从深层原因上追究,不是他们有意要否定福贵的"活着",而是启蒙话语决定了他们的价值判断。启蒙话语是20世纪中国文学的核心话语,它已经成为权威话语。权威话语一旦生成,就会常常越界行事,试图把一切都强行纳入它的势力版图。我们充分肯定启蒙话语、启蒙叙事对20世纪中国文学的重要意义,但对启蒙话语试图取代一切的霸权也应保持一份清醒的认识。

《活着》写"一个人和他的命运之间的关系","写人对苦难的承受能力,对世界乐观的态度"。福贵面对苦难和死亡而坚韧地活着,是中国普通百姓,尤其是处于生活底层的贫苦农民普遍遵循的人生观和生存原则。(福贵为何活着,其活着的意义何在,我在《超越原意阐释与意蕴不确定性——〈活着〉批评之批评》和《福贵为何不死》两文中给予了深论,此处不再论。)《活着》蕴含着中国人的生命意识和生存智慧,用人道主义接通了生命存在的意义,正是在这里,"中国的经验"与"世界的经验"相通了。正如西人所说:"这里讲述的是关于死亡的故事,而要我们学会的是如何不死。"①这就是"世界性因素"之所在,而且是一种在中国文化—现实语境中创造出来的"原发性世界性"(亦称为"原典性世界性")。陈思和在论述"世界性因素"时,指出这个词语包括了两种研究格局:一是因为20世纪中国被纳入世界格局,它的发展不能不受到世界性思潮的影响,在文学领域,世界文学思潮同样成为中国的外部世界而不断刺激、影响中国文学的发展进程,形成了"世界/中国"(也即"影响者/接受者")的二元对立的文化格局。二是既然中国文学的发展已经被纳入世界格局,那么,它与世界的关系就不可能完全是被动接受的关系,它已经成为世界体系的一个单元。在其自身运动(其中也包含了世界的影响)中形成某些特有的审美意识,不管与外来文化的影响是否有直接关系,但它都是以自身的独特面貌加入世界文学行列,并丰富了世界文学的内容。② 受世界文学影响而创造的"再生性世界性"和"原发性世界性"统一于世界性谱系,是文学走向世界的两种途径。在

---

① 意大利《共和国报》,1997年7月21日,见《活着》(南海出版公司1998年版和2003年版)封底。

② 陈思和:《中国当代文学关键词十讲》,复旦大学出版社2002年版,第245页。

90年代以来的中国文学中,这两种世界性均有不同程度的体现,我期待余华在创构文学的"世界性"方面有更大的发展。

民间中国的叙事者

中国当代作家中，余华是一位没有多大争议的作家，一般公认他是中国当代最优秀的小说家之一，我个人同意这种看法。至于有人称他为文学大师，有人说他连叙事都没有解决好，充其量不过是三流作家等看法，完全可视其为另一种声音。

我理解的余华是这样一位作家：具有文学天赋，凭着智慧和灵悟写作，关键时刻仿佛总有神暗中相助因而连走好运的作家；较早受到西方现代主义文学的启示而进入文学，又借此支撑发迹成名，之后不久，在别人纷纷迷失方向之时，智慧和灵悟又神示般地引导他在现代与传统、先锋与民间、西方文学与中国文学的二元关系中找到了自己的平衡点，出人意料地写出了长篇小说《活着》和《许三观卖血记》。由于这两部小说写出了"真正的中国人"、真正的中国生活，体现出纯粹、地道的民间中国的特色，因而被称为20世纪80年代以来中国最优秀的经典性的长篇小说，余华也因此成为中国当代享誉国内外的最知名的作家之一。

一

余华生平简单。1960年4月3日出生于浙江省杭州市，1962年全家随父亲迁至海盐县。1967年上小学,1972年小学毕业,1977年中学毕业。1977年高考落榜后到卫生学校学习一年,1978年分配到海盐县武原镇卫生院当牙科医生。1980年开始学习写作,1983年发表小说,同年12月调入县文化馆。1987年到鲁迅文学院学习半年,1988年9月进入鲁迅文学院和北京师范大学联合举办的创作研究生班学习,1990年毕业。1989年调入嘉兴市文联。1993年辞职,定居北京,成为自由职业作家至今。

余华的文学创作依其变化自然呈现出四个阶段。前三个阶段为小说创作:1983—1986年是"写作的自我训练期"阶段(发表了《第一宿舍》《"威尼斯"牙齿店》《星星》《竹女》《甜甜的葡萄》《老师》《男儿有泪不轻弹》等短篇小说。这些小说没有收入余华已经出版的任何小说集,原因是余华认为这些小说都是练笔之作,当时仅仅是出于发表的考虑。他觉得,既然读者要买你的书,你就应该用一些自己满意的作品);1986—1992是先锋小说创作阶段,余华的先锋小说家的地位奠定于此;1992—1995年是余华的小说创作由先锋叙事、启蒙叙事转向民间叙事、现实叙事的阶段,其代表作是长篇小说《活着》和《许三观卖血记》,余华因这两部当代长篇小说经典,一跃而成为当代知名作家。第四阶段是随笔写作阶段,大约从1995年开始到1999年为止,所作结集,于1998—2000年出版了《我能否相信自己》《内心之死》《高潮》三本随笔集。而此时创作的七篇短篇小说和1992—1995年创作的五篇短篇小说合为一集,名为《黄昏里的男孩》。正在出版中的长篇小说新作《兄弟》是余华小说创作的又一个阶段的开始。

由此看来,余华的小说创作是跳跃前行的,至少表面看来是如此。这是用灵悟引导创作,具有很好的潜力和爆发力的作家行走的路线,这

余华论

样的作家,创作走向常常出现不确定状态,不仅别人难以预料他的走向,就连他自己也时常把握不住自己。比方说,1986年,一个偶然的机会,一篇卡夫卡的短篇小说使他如梦初醒,"我突然发现写小说可以这么自由,于是我就和川端康成再见了,我心想我终于可以摆脱他了"①。对于余华来说,这是一次重要的历史事件,它在余华的文学活动中无形地标示出一道分界线。在这之前,是余华"写作的自我训练期",在这之后,余华进入先锋小说创作。我想,余华事先怎么也不会想到他竟然会有这么一次偶然的"奇遇",于是感慨:"在我即将沦为文学迷信的殉葬品时,卡夫卡在川端康成的屠刀下拯救了我。我把这理解成命运的一次恩赐。"②写作《活着》和《许三观卖血记》时,也出现了这种神示的相助。

阅读余华小说再为余华把脉,我的印象是:余华是一个凭灵悟凭才华写作的作家。我常纳闷,余华何来这么大的才能使他连跳三级,从而登上中国当代最优秀小说家的位置?

余华开始写作先锋小说时二十六岁,写出经典性的长篇小说《活着》和《许三观卖血记》时,也才三十多岁,他在该读书的年岁又没有好好地读书上学,他的小学和中学是在"文化大革命"中度过的,"我们这一届学生都是在'文革'开始那一年进入小学的,'文革'结束那一年高中毕业,所以我们没有认真学习过。我记得自己在中学的时候,经常分不清上课铃声和下课铃声,我经常是在下课铃声响起来时,夹着课本去上课,结果看到下课的同学从教室里拥了出来。那时候课堂上就像现

---

① 余华:《我能否相信自己》,人民日报出版社1998年版,第252页。
② 余华:《我能否相信自己》,人民日报出版社1998年版,第92页。

在的集市一样嘈杂,老师在上面讲课的声音根本听不清楚,学生在下面嘻嘻哈哈地说着自己的话,而且在上课的时候可以随便在教室里进出,哪怕从窗口爬出去也可以"[1]。他的经历也不复杂丰富,似乎也没有经受过磨难,他凭什么写出了让国内外许多读者感叹的《活着》和《许三观卖血记》? 这似乎是个谜。

这个谜又引出并证实着其他许许多多的谜,并继续演绎着文学之谜。文学这行当有着太多的不确定性,着实让人看不透。明明是让大家看好的人,偏偏入不了这一行,即使入了这一行,也成不了大气候,始终在起点处平面地游移。而常有些读书不多的人,不像文人的人,或迷迷糊糊的人,偏偏爆出了大名。我觉得这行当有一种很神秘的东西在起作用,那就是天生的才能。没有这种才能,你就是学富五车,也成不了大作家。有了这种天生的才能,他那超级的感觉、灵悟就能将经验、知识涵化,转眼间变成想象的形式,创造出另一种"现实"、另一种"存在",余华就属于这类作家。

二

余华的读书阶段不幸被文化浩劫的年代所侵害,但他有幸在文学复苏的年代开始了创作。余华是幸运的,在时代最需要文学的时候,他正好搭上了车。然而,余华开始写小说并不是出于对文学的热爱,而是为了不拔牙,为了进文化馆工作。他的这一幼稚的想法同莫言当年想当作家的动机一样实用功利,莫言说他最初想当作家是想每

---

[1] 余华:《没有一条道路是重复的》,上海文艺出版社2004年版,第89页。

余华论

天吃三次肥肉馅饺子,能如此,"那是多么幸福的生活!天上的神仙也不过如此了。从那时起,我就下定了决心,长大后一定要当一个作家"①。而真正开始文学创作时,其动机也非常简单明了,就是想赚一点稿费买一双闪闪发亮的皮鞋,再买一只上海制造的手表。还有张贤亮。1957年,张贤亮发表长诗《大风歌》被打成"右派分子",押送农场劳改。他又出身于资产阶级家庭,"原罪"加"右派分子",使他在劳役、劳改、监禁中度过了二十二年。其间,只要有政治运动,他的罪名都要升级,后来又戴上"反革命分子""反革命修正主义分子"帽子,境遇悲惨。1978年冬,中央发布了一个"43号文件",是关于"右派分子"改正的,改正后的"右派分子"就成了正常人,于是,他抱着侥幸心理,从放羊的贺兰山脚下跑到农场,蹲在场地政治处办公室门口,瞅个空子钻进去,涎着脸皮向政工干部要求"改正"。他们说要"研究研究",他就反复往返几十里跑了无数次,最后得到的答复是:由于你是戴上"右派分子"又连续犯罪的"分子",不在被"改正"之列。"改正"这条路走不通,他就想方设法走另一条路。"我必须有一块敲门砖将它敲开",于是想起写小说。1979年,他在《宁夏文艺》发表了三篇小说,当时的自治区副书记兼宣传部部长陈冰先生看到后,指示相关单位尽快落实政策。1979年9月,张贤亮获得了彻底平反,并当上了农场中学教员。20世纪70年代末至80年代初的青年作家,很多人都是带着这种实用功利的目的走上文学之路的。当人生之路很狭窄,选择的机会极少极少的时候,自然会使很多没有更多机会选择人生之路的青年将目光盯上了文学。动机不崇高,却很实用,但这并不妨

---

① 莫言:《小说的气味》,春风文艺出版社2003年版,第47页。

碍他们在成为作家之后再追求崇高。

余华很幸运,机遇总是在他最需要的时候,不早不迟地降临于他。对此,他很欣慰:"我发现,我还是非常幸运,总是在关键时刻遇到一些好事。"[1]好运成就了余华的文学创作,让他一级一级地跳入更高的文学境界。

运气一:余华看到文化馆的人整天在街上自由自在地闲逛,尤其是听了在文化馆工作的人说他们闲逛就是在上班、就是工作的话之后,觉得这工作实在是太好了。"我喜欢这工作,游手好闲也可以是工作,我想这样的好工作除了文化馆以外,恐怕只有天堂里才有了。"于是就不想当牙医而想着怎么能进文化馆了。

> 那时候我写小说是为了不拔牙,为了进文化馆工作,文化馆那些人他们经常不上班,所以我觉得那个地方很吸引我。我决定写小说也是有原因的,当时进入文化馆只有三条路可走,一是学画画,二是学作曲,这东西都得从头开始学,太麻烦了,写小说我倒是可以。估计我那时认识的汉字有五六千个了,我想写作应该没什么问题了,所以就开始写了。结果也非常顺利,因为我遇到了一个最好的时代的尾声。我记得我开始写小说的时候,我们的文学编辑们还在比较认真地读自由来稿。当我开始发表小说的时候,没两年,我就发现那些编辑已经不读自由来稿了,除非是认识的人推荐的稿子他们才看一下。但是我已经,终于已经跨过那道门槛了,已经可以发表作品了。我赶上了一个好时代,那时候刚粉碎"四人

---

[1] 余华:《说话》,春风文艺出版社2003年版,第38页。

余华论

帮",改革开放开始了没几年,所有文学刊物都特别缺稿子。不管是有名没名的作家,凡是发表过作品的作家都填不满我们众多的文学刊物,所以他们需要发现新作者,我就是在那个尾声里面起来的,要是再晚两年,我可能现在还在拔牙。这是命运的安排,所以比较幸运。①

这样,余华的第一篇小说《第一宿舍》就在1983年第1期的《西湖》上发表了。

运气二:真正使余华的人生道路和文学道路发生重要转机的时刻是1983年11月的一天,余华突然接到时任《北京文学》主编周雁如的电话,叫他赴京改稿。改稿之后,好事接着就来了。在海盐,自中华人民共和国成立以来,余华是第一个去北京改稿的作者,小县城轰动了,县委宣传部部长觉得再让余华当医生拔牙就没道理了,于是在12月将他调到县文化馆工作。又一个月,余华的短篇小说《星星》在《北京文学》1984年第1期发表。从此,他与《北京文学》结下了不解之缘。后来,他在回忆这段经历时说:"这就是一个开始,文学道路的开始。从此以后就开始一篇一篇往下写。所以我发现一个非常重要的一点,就是人生中的机遇很重要。假如没有当年那个电话,现在我肯定还在拔牙。"②

运气三:在"自我写作的训练期",余华虽然在《北京文学》连续发表了好几篇小说,可在全国没产生影响,他不满足这种不温不火的现

---

① 余华:《说话》,春风文艺出版社2003年版,第72—73页。
② 余华:《说话》,春风文艺出版社2003年版,第40页。

状。那个时候余华特别迷恋川端康成,川端康成成了余华文学道路上的第一个导师。川端康成是一个非常细腻温情的作家,他首先让余华学会了如何表现细部,用一种感受的方式去表现,即能够把痛苦写到不动声色,"像海洋一样弥漫在你周围的地步"。在学习川端康成的那几年里,余华打下了坚实的写作基础。可越往下写越难受、越困难,越写越有一种找不到自己应该写什么的感受,危机出现了。

也就是在这个时候,大概是 1986 年,余华用《战争与和平》从杭州的一位作家朋友那里换来《卡夫卡小说选》。卡夫卡小说思想的深刻和自由自在的写法让余华深深地震撼了,"我当时印象很深的是《乡村医生》里的那匹马,我心想卡夫卡写作真是自由自在,他想让那匹马存在,马就出现;他想让马消失,马就没有了。他根本不做任何铺垫"[1]。从卡夫卡那里,余华不仅获得了写作自由的观念,更重要的是"整个世界观的改变"。余华发现了卡夫卡,卡夫卡凭其小说发掘了余华,经典作家、经典作品的价值就充分发挥出来了。卡夫卡在余华创作的想象力和思想日益枯竭的时候解放了他,使他几年来在川端康成的影响下建立起来的一套写作法则在一夜之间成了"一堆破烂"。1986 年,余华与卡夫卡相遇,来得正是时候,既不早也不晚,若早几年,时机没成熟;若晚几年,即使是晚两三年,余华也会错过大好时机。余华本是有宿慧之人,一经卡夫卡小说的启示,便顿时彻悟了。1986—1987 年,正是中国先锋小说崛起之年,余华在他的第二位文学导师卡夫卡的引导下打通了文学的脉络,一下子站到了先锋小说潮流的最前头,成为先锋小说的代表性作家之一。其滥觞之作,就是那篇首先被当时主管《北京文学》的李

---

[1] 余华:《我能否相信自己》,人民日报出版社 1998 年版,第 252 页。

陀看中,发表后又引起文坛关注的《十八岁出门远行》。李陀那时是文学青年的精神导师,如果哪个青年作家被李陀看中了,那肯定就出名了。余华把这篇自己把握不准的小说交给了《北京文学》,李陀看过后,喜欢得不得了,他兴奋地对余华说:"我可以明确地告诉你,你现在已经走到中国文学的最前列了。"这样的评价对余华太重要了,因为它不仅使余华从此有了足够的自信,还使余华确立了一条新的创作路向。顺着这条路向,余华一直走到1992年,以长篇小说《在细雨中呼喊》和短篇小说《命中注定》作结。

运气四:先锋小说一时极盛,但好景不长,其由盛而衰,时不过三四年。究其原因,除了强大的意识形态对它的挤压,正统及保守的文学观念对它的排斥等原因外,它自身存在的诸多缺陷,尤其是形式上极端激进的艺术追求和思想上的虚无主义倾向直接导致了它行进的艰难,这也是它至今备受责难乃至被否定的重要原因。一个正在对中国文学起着很大推进作用的文学思潮就这样过早地夭折了[1],中国的读者在80年代显然还没有做好接受先锋小说的准备。对于许多读者,甚至包括许多作家和学者来说,先锋小说太怪异了,怪异得让他们感到陌生、别扭、可怕,视其为文学末路的"恶之花"。他们从一开始就摆开拒绝排斥并否定先锋小说的姿态,不知也不愿意调整自己的观念和接受方式去解读它,不理解它的产生有其文学革命和思想启蒙的背景,更不理解它从生成到发展到成熟有一个自我调整和自我完善的过程,以及逐渐进

---

[1] 这里特指大约兴盛于1986—1989年之间,以叙事革命作为突破口,从而引发了一场文学革命的先锋小说潮流,它不包括90年代已经世俗化、通俗化的先锋小说。

入大众的过程。这种心态,必然会放大先锋小说的缺陷,再让它的负效应去消解它的正效应和积极意义。

当先锋小说由盛而衰时,正是中国的社会结构、文化思想发生转向转型的重要历史时期,与此相呼应,文学也开始从 80 年代的先锋叙事、启蒙叙事转向 90 年代的民间叙事、现实叙事。一度位居文学主潮的先锋小说家们还没来得及调整心态和写作状态,就一下子被抛弃了,文学的革命者最终被文学所革命。喜剧、悲剧和正剧一起来了,有的作家一时适应不了这种突变式的文学转向,干脆搁笔,待机再起,如格非等作家;更有一些作家一如既往地坚守先锋小说创作,并在 90 年代将先锋小说中国化、经典化,如潘军等作家,这些作家让人尊敬;也有这样一些作家,急于脱身,公开宣称自己不是先锋作家,更有甚者,干脆来个一百八十度的转弯,彻底否定先锋小说,这样的作家可悲可叹,让人低看。

应该沉下心来反思,思考问题究竟出在哪里。首先要实事求是地分析先锋小说对于中国当代文学是否必要,哪些是它的贡献,哪些是它的缺陷。在文学复苏和思想解放的年代,它应该付出哪些代价?哪些责任是它应该承担的,哪些责任是它不应该承担的?遗憾的是,我们至今都没有认真地面对这些问题。其次,怎样才能走出文学的怪圈?怎样才能不在繁复的文学中迷失,从而创作出真正属于自己,又属于世界的文学?这时候,余华的智慧和才华就充分显示出来了。在许多人还在东张西望,找不到方向时,他不声不响地进入中国的现实,在民间中国的层面上叙写中国现实的故事,顺利地完成了先锋叙事、启蒙叙事与民间叙事、现实叙事的对接,其标志性的作品就是长篇小说《活着》和《许三观卖血记》。

《活着》和《许三观卖血记》分别发表于 1993 年和 1995 年,这两个年份正好是20世纪80年代以来的中国长篇小说的第一波高峰和第二波高峰形成的标志性的年份,余华的这两部小说来得太是时候了。然而,它们在当时并没有受到广泛的关注,其光彩完全被1993年的《白鹿原》《废都》《最后一个匈奴》《九月寓言》和1995年的《长恨歌》《丰乳肥臀》《家族》《人之窝》等小说强烈的光辉遮蔽了,人们一时还没有看透这两部中国故事中深含的超民间叙事的现代意义,更没有认识到它们是用短篇小说的写法打造出的长篇小说。要说创新,这就是创新;要说文学贡献,这就是贡献。公正地说,《活着》和《许三观卖血记》是余华为20世纪中国文学创造的两部经典性的长篇小说。

在难以产生经典的时代,绝大多数作家可能一辈子与经典无缘,其中哪一个作家若能写出一部文学经典,就弥足珍贵了,余华一人竟然写出了两部,这就不能不让人高看了。仅凭这一点,就可以确立余华在当代文学中的地位。但这一切还要在等待中被人发现,1993年和1995年过去了,1996年和1997年也过去了,到了1998年,时运终于来了。这一年的6月,《活着》获得了意大利最高文学奖——格林扎纳·卡佛文学奖,使余华一下子走向世界,转而走红国内,直到这时候,余华才真正确立了他在中国当代文坛的地位。

三

1996—1999年,余华的文学创作主要是随笔,我从他的一系列访谈录中得知,在此期间和之后,他一直没有停止过长篇小说创作,而且不止一部。这些或动笔于1996—1999年期间,或动笔于2000年的长篇小说,由于叙述有问题,均不顺利,故而到2003年未见一部出版。2003年

8月,余华去美国待了7个月,回国后,另一部长篇小说在他毫无预料的情况下突然而至,写作《活着》和《许三观卖血记》时的那种激情状态终于又出现了,这就是很快问世的《兄弟》。《兄弟》的上部出版于2005年8月,我在动笔写这篇文章时,下部还没有出来。《兄弟》是一部何种水准的小说,议论甚多,在没有读到下部之前,我不敢对此妄加评论。

自从1986年偶然与卡夫卡相遇而踏入先锋文学之途并成为先锋小说家以来,余华一一拜访了外国文学中的许多文学大师,他们是福克纳、博尔赫斯、布尔加科夫、山鲁佐德、布鲁诺·舒尔茨、胡安·鲁尔福、陀思妥耶夫斯基、海明威、罗伯格里耶、艾萨克·辛格、但丁、蒙田、司汤达、契诃夫、三岛由纪夫等等,"我的导师差不多可以组成一支军队"。然而,不论给予余华影响较大的作家有多少,卡夫卡及此前的川端康成无疑是其中最重要的两位。"至今为止我还是认为川端康成和卡夫卡是对我影响最大的两位作家。"卡夫卡促成了余华小说创作上的突破,不仅是艺术形式上的突破,更是思想上的突破、哲学上的突破,"当川端康成教会了我如何写作,然后又窒息了我的才华时,卡夫卡出现了,卡夫卡是一个解放者,他解放了我的写作"[①]。卡夫卡自然就成了余华的文学导师、精神之父。何止是一个余华,整个先锋派作家差不多都是以卡夫卡作为思想上的精神领袖和艺术上的先锋引路人的。

以卡夫卡为首的这些文学大师,其中多半是20世纪西方现代主义文学大师,他们为余华及其小说注入了先锋精神,使其形成了先锋的质地。从形式到内容,从叙述到思想均先锋前卫的《十八岁出门远行》《现实一种》《世事如烟》《此文献给少女杨柳》《命中注定》等小说的先锋性

[①] 余华:《说话》,春风文艺出版社2003年版,第79页。

自不待言,就是叙写纯粹地道的民间中国故事的《活着》和《许三观卖血记》,亦如此。从这个意义上来说,余华是一位先锋作家。

我说余华是先锋作家,当然不仅仅指20世纪80年代在先锋小说创作潮流中领风气之先又成为其中坚力量的余华,还包括90年代创作了《活着》和《许三观卖血记》的余华。也就是说,从1986年以来,余华始终是一位先锋作家。在这里,先锋作家与先锋派作家虽然只有一字之差,人们经常混称通用,但二者不是等值的概念。先锋派作家特指在80年代中后期以叙事革命——形式革命为滥觞而产生的先锋小说潮流中涌现出来的作家,而先锋作家是指那些不满文学现状,内心涌动着超越、突破、创新、求变的意识,在思想、精神、文学观念和文学实践中前卫先锋的作家。区别之结果,前者是特指,后者是泛称,后者包含前者。

对先锋作家与先锋派作家做这种区分确认,对于深入理解余华、研究余华尤为重要,否则,就不可能对经历简单、学识不深不厚的余华在文学创作上取得的成就做出合理切实的解释。我们知道,在文学活动中,超常的灵悟和神助的运气至为重要,但仅有这些肯定成不了大气候,其间,必定有一些根本性的因素在起决定性的作用,而先锋意识、先锋精神无疑是此中最具有创造性的要素。质地不优,灵悟难现,即使降临,也因力弱而不能锦上添花,而吝啬的机遇即便来了也转化不成运气;灵悟和运气能够力助余华,绝非无缘无故。

关于先锋和先锋作家,作为先锋派作家的余华自然不回避自己的观点,像多数先锋派作家和评论家一样,余华非常乐意接受荒诞派大师欧仁·尤奈斯库的那句名言:"先锋就是自由。"这是先锋文学、先锋作家之所以为先锋的一个主要标志,一个显在的特点。具体地说,先锋有两个概念:"第一个是,先锋必须是精神的先锋,就是说,你体验到的,你发掘到的,那种人性和命运深处的一些永恒的东西,它们能显示你的精神是处在现在思想的前沿位置上。第二个呢,先锋是一个流动的概念。"这是 2004 年洪治纲与余华对话时所做的表述,余华深表赞成。还有重要的一点,真正的先锋是前卫的,具有超前性,在任何一个时代,先锋作家都是走在最前面的,"他的作品不仅是在那个时代给人带来某种新奇的力量,同时对整个以后的时代,他还要有一个持久的力量。这才是一个真正的先锋作家"[1]。

这些关于先锋和先锋作家的阐释并非源自余华和洪治纲,他们不过是将已经成为流行的看法作为完全接受的东西来做同语反复的阐释,以便在此之中确立自己的观点。只要看看王蒙和潘凯雄完成于 1993 年 6 月的那篇有名的《先锋考——作为一个文化精神的先锋》、谢有顺于 1994 年 12 月写作、1998 年修改而成的《再度先锋》等文,自然就会明白这一点。

作为先锋作家的王蒙在《先锋考——作为一个文化精神的先锋》中是这样理解先锋和先锋文学的:先锋文学是一种流动的存在,体现为"流动性",但先锋最为本质的一点在于它的"前沿性"或"前卫性",其先锋的内涵应该指向"一种文化精神"。还有比流动性和前卫性更深一层的内涵是它的"建设性"和"开拓性",在文学艺术界一直有一个误区,许多人一说到先锋的文学和艺术马上就想到文体的新、奇、怪,想到那些不太容易读懂的作品,甚至以为只有这样的作品才够得上先锋,这实在是对先锋的文学和艺术的一种误读,"一味地破不一定就是先锋,破完了还必须立,而立则在于建设和开拓"。最后是先锋文学的"重要

---

[1] 洪治纲:《余华评传》,郑州大学出版社 2004 年版,第 229—231 页。

性",先锋文学"绝对是一个健康的社会文化结构中所不可缺少和具有重要意义的。如果整个社会的文化传统是由那些娱乐性的文化快餐所构成,表面上看起来热热闹闹,骨子里却是肤浅和俗套,那才是真正的文化悲哀。即使古典文化在社会文化构成中占据了主流,也不应该排斥先锋文化应有的地位和意义,否则很难说这样一种文化是富于活力的"①。实际上,王蒙的观点也是学界看法的一个概括,其中融入了他作为一个先锋作家的感受与思考。

概而言之,先锋是一种精神、一种姿态和一种自由状态,代表艺术上的前卫、思想上的超前,代表探索与创新。

必须指出,宽泛意义上的先锋文学是有所指的,它主要指从19世纪末开始并一直持续到20世纪六七十年代的西方现代主义文学,而20世纪80年代产生于中国的先锋小说,是这一大文学思潮的继续。但中国的先锋小说的产生,还有着本土的复杂背景。它的产生最初源自文学革命的考虑,"中国的先锋文学基本上可以说是叙述中的一场革命",它的出现"很大程度上是建立在文学叙述的缺陷上的,这种缺陷又是在政治的压力下形成的。所以中国的先锋派和西方的先锋派不同之处在于:西方先锋派是文学发展中出现的,而中国先锋派是文学断裂之后开始的,并且在世界范围内不太可能出现先锋派的时候出现了,它的出现是不是表明中国文学已经和世界文学走到了一起"。我们的文学竭尽全力,"就是为了不再被抛弃,为了赶上世界文学的潮流"②。余华的解

---

① 王蒙、潘凯雄:《先锋考——作为一种文化精神的先锋》,引自王蒙《圈圈点点说文坛》,人民文学出版社2003年版,第45—53页。

② 余华:《我能否相信自己》,人民日报出版社1998年版,第179—180页。

说,符合事实。从叙述开始的文学革命不可能不特别追求形式,因此,对形式的过度追求,甚至让形式侵占内容的现象,在先锋小说的创作中成为时尚,而读者在阅读先锋小说时,也津津乐道于它的先锋形式,而不同程度地忽视了它所包含的先锋思想。优秀的先锋文学,不仅仅是形式的奇葩——例如卡夫卡、加缪、尤奈斯库等现代主义文学大师的作品,而且是对一个时代存在的荒诞状态,以及人的精神失落与无家可归的状态做了超前的表现。中国的先锋小说中也有这样的作品,但为数不多。

先锋小说的产生,还肩负着思想启蒙的重要作用,关于这一点,我在《民间中国的命运叙事》中做了论述。不可能指望这样一个受西方现代主义文学影响而产生,肩负着文学革命和思想启蒙双重任务的文学一出现就尽善尽美。它需要一个从产生到发展到成熟的过程,一个自我调整、自我完善的过程,但先锋小说显然没有得到这一合理的待遇。

既然先锋文学是这样优秀的一种文学,照理说,曾经作为先锋派的作家们是乐于接受先锋作家名称的,可事实并非如此。当先锋小说激进奔走并占据文学主流地位时,身居其中的作家皆以先锋披身而自信而自豪;当先锋小说衰退并遭受围攻指责时,包括先锋派代表性作家在内的不少作家像躲避瘟神一样躲避先锋小说,深恐避之不及,祸及身家性命,他们或暧昧模棱,或声称自己不是先锋派作家。余华呢?在1993年写的《两个问题》一文中,他毫不犹豫地说自己是"先锋派的作家"。但在1998年9月28日《羊城晚报》发表的一篇访谈中,余华急忙声辩:"别叫我先锋派","我不是'先锋'派作家",并且强调,他最不喜欢别人

余华论

把他归入先锋派。①

　　这就怪了,明明是正宗的先锋派作家,为何要绝情般地与此划清界限呢?你余华是靠先锋小说起家扬名的,盖在你身上的印记,就凭你这么一说就能洗干净?有什么好躲避的,即使先锋小说真是瘟神恶魔,你也得认,因为那曾是你的最爱,你为它付出了青春的激情,它也为你赢得了声誉,你们彼此谁也离不开谁。在别人纷纷洗刷自己的时候,你余华若还能够理直气壮地承认自己曾经是先锋派作家,反而能显示出你的诚恳、你的勇气。这样做不会降低你的地位,影响你的形象,只会让喜欢你的读者一如既往地喜欢你。可惜,余华一度让我失望了。好在这之后,余华又改口了,他不止一次地声称自己在 80 年代是"一个先锋派作家"。看来,一个好作家的优秀品质最终还是在余华身上起到了重要的作用。

　　基于以上所论,可以认定余华是一位先锋作家,至少到目前为止,他在文学创作中所体现的精神状态一直是先锋的。由于有了先锋的潜质,余华才能够用先锋现代的思想观念倾听中国社会从文化和人性深处传来的声音,用灵悟的感觉去捕捉其中隐秘的信息。当他与现实关系紧张,以敌对的态度看待现实时,所表现的多是人性之恶、暴力本能、历史荒诞和宿命的内容,然后将其演绎成从形式到内容都非常先锋的小说文本。当他用温情的眼光看待世界,对善与恶一视同仁,超然于一切事物之上时,则又进入民间中国的苦难人生,从中发掘出最现代的人性内容,这就是《活着》和《许三观卖血记》在民间叙事中蕴含的新的人道主义思想。

---

①　徐林正:《先锋余华》,浙江文艺出版社 2003 年版,第 21—22 页。

四

　　好小说是有思想蕴含的,思想是一部小说的精神之所在。需要追问的是,小说的思想是如何产生的?常识说,小说的思想来自作家的思考与创造,而意大利著名作家阿尔贝托·莫拉维亚在探索小说家的思想是怎样产生时则认为:"小说家的思想不是产生于他的头脑,而是来自他的感觉。"这好像石油埋藏在地下很深的地方,需要借助钻井才能找到它。换句话说,"感觉的每一次发现都导致主题的发现,但小说家常常不能自觉地意识到这一点"[①]。莫拉维亚对19世纪和20世纪小说思考后得出的这一看法,其中包含着个人创作的体会。小说家的思想不是产生于作家的"头脑",也就是说,小说家的思想不是产生于作家有意识的理性思考,而是产生于由下意识或潜意识培养的感觉。这种通过二元对立形式所做的绝对性判断带有过多的感性成分。不过,莫拉维亚的这种绝对性判断还是揭示了小说家的思想或小说的思想产生的一种来源。小说家的思想和小说的思想的产生形成,无疑有多种复杂奥秘、难以言说的途径,如果从类型化的要求来区分,并且将"理性"与"感觉"混存或互为的中间状态略去不顾的话,那么,小说家的思想和小说的思想的产生形成可分为两大类:一类主要是由理性思考生成的思想,它处在作家明确的掌控之中,其思想的指向表现为确定性;另一类

　　[①]　阿尔贝托·莫拉维亚:《小说文论两篇》,引自中国社会科学院文学研究所、《世界文论》编辑委员会编《小说的艺术》,社会科学文献出版社1995年版,第188页。

余华论

主要是由感性的感觉生成的思想,它时常溢出作家的掌控,其思想指向表现为不确定性。余华及其小说基本上属于第二类。

余华身上有一种灵性,一种能够在不经意间把存在的事物、理性的思考和生活的体验融入感觉之中,并以先锋叙述或世俗叙述的形式将其表现出来的才能,其小说蕴含着浪漫诗性的特质。

我称余华的小说创作是灵性写作,灵性写作有着天赋的才能在其中起作用,它的特点如同象征派诗人保尔·瓦雷里在《风灵》一诗中所形容的那样神奇:

> 无影也无踪,我是股芳香,活跃与死亡,全凭一阵风!
> 无影也无踪,神工呢碰巧,别看我刚到,一举便成功!
> 不识也不知?超群的智慧,盼多少偏差!
> 无影也无踪,换内衣露胸,两件一刹那!

据译者卞之琳解释,瓦雷里是以"风灵"——中世纪克尔特和日耳曼民族的"空气精"来象征诗人的灵感,因为灵感的活动像风灵一样无影无踪、飘忽不定,出于偶然或长期的酝酿,苦功通神,突然出现;它一旦出现,便水到渠成,一举成功。

《活着》和《许三观卖血记》就是这种灵性写作的典型文本。余华说他早就想写一个人和他生命的关系,即一个人为活着而活着的故事。几年前他在农村收集民间文学时,看到一个老人中午还在劳动,就有了一些感受,脑子里留下了一个印象。在想写《活着》时,对这个老人的印象渐渐演化成这样一种印象:一个脸上全是皱纹,皱纹里又是泥土的老人在大热天的中午,同一条与他一样老的牛在耕田;这个老人就是福贵。他一直不知道该怎么写,但有一天早晨起来时,脑子里突然跳出"活着"两个字,"现在我发现这还是我最好的题目,再也没想到更好的题目了"。"活着"通灵,一下子就打通了这部小说的脉络,连他自己都没有想到福贵的人生竟然这么丰富,"最后那个福贵走出来的那条人生道路,不是我给他的,是他自己走出来的。我仅仅只是一个理解他的人,把他的行为抄在纸上而已,就这样"①。

《许三观卖血记》是另一部《活着》,写身份卑微的工人许三观用卖血抗争苦难的故事。创作源自余华亲历的一个生活情景,90年代的一天,余华和妻子陈虹在王府井大街上,突然看到一个上了年纪的男人泪流满面地从对面走过来,他当时惊呆了,王府井是什么地方?那么一个热闹的地方,突然有一个老人旁若无人、泪流满面地走过来。这情景对他感触深刻,到了1995年,陈虹又想起了这件事,他们就聊了起来,不断地猜想是什么使他如此悲哀,没有结果。又过了几天,余华对陈虹说起小时候他家不远处的医院供血室,有血头,有卖血的。陈虹突然提醒余华,王府井哭泣的那位老人会不会是血卖不出去了,他一辈子以卖血为生,如果不能卖血了,那可怎么办?一句话接通了余华的灵悟,于是就有了《许三观卖血记》。如同《活着》中的福贵,许三观的人生道路也是他自己叙述出来的。余华说,在写作过程中,他不再是一位叙述上的侵略者,而是一位聆听者,一位耐心仔细、善解人意和感同身受的聆听者。但小说完成后,他发现自己知道的并不比别人多。

苦功通神,神启灵悟,余华创作先锋小说时是否也如此呢?被称为是"对近几年小说革命的一次全面总结"(陈晓明)的长篇小说《在细雨

---

① 余华:《说话》,春风文艺出版社2003年版,第63—64页。

余华论

中呼喊》比《活着》和《许三观卖血记》更加充分地显示了灵性写作的特点，它在诗意的叙述中牵手记忆和感觉，叙述自我叙述，"人物有自己的声音"。而那些在自由自在状态中写作的中短篇小说，多半也是灵性写作的产物，它们或者"是我文学经历中异想天开的旅程"，其叙述"在想象的催眠里前行，奇花和异草历历在目，霞光和云彩转瞬即逝"，或者是"宿命和难以捉摸"的现实存在，或者是"从噩梦出发抵达梦魇的叙述"，或者是"想入非非的历史"。莫言一眼洞穿了余华及其小说的本质：余华是中国当代文坛上的第一个"清醒的说梦者"，这个人具有在小说中施放烟雾和在烟雾中捕捉亦鬼亦人的幻影的才能，而且是那么超卓。①

先锋小说与西方现代主义文学一样，都是理性很强的文学，正如王安忆看到的那样，它们最大的特征是理性主义。先锋小说探新求异的形式之中总是潜含着明确的思想指向，抵达一个被不确定性的意蕴所涵化的确定性的目标。中短篇先锋小说由于结构与篇幅都可严格处在作者的掌控之中，因此更能实现作者在形式创新和意蕴营构两方面的要求。灵悟性的感觉和灵悟写作在余华的中短篇先锋小说中，更多地体现在对表现对象超理性的抽象把握和被感觉涵化的叙述上。

我对余华文学潜质的追问可能是不高明的追问，下面的判断也许更加荒谬。

余华来自民间，其经历和学识决定了他最适合叙写民间中国的故事和人生，而不适合宏大叙事与复杂的史诗创构；余华的文学趣味及其

---

① 莫言：《清醒的说梦者——关于余华及其小说的杂感》，《当代作家评论》1991年第2期，第30页。

创作个性适合从简单中见丰富,而不适合在繁复中营构复杂;余华的浪漫自由之心与先锋精神可以使他在适度的创新中获得成功,而不适合在守成中拼实力、拼才能;余华是有宿慧之人,适合用灵悟涵化思想,用感觉捕捉人性,而不适合做社会学式的直接反映,用理性表现思想和人性。

最后,出于对余华更高的要求,我特录胡河清先生忠告格非、苏童、余华的一段话[1],请余华三思:"他们日后若要求更远大的发展,则必须兼取北学之长,多读书而穷其枝叶。否则一俟先天之气用尽,学无隔宿之储,纵是蛇精、灵龟、神猴化身,也难保不坠入凡尘,沦为俗物。"

---

[1] 胡河清:《论格非、苏童、余华与术数文化》,《当代作家评论》1992年第5期,第42页。

岂止遗憾
——《兄弟》批评

在期待中等来的长篇小说《兄弟》,先到的上部(2005年8月出版)毁誉参半,也让我生出一些遗憾,便把希望寄托于下部,希望它妙手回春,开出胜境。在希望与疑虑中等来的下部(2006年3月出版),让我遗憾接着遗憾,还有一旦升起就怎么也抹不去的失望。

曾经以先锋小说成名,又以《活着》和《许三观卖血记》名扬中外的余华,在上一部长篇小说《许三观卖血记》问世之后的第十个年头隆重推出的《兄弟》,该是又一部问鼎于文学史的经典之作,然而事实正好相反。正如谢有顺所批评的那样:《兄弟》是有失水准之作,在余华的写作中,它根本不值一提。

如此之大的落差,只能说明余华的写作出了问题。就《兄弟》而言,其问题究竟出在哪里,这才是关键。

一

我首先关注的是,《兄弟》是一部什么样的小说?或者说,余华写作《兄弟》意在表现什么?

余华是一位乐于对自己的小说做原意阐释的作家,他总是在前言、

序言和后记中坦言其写作的本意,阐释其作的思想蕴含。这一次也不例外,其后记一如既往,坦言见底:

> 五年前我开始写作一部望不到尽头的小说,那是一个世纪的叙述。2003年8月我去了美国,在美国东奔西跑了七个月。当我回到北京时,发现自己失去了漫长叙述的欲望,然后我开始写作这部《兄弟》。这是两个时代相遇以后出生的小说,前一个是"文革"中的故事,那是一个精神狂热、本能压抑和命运惨烈的时代,相当于欧洲的中世纪;后一个是现在的故事,那是一个伦理颠覆、浮躁纵欲和众生万象的时代,更甚于今天的欧洲。一个西方人活四百年才能经历这样两个天壤之别的时代,一个中国人只需四十年就经历了。四百年间的动荡万变浓缩在了四十年中,这是弥足珍贵的经历。连接这两个时代的纽带就是这兄弟两人,他们的生活在裂变中裂变,他们的悲喜在爆发中爆发,他们的命运和这两个时代一样的天翻地覆,最终他们必须恩怨交集地自食其果。

通过兄弟两人的命运来表现两个时代的特征,抵达时代的真相,无疑是一种带有史诗性的宏大叙事。虽然《兄弟》所取的依然是民间的立场和民间的视角,但它从内里到整个结构都涌动着宏大叙事的冲动,其叙事直奔"时代特征",具有宏大叙事的性质。

看惯了余华的小说,乍一读《兄弟》,还真有点不习惯。余华以前的小说,对历史和现实均采取淡化的写法,即将历史和现实处理为隐现交织的背景状态,或干脆将历史和现实抽象化为意象,作为存在的隐喻,在此背景之上或之中叙写人性和人的命运。但这次余华出人意料地启用被他疏远了二十多年的"正面强攻"的写法,据余华解释,所谓"正面强攻"的写法也就是"强度叙述",它属于19世纪现实主义小说的传统,"《兄弟》用的是19世纪小说那样的正面叙述,什么也不能回避"[①]。这种"正面强攻"的写法在叙写宏大的时代、复杂的社会现实和人性,以及构建史诗等方面,积累了丰富深厚的经验。因此,当余华2005年9月5日做客新浪网,主持人问他为什么要采取这种"正面强攻"的写法,以前为什么没有尝试过这种写法时,余华说:我以前尝试过,像《活着》和《许三观卖血记》,那时候都是寻找一种角度去写。这次是我第一次从正面去写那个时代,努力把这两个时代的特征表现出来。

这就是说,《兄弟》首先要表现的是两个时代的特征,即《后记》中所说的,一个是"精神狂热、本能压抑和命运惨烈"的时代,即禁欲和反人性的时代;另一个是"伦理颠覆、浮躁纵欲和众生万象"的时代,即纵欲和人性泛滥的时代。

在对比性中对"文化大革命"和改革开放的八九十年代这两个时代的特征做这样的概括,应该说基本上是切合事实的。问题是,这样的概括若出现在20世纪80年代初,还不失为一种发现,但在21世纪初再做出这样的判断,已经不是发现,而是共识和常识了。控诉、揭露、剖析"文化大革命"的禁欲和反人性,从20世纪70年代末的"伤痕文学"开始一直持续至今,成为新时期文学反复钻探的主题。而专注于从负面描写改革开放年代浮躁纵欲和人性泛滥的作品,也从80年代开始一直持续至今。贾平凹早在1986年就写出了表现一个时代"浮躁"特征的

---

① 引自李捷汶《兄弟夜话:这个时代最大的现实是超现实》,《上海壹周》2006年3月22日。

长篇小说《浮躁》,1993年又写出并出版了表现这个时代纵欲和人性泛滥为特征的长篇小说《废都》。而90年代所谓的"身体写作""下半身写作""美女写作",更是将这一时代特征泛化了。如今继续写这两个时代,如果还止于或满足于平面化的一般时代特征的揭示而不做深入的探索,其作品是不可能攀上新的高度的。

我个人的看法是,《兄弟》对两个时代及其特征的叙写是共识叙述、常识叙述,缺乏余华惯有的那种在敏锐的灵悟中做出独到发现的特点。我很难判断余华如此这般是思想迟钝所致,还是为激情所累,总之,《兄弟》是一部缺乏思想深度和精神超越的小说。

从这个看法出发,我同意葛红兵对《兄弟》的批评。他认为《兄弟》从受虐者的方面出发,表现"文革"受压抑的一面,是冷色调的、忧郁的,但对施虐者来说,"文革"又是狂欢化的、亮色的。"余华在这种多视角的复调的写作方面显然不成功,他在精神上没有超越我们以前对'文革'的理解,没有对人性的复杂性做深入的考量。"余华从性的角度进行了尝试,但又局限在历史性书写中,作品往往以人物命运为中心,从过去到现在进行书写。具体到这部作品中,兄弟两人总是被动地接受命运的安排,而不能超越历史。"小说中很难看到直接面对灵魂的拷问,可以说有历史,但没有超越历史的灵魂。"余华没有摆脱绝对化的二元思维,"他没有为我们提供一种深刻性和复杂性,更没有在精神层面提出更加升华的救赎方向。他似乎相信人性的爱或情能够战胜邪恶,但我们也在此看出汉语写作的局限:写了爱同时也写了爱的无能为力,没有发现,没有超越人类的精神资源"[①]。包括余华在内的中国作家,面对20世纪中国丰富复杂的社会现实,无论是进行史诗性的宏大叙事,还是做视点下沉的民间叙事,都需要寻找并确立新的独特的历史观念和视角,从而对历史和现实做出深度的把握。只有这样,作家所创作的作品才不会流于现象的描述、平面的把握,才会在探知历史和现实深处的蕴含时,超越现象、超越常识、超越日常经验,在超越中做出新的发现。

与此相联系的另一个问题是,《兄弟》对"文革"和"改革开放"这两个时代的叙写,不经意间反映出余华思想的后退和创造力的下降。这肯定是余华不愿意看到和不乐意承认的。否定禁欲和反人性的"文化大革命"无疑是对的,指认改革开放年代存在浮躁、纵欲的现实也没有错。据此,怎么能说余华思想后退了呢?

必须从两个方面来看这一判断。首先,余华对两个时代特征的把握,在价值判断上是有选择的把握,但两个时代的特征在小说中构成一种诡秘的关系,即等值并置的关系,这是让人难以觉察的。"精神狂热、本能压抑和命运惨烈"是前一个时代的"整体性特征",而"伦理颠覆、浮躁纵欲和众生万象"则是后一个时代整体性特征中的一面,即负面现实的特征。后一个时代的正面现实特征,应该是现代化和市场经济带来的物质文明、消费自由,以及人性的解放与创造。在这个时代,乌托邦式的精神、理想遭到了否弃,与此同时,现实性的现代精神已经在现代性中找到了自己的根基。

因为四十年浓缩了欧洲四百年的进程,历史环节的被删除与历史

[①] 葛红兵等:《〈兄弟〉的意义与汉语写作的困境》,《当代文坛》2006年第1期,第102页。

内容的被浓缩，使历史不是像在演进中累积，而是像在决斗中天翻地覆。于是，后一个时代是对前一个时代的否定，作为历史，前一个时代是已经存在过的，作为价值判断的对象，它是被否定的。由于后一个时代在小说中是以负面现实呈现的，于是，《兄弟》叙写的两个时代，一个是被否定的前一时代，另一个则是被否定的现时代的负面现实。让人没想到的是，《兄弟》从一个被否定的时代进入另一个同样被否定的负面现实，否定性的力量让兄弟两人始终摆脱不了荒诞的悲剧的命运。宿命又出现了。宿命是余华的先锋小说的主题，但它不应该成为现实永远不变的命题。在余华的先锋小说中，宿命通向历史与现实的暴力及人性之恶，但在这部本来可以开出人性胜境的作品中，宿命又成为人性发展的障碍，这是让人遗憾的。

在前一个时代，宿命没有成为主导力量，在精神狂热和本能压抑的极端处境中，余华写到了人性的力量。宋凡平和李兰公开相爱，隐忍抗争暴力，之所以让人感动，全是因为人性的感召。那个变态的时代是不能容忍人性公开存在的，尤其不能容忍人性在地主之子宋凡平和地主婆李兰之间生长，所以，他们的命运必然是悲剧。

但后一个时代仍然取负面现实和否定的视角，对人物描写却是不利的。李光头和宋钢虽然身在两个时代，由于作家取的是同一个视角，人物及人性始终在一个方向滑行。李光头和宋钢的人性结构，从一开始就被设定好了，以后他们在不同时代、不同处境中的表现，都是人性的初始结构顺着同一个方向的推进。例如李光头，他的人性质量在七八岁时初见端倪，到十四岁那年的"偷窥事件"发生时基本定型，他出卖偷窥秘密与后来他自封福利厂厂长、厚颜无耻地追求林红、追求而不得之后一气之下做结扎手术、倒卖破烂发横财、异想天开地举办全国处美人大赛等荒诞之举，都是人性在同一个方向和同一质量方面的粗俗化的表现，没有出人意料的独特的发现。

什么是人性出人意料的独特的发现，以《活着》为例，从福贵默默承受苦难的隐忍中看到他对生命的尊重，看到人性的力量，这就是出人意料的独特的发现，这就是余华。但《兄弟》下部一改余华在1986—1995年创作先锋小说和《活着》《许三观卖血记》等小说的思路，而是接上了他在90年代中后期所写的《为什么没有音乐》《炎热的夏天》《女人的胜利》等世俗叙事一路小说的思路，只能说明余华思想的后退和创造力的下降。

二

突然想起贾平凹的一段创作经历。从1983年起，贾平凹开始构建"商州世界"，第一层地基由叙写商州独特的地域文化风貌、历史沿革和时世新变，被当时的文学界称为"新笔记体小说"的"商州三录"（《商州初录》《商州又录》《商州再录》）和长篇小说《商州》夯实。在其之上的《小月前本》《鸡窝洼的人家》《腊月·正月》分别从爱情、婚姻、家庭的角度切入现实，写当前乡村的社会变革与人们的道德观、价值观的变化。而紧接而来的《远山野情》《天狗》《黑氏》《人极》等小说则淡远两种文明的冲突，专意描写穷乡僻壤的古朴纯真的人道遗风，原始感情和现代文明之间的关系，显现出传统文化的魅力。

到这时（1985年），贾平凹构建的"商州世界"已经初具规模，冉冉升起。这些小说显示出贾平凹深得中国传统文化重精神、重情感、重气韵的审美原则，写得古朴庄雅、优柔虚静、情趣蕴藉、气韵生动。

也就是在这时,贾平凹开始不满意这些作品"软的笔调",决定改变自己的写作风格。贾平凹阴柔纤弱,心却野大,向往古拙旷达,他一再表白,他非常崇拜汉代艺术,欣赏它粗犷、有力、浑厚、夸张的气魄,"汉代的文化是最有力量和气度的,而比雍容富贵的盛唐文化更引起人的推崇和向往"。正是基于这一点,他推崇大汉之风,"在霍去病墓前看石雕,我觉得汉代艺术最了不起,竟能在原石之上,略凿细腻之线条,一个形象便凸现出来,这才是艺术的极致。所以,在整个民族振兴之时振兴民族文学,我是崇拜大汉之风而鄙视清末景泰蓝一类的玩意儿的"[1]。他想摆脱自己的小家子气,把小家子气的硬壳突破一下。他要借助一部小说来实现自己的愿望,于是,长篇小说《浮躁》应运而生。他想在这部小说中把生活面打开,写中国目前正在发生的事情,又把它和历史进程联系起来,造成一种比较宏大的规模,并想在其中"增加一种气势",把气势搞充实,以增强浑厚感。这是史诗之作和宏大叙事的构想,"《浮躁》就是力图表现中国当代社会的现实的,力图在高层次的文化审视下来概括中国当代社会的时代情绪的,力图写出历史阵痛的悲哀与信念的。小说写到的仍是我许多作品曾经写过的一块叫商州的地方,它是我的故乡,更是我的小说的世界。我描写它的时候,希望人们意识到那块土地所蕴藏的意义,企图把这种意义导向对于历史、对于传统、对于现实的民族生活,对于种种人生方式及社会人性内容的更深刻的醒悟和理解"[2]。

---

[1] 贾平凹:《闲瞻集》,中国文联出版公司1995年版,第393—395页。
[2] 《浮躁》1988年获美孚飞马文学奖,贾平凹在中国作家协会和美孚石油在北京举行的新闻发布会上的讲话。引自孙见喜《贾平凹前卷》第一卷,花城出版社2001年版,第525页。

尽管《浮躁》出版后好评如潮，尽管它出版之后很快就获得了"美孚飞马文学奖"，但它强张气势的宏大叙事明显与贾平凹的心性、文性不合。我个人的看法是，贾平凹的才能不是写史诗的才能，他优柔的叙事风格难以支持浑厚的宏大叙事。好在贾平凹在小说结笔时就意识到了这一点。他在《浮躁·序言之二》中说：这部作品我写了好长时间，它让我吃了许多苦，倾注了许多心血，我意识到这是我三十四岁之前的最大一部也是最后一部作品，"我再也不可能还要以这种框架来构写我的作品了。换句话说，这种流行的似乎严格的写实方向对我来讲将有些不那么适宜，甚至大有了那么一种束缚"。之后，他又回到与自己的文性相合的写法上来。

由贾平凹看余华，我要说，余华的心性、文性也不适合写史诗和宏大叙事。那么，余华的才能主要表现在哪些方面呢？

我在《民间中国的叙事者》中说，余华是一位具有天赋的小说家，他身上有一种灵性，一种能够在不经意间把存在的事物、理性的思考和生活的体验融入感觉之中，并以先锋叙述或世俗叙述的形式将其表现出来的才能，其小说蕴含着浪漫诗性的特质。由于有了这样的特质，余华才能够用先锋现代的思想观念倾听中国社会从文化和人性深处传来的声音，用灵悟的感觉去捕捉其中隐秘的信息。当他与现实关系紧张，以敌对的态度看待现实时，所表现的多是人世之厄、人性之恶、暴力本能、历史荒诞和宿命的内容，然后将其演绎成从形式到内容都非常先锋的小说文本。当他用温情的眼光看待世界，对善与恶一视同仁，超然一切事物之上时，则又进入民间中国的苦难人生，从中发掘出最传统又最现代的人性内容，这就是《活着》和《许三观卖血记》在民间叙事中所蕴含的新的人道主义思想。我的结论是，余华来自民间，其经历和学识决定了他最适合叙写民间中国的故事和人生,而不适合叙写复杂浑厚的史诗和宏大叙事;余华的文学趣味及其创作个性适合从简单中见丰富,而不适合在繁复中营构复杂;余华的浪漫自由之心与先锋精神可以使他在适度的创新中获得成功,而不适合在守成中拼实力、拼才能;余华是有宿慧之人,适合用灵悟涵化思想,用感觉捕捉人性,而不适合做社会学式的直接反映,用理性表现思想和人性。

《兄弟》再次证明我对余华心性、文性特点的把握是基本正确的,不过这回他是从误用才能这方面对我的判断做出了证明。至少到目前为止,余华还没有拿出真正意义上的史诗之作和宏大叙事来证明他具有这方面的才能。

作家总是在不断变化、不断超越中实现自己的文学理想,但作家在此中既要认清文学的本性,也要认清自己的才能和潜质。从理论上讲,超越自己、突破自己是对的,但不适合自己心性和文性的所谓超越、突破肯定是不可取的。一个智慧的作家,他应该知道自己的文学创作在哪些方面是可以超越、可以突破的,哪些方面是不可以超越、不可以突破的,哪些恒定的东西只能在创作中丰富而不能突破,更不能否弃。

《兄弟》不是史诗,也不是真正意义上的宏大叙事,它是在宏大叙事的名义下进行的民间化的苦难叙事和欲望叙事,上部始于欲望叙事终于苦难叙事,主体是苦难叙事;下部则为欲望叙事所主导。

可以将《兄弟》概括为"两个时代的裂变与两个人的命运",无论是通过两个时代的裂变写两个人的命运,还是通过两个人的命运写两个时代的特征,都是一种宏大叙事的构想。但这种看似相同的表述其实是有区别的,因为通过两个时代的裂变写人的命运,中心落在人的命运上,而通过人的命运写时代的特征,中心则落在时代特征上。在前者,即使时代和人一样彰显,但时代不能淹没人物。一般情况下,时代被淡化为人物活动的背景,余华以前的小说就是这样来处理的。在后者,好的情况下,人的命运可以反映时代的特征,人的命运与时代特征可以构成互相演绎的关系。差的情况下,人物具有被符号化倾向。人物被符号化在现代主义文学中常常是一种高度抽象化,具有形而上意义的形象,但在写实主义文学中,人物的符号化则是一种被表象化、在一个方向被一再复制的形象,《兄弟》介于这两种情况之间。所以,他要以兄弟作为连接两个时代的"纽带",然而问题也就出在这里。既要表现两个时代的特征,又要叙写两个人的命运,其结果是二者在表面互为表里,但暗中又相互较劲侵害。从《兄弟》叙事的走向来看,余华在两个时代的裂变、两个时代的特征与两个人的命运之间,显然更看重前者,否则,他就不可能在上部用比写主角兄弟两人多得多的篇幅来写宋凡平和李兰的爱情与悲剧,就不可能在下部不厌其烦地进行粗俗化的欲望叙事,由此叙写了大量的由李光头、周游、宋钢和林红牵出的荒诞现实。这些粗俗化的情节各不相同,但在意义上是等值的,那就是用荒诞现实来表现伦理颠覆、浮躁纵欲的特征。

"时代特征"暂时是胜利了,但人物为此付出了代价。当那些荒诞的落俗庸俗的欲望叙事裹着人物往前走时,人物实际上已经被"时代特征"购买并被符号化了。尤其是李光头,他的形象越来越趋向符号化,其种种荒诞之举已经具有表演的性质。

三

我说李光头形象在下部越来越趋向符号化,其种种荒诞之举已经具有表演的性质,但我并不否定李光头是这部小说中最生动的形象,最具有时代性的形象。一部《兄弟》,其实就是李光头生命的欲望史、浪漫史。《兄弟》可以没有其他人物,这些人物都可以置换、更换,就连宋钢也可以换成另一个人,但它绝对不能没有李光头。没有李光头,《兄弟》就会大为失色,或者就会成为另一种文本。余华对李光头也是宠爱有加,所以,当《新京报》记者问他:小说中李光头形象特别丰富,他粗俗、贪财,但又讲义气,重视兄弟情谊;而宋钢形象则比较单一,除了懦弱,他似乎没有什么特征,你自己怎么看时,余华说:从作者的角度出发,我也很喜欢李光头形象,我自己觉得最成功的还是这个角色。他这个人物形象有鲜明的时代特征,他是一个混世魔王,他做的事情都是大好大坏,没有小好小坏,可是也有人说他是当代的英雄。李光头这样的人物本身就很容易出彩,而宋钢则是一个弱者,写一个弱者很难表现得很完美。[1]

我说李光头是这部小说中最生动的形象,但并不认为他就是最成功最完美的形象,他与这个标准还有相当大的距离。我说李光头是一个生动的形象,是因为这个人物具有戏剧性,天生就是一个演员,他能把流氓、无赖、偷窥者、奸商、暴发户与痴情者、恩人、时代的宠儿集于一身,是一个最混账最王八蛋又最讲义气最敢作敢为的混世魔王。他不停地在人性的两极跳来跳去,他不喜欢在人性的中间地带拖泥带水,所以,他的所作所为都是惊人之举。可惜,这个人物在下部的一系列荒诞的惊人之举,越来越趋向符号化,具有表演的性质,如自封福利厂厂长、

---

[1] 甘丹:《余华回应各界质疑坚称〈兄弟〉让自己最满意》,《新京报》2006年4月4日。

余华论

厚颜无耻并花样百出地追求刘镇的大美人林红、追求而不得之后一气之下做结扎手术、在县政府大门口静坐示威、倒卖破烂发横财而暴富、异想天开地举办全国处美人大赛、从俄罗斯请来一位画家为自己画巨幅肖像、疯狂地与林红做爱三个月、打算花两千万美元搭乘俄罗斯联盟号飞船上太空游览……这样,就把欲望化叙事本身深含的人性裂变的内容和时代特征简单化和粗俗化了。

相比较而言,上部在苦难与压抑中叙写的李光头形象是一个很好的造型,尽管有不少人认为小说的开头是一个非常污浊、不堪入目的黄色镜头,但我以为开头的两章恰恰是整部小说写得最好的部分,是最能显示余华叙述才华的两章。它通过一个十四岁的少年在欲望的驱使下发生的偷窥行为,诱发了刘镇男人们集体性的变相偷窥,以一种荒诞的充满幽默的叙述,写出了那个禁欲与反人性的时代人们的性压抑,以及用人性扭曲的形式有限度地宣泄被压抑的欲望。

为了使这个十四岁少年的偷窥行为在生理和心理上具有逻辑依据,小说写到了李光头在七八岁时无意中偷看到新婚的母亲李兰和继父宋凡平的性生活动作,便趴在长凳上模仿,没想到激起了性欲,从此乐此不疲,不知羞耻地抱着电线杆摩擦起欲。这一描写,虽然使李光头的偷窥行为有了生理和心理的逻辑依据,却违反了人的生理和心理的生长逻辑,让人怀疑一个只有七八岁的儿童怎么会有这么早熟的生理和心理?

兄弟之兄的宋钢,怎么看都像一个受难者的形象。在母亲去上海治病,父亲被批斗关押的"文化大革命"初期,他和弟弟李光头相依为命。父亲被造反派毒打致死安葬乡下老家后,母亲把他留下来照顾风烛残年的老地主爷爷,一待就是十年。在那个视地主为阶级敌人并时

岂止遗憾

时刻刻对其进行专政的年代,一个未成年的孩子要去照顾一个没有任何经济来源且生命快走到尽头的老人,谈何容易?这十年他和爷爷是怎么过来的,其中的苦难辛酸,局外人恐怕是很难想象的。苦到尽头的爷爷终于老死了,"宋钢告别了相依为命十年的爷爷,走向了相依为命的李光头"。下部从这里开始。

谁曾想到,苦尽甘来的兄弟却因为林红而分道扬镳,但兄弟之情仍然深埋在他们心底。宋钢始终不忘母亲临终前的嘱咐,承诺"我会一辈子照顾李光头的。只剩下最后一碗饭了,我会让给李光头吃;只剩下最后一件衣服了,我会让给李光头穿"。所以,在李光头做生意失败穷困潦倒时,他瞒着林红偷偷地接济李光头,直到被林红发现并逼着他与李光头断绝兄弟关系为止。为此,他无奈、苦恼,难过极了。

直到这里,小说对宋钢的描写都是人性的自然表现,但从五金厂破产倒闭,宋钢下岗开始,宋钢也被赋予了"时代特征"的意义而符号化了。他加倍干活,拼命挣钱,结果不仅没有改变困境,反而得了终生不治之症。而此时的李光头正春风得意,在经济上、政治上和事业上都达到了极为辉煌的顶峰。这样就构成了一种反讽:老实勤劳的宋钢想好活却活得走投无路,混世魔王李光头反复折腾反而活得格外风光;好好干活的宋钢挣不了钱,耍无赖玩投机的李光头偏偏暴得大富。

《兄弟》要的就是这种伦理颠覆,一切都颠倒的反讽效果。宋钢被江湖骗子周游引诱走上行骗之路,当他告别苦海般的江湖,丧魂落魄地回到刘镇时,才知道林红早已跟李光头走了。他感到万念俱灰,生不如死,便卧轨自杀了。

宋钢自杀,更加剧了这个"伦理颠覆、浮躁纵欲和众生万象"的时代的悲剧效果:宋钢是被他自己杀死了,也是被这个时代的负面现实杀

余华论

死的。

我不同意余华的看法,说什么宋钢是弱者,写弱者很难表现得很完美。这完全是他为没有写好宋钢而找了个借口,好像文学只青睐强者形象而鄙视弱者形象。了解文学的人都不难发现,一部世界文学史或中国文学史,几乎是一条站满了千姿百态的弱者形象的艺术画廊,就连余华的《活着》和《许三观卖血记》中也不乏这样的形象。余华怎能如此信口开河?

《兄弟》的另两个重要人物是上部的宋凡平和李兰。他们因爱和同情走到一起,在那个禁欲和反人性的时代,他们坦然相爱,用激情浪漫张扬爱,有尊严地活着,成为刘镇一道惊人的风景线。他们的爱起于上部,又终于上部,终止的不仅是爱,还有生命。

余华以往小说中的人物,一是完全为人世之厄和人性之恶所陷的人物,二是在苦难中相依为命、默默承受苦难或隐忍抗争苦难的人物。而《兄弟》中,竟然出现了一个很不平凡的宋凡平,真可谓是余华写作史上的一个奇迹。宋凡平之所以不平凡,恰如我的朋友臧策所说,乃是因为他是集体育明星、武林高手、演说家、刘镇名人、模范丈夫以及慈父、猛男等大众文化的梦想于一身的人物。他是能屈能伸的大丈夫,能伸时,他潇洒地谈情说爱,用拳头捍卫尊严。在灾难降临不能硬拼时,他隐忍达观,用乐观缓解苦难,以屈抱伸。当红卫兵和造反派轮番抄家时,他客气地迎送,请他们喝茶,话里透着热情;当三个红卫兵要他教"扫堂腿"时,他言传身教,耐心细致;他故意用摔倒来换取儿子的欢心,把用树枝做成的筷子说成是"古人的筷子",以消除孩子因抄家而产生的不快心情,还连夜带他们到海边玩;每次被批斗后回家,他洗完脸后,马上变成一个快乐的人;左胳膊被打脱臼了,他骗孩子说是左胳膊累了,让它休息几天,以遮掩残酷血腥的真相,不让孩子因为这场突如其来的灾难而伤害到他们。更可贵的是,在他人归罪的处境中,宋凡平"居然还能清醒地不转化为'自我归罪'者,或许能为中国人摆脱奴性,不向违反人性的权力臣服,最终获得精神的拯救提供一些依据"①。

在隐忍抗争中,"屈"是一种韧性很强的意志,它需要意志一刻不停地提醒与支撑。意志稍不留神,"屈"就会不知不觉地滑向软弱。宋凡平就有这种打盹的时刻,那是他在被造反派关押囚禁并饱受折磨的日子里,一天,李光头和宋钢给他送来煎虾和酒,我们不愿意看到的一幕终于发生了:他自己没吃,而是谦恭地递给那些戴红袖章的人;他们忙着吃虾,他就谦恭地端着碗。

这一细节,怎么看怎么让人不舒服。这一举动已经不是隐忍,而是近乎讨好了。葛红兵比我眼力锐利,他发现宋凡平努力在家庭内部营造爱的温馨,可是一旦步入社会,却是不堪一击,"宋凡平对待暴力基本上没有反抗,直至被打死"②。这是宋凡平的自然表现,还是余华的"走神",恐怕两者都有。

从艺术角度看,《兄弟》中写得最成功的人物形象不是李光头,也不是宋凡平,而是李兰。李兰是全书中一个最有人性张力和人性深度、艺术上最具文学性的形象。这个形象的成功之处,就在于作者按照生活的逻辑和人性的逻辑,写出了李兰作为小镇上一个普通女子从自卑活着到自尊活着的精神史,以及她在自卑与自尊的数度演变中显现出的

---

① 李霆:《〈兄弟〉(上)的生存意识与叙事伦理》,《小说评论》2006年第1期,第66—67页。
② 葛红兵等:《〈兄弟〉的意义与汉语写作的困境》,《当代文坛》2006年第1期,第100页。

人性力量。

第一个丈夫李山峰在厕所偷看女人屁股被淹死后,她在耻辱与自卑中度过了黑夜与白天不分、人鬼难分的七年,带着襁褓中的儿子躲在阴暗的屋子里不敢见人。如果说第一个丈夫给她带来的是恨、耻辱和自卑,那么,第二个丈夫宋凡平给她带来的则是爱、幸福和自尊。宋凡平让她骄傲地抬起头来,"她觉得自己从今往后再也不用低头走路了"。然而,他们的幸福在一年多后随着宋凡平被造反派活活打死而崩溃,但李兰没有因此而被击垮。她在屈辱中自尊,在自尊中坚强地活着:她强忍悲痛安葬丈夫,并一再告诉两个孩子不要在别人面前哭泣;为了纪念宋凡平,她坚持八年不洗头;面对无休止的批斗和来自周围的羞辱,她骄傲地做着她的地主婆,坚持不让儿子在入学时更改家庭成分。这个看上去柔弱良善、隐忍活着的女人,原来竟然是一个有心劲的人,骨子里非常坚强。

好像在余华以往的哪部小说里见过李兰,感觉没错,李兰是《活着》中福贵慈善的母亲和温存的妻子家珍这两个人物形象的合而为一。原来,这是一个"陌生的熟悉人"。

四

《兄弟》上部出版之后,毁誉参半,到下部出版时,几乎只有批评的声音了。

谢有顺批评《兄弟》情节失真、语言粗糙,是一部失败之作,在余华的写作中,它根本不值一提。

李敬泽快人快语,一篇《被宽阔的大门所迷惑》的批评文章,敏锐尖锐,处处刺中《兄弟》的软肋。他批评《兄弟》简单粗俗,批评余华以血统论推定人类生活中的卑微和高贵、善和恶,过去四十年来中国人百感交集的复杂经验被他简化为一场善与恶的斗争,一套人性的迷失与复归的巨大隐喻;余华从来不是一个善于处理复杂的人类经验的作家,他的力量在于纯粹,当他在《活着》中让人物随波逐流时,他成功了,但当他在《兄弟》中让人物做出一个又一个选择时,他无法细致有力地论证人物为何是这样而不是那样,于是只好粗暴地驱使人物;余华降低了他的志向,误用了他的才能。[①]

北京大学中文系教授张颐武批评《兄弟》"是一部煽情的小说",它基本上重复了余华在20世纪90年代初作品的框架和格局,延续了"苦闷的记忆"的主题,写法和想法上没有超越,显得很保守。

与余华同时成名的先锋作家残雪告诉记者,她在网上看到《兄弟》的若干章节,感觉很次,所以没有再看下去。作家李洱认为这是一部失败的作品,在余华的水平线之下,写得"不诚恳,不准确",等等。

面对几乎是一边倒的批评之声,余华通过媒体逐一进行辩解与反驳。他声称《兄弟》是一部让自己满意的作品,"还是我最厚重的一部小说","也是我最丰富的一本书",到目前"还没有发现它有什么缺憾"。他甚至调侃地说:"当年我发表《活着》时,许多批评家纷纷拒绝,等到了《许三观卖血记》,大家又不能接受我80年代的作品了。《兄弟》出来了,很多火力集中在《兄弟》上部,我就想,我的《兄弟》什么时候会安全呢?可能要等到新的作品发表就可以了吧?结果《兄弟》下部出来后,

---

① 李敬泽:《被宽阔的大门所迷惑——我读〈兄弟〉》,《文汇报》2005年8月20日。

火力转向了它,而《兄弟》上部就安全了。为了让《兄弟》上、下部都安全,我要尽快写出新的长篇。"凡此种种,不一而足。

聪明的余华这回怎么这么不自信？在我看来,他那些看似很自信的辩解,恰恰显露出他内心的不自信;《兄弟》有这么多明显的缺陷,我就不相信余华感觉不到。他为《兄弟》辩解,与很多人的批评较劲,只会有两种情况:一种情况是他真的以为《兄弟》如他所说的那么好,所以他要辩解;另一种情况是他也看到了《兄弟》存在着缺陷,但又不愿意这么快就承认,于是就想通过辩解和自我阐释来纠正人们对其的看法,以此肯定《兄弟》是一部好小说。

如果是前一种情况,不是我们误读了《兄弟》,误解了余华,就是余华自己误读了《兄弟》,所谓"不识庐山真面目,只缘身在此山中"。如果是后一种情况,我们就要为余华感到遗憾了。但愿不是后一种情况。我非常赞同作家陈村的看法:"一个作家,写完了就应该闭嘴。在这点上,余华是不对的,他的做法有点傻。这个问题韩少功做得不错,他写完了作品,很多媒体想采访他,他一句话也不说。作品写完了,就让别人去阐述,自己不应该站出来说话,要说话也应该在作品发表许多年以后。"这一点,聪明的余华应该明白。

有关《兄弟》的评论还没有展开,我期待真正深入学理的评论尽快登台。《兄弟》即使有我所说的这些缺陷,但它并没有改变我的一个基本看法,那就是,到目前为止,余华依然是中国当代为数并不多的最好的小说家之一。

一部关于平等的小说
——余华长篇小说《第七天》

1997年8月26日,余华为《许三观卖血记》韩文版作自序,声称"这是一本关于平等的书"。他没有直接说出许三观,而是说有这样一个人,他知道的事情很少,认识的人也不多,只有在自己生活的小城里行走他才不会迷路。当然,和其他人一样,他也有一个家庭,有妻子和儿子;也和其他人一样,在别人面前显得有些自卑,而在自己的妻儿面前则是信心十足,所以他也就经常在家里骂骂咧咧。这个人头脑简单,虽然他睡着的时候也会做梦,但是他没有梦想。当他醒着的时候,他追求平等。"他是一个像生活那样实实在在的人,所以他追求的平等就是和他的邻居一样,和他所认识的那些人一样。当他的生活极其糟糕时,因为别人的生活同样糟糕,他也会心满意足。他不在乎生活的好坏,但是不能容忍别人和他不一样。"①最后,余华说这个人的名字可能叫许三观。在这里,余华实指的是"许三观"们。平等是现代政治制度化的产物,追求平等是现代意识的体现。可许三观追求的平等,哪里是真正意义上的平等,分明是心胸狭隘、以我为尺度的原始平均主义。更有甚

---

① 余华:《我能否相信自己》,人民日报出版社1998年版,第137—138页。

者,许三观追求的平等里还残留着人性之恶的基因,稍不留意就会破土而出。例如,当他得知妻子许玉兰婚前同何小勇有过一次生活错误后,为了"平等",他寻找机会也犯了一次生活错误。当偷情之事被揭开之后,他理直气壮地对许玉兰说:"你和何小勇是一次,我和林芬芳也是一次;你和何小勇弄出个一乐来,我和林芬芳弄出四乐来了没有? 没有。我和你都犯了生活错误,可你的错误比我严重。"他认定许一乐是何小勇的儿子,心里憋屈,觉得自己太冤,白白地替何小勇养了九年的儿子,于是,他处处刻薄一乐,并严厉地告诉儿子二乐、三乐,要他们长大后,把何小勇的两个女儿强奸了。

这就是许三观追求的平等,这就是心胸狭隘、以复仇的形式平衡心理的许三观。好在许三观的人性结构以善为主,而且不齿之行为也仅此一次。特别是在经过"文化大革命"的种种磨难之后,善良引领着他一步步地走向生命之境。我仍然坚持己见,认为《许三观卖血记》的要义不在"平等"而在"人性精神"。它的最大贡献,是起于苦难叙事,用"卖血"来丈量苦难的长度、强度,以此考量许三观承受苦难、抗争苦难的力度,终于伦理人道主义。

余华真正以平等为要义的小说,我以为是刚刚出版的长篇小说《第七天》(新星出版社 2013 年 6 月出版)。

荒诞绝望的现实世界

《第七天》打通生死(阴阳)二界,描写了截然相反的两个世界:一个是危机四伏、宿命暴虐、荒诞绝望的现实世界;一个是欢乐温情、死而永生、死而平等的死者世界。小说笔落非现实的阴界,这里的杨飞、杨

一部关于平等的小说

金彪、鼠妹刘梅、李青、谭家夫妇、李月珍、张刚、伪卖淫女等人的魂灵以返身回望的方式,自由出入生死二界,比较生死二界,最终的结论是,死者世界(阴界)比生者世界(阳界)好。之所以死者世界比生者世界好,是因为死者世界公平、自由、温情,而生者世界(现实世界)则残酷、荒诞,令人绝望。绝望的现实世界,权力称大、金钱横行、社会不公、官员腐败、暴力强拆、瞒报事故、刑讯逼供、冤假错案、警民对抗、自杀、卖淫、行骗造假、底层百姓极度贫困;多数人死于非命,李月珍被车撞死,李青割腕自尽,鼠妹跳楼自杀,杨飞和谭家饭店老板全家死于一场火灾,张刚被人刺死,李姓男人被枪决,大型商场火灾夺走几十人性命,郑小梅父母死于暴力强拆,等等。

生而不平等,便指望死而平等,对于所有人来说,"死亡是唯一的平等"。那个雅可布-阿尔曼苏尔的臣民,羡慕玫瑰的美丽和亚里士多德的博学,他深知自己平生不能企及,便"期望着有一天能和他们平等,就是死亡来到的这一天,在他弥留之际,他会幸福地感到玫瑰和亚里士多德曾经和他的此刻一模一样"①。可《第七天》描写的现实世界,人生而不平等,死后也不平等。

在通往阴界入口处的殡仪馆,其候烧大厅分为等级森严的两个区域:由沙发围成的贵宾候烧区域和由塑料椅子排成的普通候烧区域。

> 贵宾区域里谈论的话题是寿衣和骨灰盒,他们身穿的都是工艺极致的蚕丝寿衣,上面手工绣上鲜艳的图案,他们轻描淡写地说着自己寿衣的价格,六个候烧贵宾的寿衣都在两万元以上。我看

---

① 余华:《我能否相信自己》,人民日报出版社1998年版,第137页。

过去,他们的穿着像是宫廷里的人物。然后他们谈论起各自的骨灰盒,材质都是大叶紫檀,上面雕刻了精美的图案,价格都在六万以上。他们六个骨灰盒的名字也是富丽堂皇:檀香宫殿、仙鹤宫、龙宫、凤宫、麒麟宫、檀香西陵。

我们这边也在谈论寿衣和骨灰盒。塑料椅子这里说出来的都是人造丝加上一些天然棉花的寿衣,价格在一千元上下。骨灰盒的材质不是柏木就是细木,上面没有雕刻,最贵的八百元,最便宜的两百元。这边骨灰盒的名字却是另外一种风格:落叶归根、流芳千古。

最要紧的是墓地。贵宾死者都有一亩以上的豪华墓地,正在待烧的六人,有五人的墓地建在高高的山顶上,面朝大海,云雾缭绕,都是高山仰止景行行止的海景豪墓。只有一人把墓地建在树林茂密、溪水流淌、鸟儿啼鸣的山坳里。而普通死者的墓地只有一平方米,随着墓地价钱的疯涨,不少死者就连这一平方米的墓地也消费不起,他们不由得感叹:"死也死不起啊!"还有那些没有墓地、骨灰盒的贫困者,死后只能进入"死无葬身之地"。

死者焚烧待遇也有等级之别。殡仪馆有两个焚烧炉,进口的炉子烧贵宾死者,国产的炉子烧普通死者。但一有豪华贵宾到来,两个炉子都要停止服务,专门伺候其人。豪华贵宾是权力高位者,第一天到来的是一位半个月前突然去世的市长。从早晨开始,城里的主要交通封锁,运送市长遗体的灵车及跟随其后的轿车缓慢行驶,要等市长的骨灰送回去后道路才能放行。一千多名大大小小官员向市长遗体告别,两个焚烧炉停烧,专等市长遗体到来。

一部关于平等的小说

荒诞产生了！这里的荒诞是双重的荒诞，"以死写生"——从死者世界反观现实世界是第一重荒诞，这是借助变形而实现的技术性、形式性的荒诞；以荒诞形式表现的荒诞现实是第二重荒诞。此中，荒诞模糊了生与死的边界，即现实与非现实的边界，但又掌控着现实、抵达现实的真相。现实与荒诞互指，有时是将现实的荒诞置于虚幻的荒诞之中构成反讽，用虚幻的荒诞解构现实、否定现实；有时是荒诞成为现实的意指，荒诞在现实本身。在《第七天》里，荒诞叙事承载二义：否定现实，栖居非现实平等之地。

温情遭遇宿命

余华说他写作《第七天》的时候感到现实世界的冷酷，下笔很狠，令人绝望，所以需要温暖和至善的内容来调节作品，给自己也给读者以希望。余华是一位残酷而温情的作家，大致以《活着》为界，在这之前，余华以敌对的态度看待现实、描写现实。在他看来，现实丑恶荒诞，处处充斥着苦难、血腥、暴力和死亡，而这一切均由人世之厄、人性之恶和种种神秘的宿命力量所致。从《在细雨中呼喊》《活着》开始，余华小说原有的元素依旧，但此时出现了新的元素：一是温情，二是生命力量（人性力量）。无论是《在细雨中呼喊》表现的"苦难中的温情"，《活着》《许三观卖血记》和《兄弟》上部表现的"温情地受难"，温情已经成为福贵、许三观、李兰、宋凡平等苦命人隐忍抗争苦难、暴力和死亡的生命力量，用"活着"战胜"死亡"，用"知命"战胜"宿命"，在苦难的极限处，在生与死的边缘顽强生存、善待生命。

《第七天》的温情叙写一如既往的感伤温暖，与荒诞叙写并行而成为贯穿小说的另一条主线。本指望温情凭依"润物细无声"的功力,渗透粗粝荒诞的现实而开出新境,但温情终究不敌荒诞现实和宿命的联手设陷而被死亡所俘获。小说中的温情主体如杨飞、杨金彪、李青、李月珍、鼠妹、伍超等人,无一例外地被宿命劫持到死亡之途。小说甫一出版,媒体批评率先登场,几乎是一边倒的否定之声,唯独对杨金彪和杨飞的父子之爱、鼠妹和伍超的恋人之情的描写,读者和评家一致称好。杨金彪和杨飞是两股血脉经上天"无形之手"的点拨而流淌到一起,有意要为他们演绎一段传奇而又刻骨铭心的人间悲情剧。一位怀胎九个月的母亲急产,一不留神,婴儿从火车厕所圆洞里滑掉到铁轨上,年轻的扳道工杨金彪抱起婴儿,还未结婚就提前进入了父亲的角色。从抱起杨飞的那一刻起,杨金彪一生的选择就从此命定了。也就是从那一刻起,他们开始了长达四十一年的相互依存、相互感激的情感之路。为了杨飞的成长,杨金彪把自己的人生嵌入杨飞的人生轨道,既为父又为母,历经艰辛。苦尽甘来,但命运突然又将杨金彪的人生引向死亡的宿命之途,他在退休的第二年突患绝症。儿子拒绝死亡发来的信息,为了替父亲治病,他辞职、卖房。父亲预感到死亡的来临,为了不拖累儿子,他不辞而别病死他乡。他们生相依、死相恋,在生死二界相互寻找,永别之后竟然重逢于阴界。

鼠妹和男友伍超这对同病相怜、生死相依的恋人,因误会的离间而先后撒手人间。鼠妹因收到伍超送给她的生日礼物是一个山寨版 iPhone,认定他骗了她,伤心欲绝,跳楼自杀。伍超悔恨归罪,卖肾为鼠妹买墓地而身亡。李青与杨飞昙花一现的爱情和昙花一现的婚姻基于真情真爱。貌美高傲的李青之所以断然拒绝许多求爱者而把爱主动地出示给"便宜货"杨飞,是因为她看准杨飞善良、忠诚、可靠。人品不是婚姻的全部,婚姻需要双方在经营中不断提高其质量。他们面临的问题是,杨飞只能给她平庸的生活,而和从美国归来的博士一起则能开创一番事业。对于李青,平庸的爱情不是她生命的全部,所以她要离开杨飞。他们超越世俗的爱让人由衷地感动,而他们相互爱恋的分离更是让人心酸。他说:"我永远爱你。"她说:"我仍然爱你""我结婚两次,丈夫只有一个,就是你。"任谁也想不到,离开杨飞预示着李青不幸的开始,她没有看到死亡在向她遥遥地招手,她更没有想到,将她一步一步地引向死亡,也将杨飞引向死亡的凶杀,竟然是超现实的神秘力量借助现实之手实现的。

平等永生的乌托邦世界

现实世界丑陋荒诞,无可救药,便把希望寄托于人性中的美好情感,以为它能够改变现实世界。然而,在权力异化、金钱横行、欲望疯狂、荒诞泛滥、宿命偷袭的现实世界,作为社会补结构之一的人性美好情感的"温情",注定难当重任。它不仅没有改变现实,反而遭遇现实和宿命的阻击而悲伤离去。绝望之际,《第七天》虚构了一个美好的死者世界。准确地说,美好的死者世界特指"死无葬身之地",即没有墓地和骨灰盒的死者世界,而那些有墓地和骨灰盒的死者则进入"安息之地"。

"死无葬身之地"的原意是孤魂野鬼的荒凉之地,余华变换语义,将其转换为美好世界,一个人人死而平等的世界。语义经过这么一转换,奇迹发生了,那些无权无势的贫困者的亡灵均被引渡到幸福之地,一个如同伊甸园的美好世界。这个世界河水长流,青草遍地,树木茂盛,树枝上结满了有核的果子,树叶都是心脏的模样,它们抖动的节奏也是心

余华论

脏跳动的节奏。这是一个有灵性的世界,树叶会向你招手,石头会向你微笑,河水会向你问候。这里没有贫贱也没有富贵,没有悲伤也没有疼痛,没有仇也没有恨。在俗界因结仇而双双丧命的警察张刚与男扮女装的"伪卖淫女"李姓男人,到了"死无葬身之地"后,竟然成了一对快乐的棋友,谁也离不开谁,"他们之间的仇恨没有越过生与死的边境线,仇恨被阻挡在了那个离去的世界里"。这里的空气新鲜、自然清静、食物丰富、生活悠闲、和谐自在,一派幸福欢乐祥和的景象。他们常常围坐在草地上,快乐地吃着喝着唱着,"他们的行动千姿百态,有埋头快吃的,有慢慢品尝的,有说话聊天的,有抽烟喝酒的,有举手干杯的,有吃饱后摸起肚皮的,有载歌载舞的"。这里的人有情有义,俨然一个大家庭,得知鼠妹即将前往安息之地,所有亡灵排着长队,捧着树叶之碗里的河水,虔诚地洒向鼠妹身上,为她净身入殓,然后,他们在夜莺般的歌声中送鼠妹去安息之地。

这是乌托邦。可余华急忙解释,这个世界不是乌托邦,不是世外桃源,但它十分美好。余华为何要否定他虚构的这个理想世界是乌托邦呢?是否另有深意不得而知,我只能根据事实做出判断。"乌托邦"是近代才出现的词,拉丁文 Utopia 的音译。它源自希腊文 ou(无)和 topos(处所),意为"无地方"(no place or nowhere),即"无何有之乡"之意。此词首先出现于托马斯·莫尔(Thoms More)1516年出版的《乌托邦》(*The Utopia*)一书。根据古希腊时期的阿里斯托芬的《鸟》中描绘的"云中鸟国",第欧根尼的《共和国》设计的"共和国"和克拉底的"Pera"诗中所写的"Pera岛",特别是犬儒学派在此基础上设计的乌托邦社会,以及近代莫尔虚构的"乌托邦",概其要点,可以对乌托邦社会做出这样的描述:这是一个理想的共和国,无地域、无民族、无国家的限制;无阶级、等级、地位和贫富之分,人人平等,互助互爱;彻底废除私有制,实行财产共有,物资按需分配;人人无欲无惑,生活安宁幸福,和谐自由;社会成员生活简朴,满足于大自然的恩赐;重视国民教育和学术研究,提倡公共道德,以养成良好的社会风气;犬儒学派甚至倡导取消家庭,社会成员集体生活,在两性相悦的基础上共妻共夫共子。

《第七天》描绘的"死无葬身之地"具备了乌托邦理想社会的基本特征。乌托邦是虚无缥缈的存在,"明知在现实世界的根基上不可能建立这样的空想共产主义社会,还偏要一本正经地去构设,只能理解为这是犬儒派与现实社会为敌的一种方式,通过对彼岸美好世界的描绘,以此达到对现实社会的全然否定"[1]。我主观判断,余华描绘这个超现实的美好世界,其深意也应该在此而不在彼。

阅读之后

阅读之后是评价。评价要追问的是,《第七天》是怎样的小说?它写得怎样,达到了何种水平?它为何一出版就遭到媒体和网络的恶评,其存在的问题究竟在哪里?

我是在期待中等来《第七天》的。在当代作家中,余华是我最喜欢的作家之一,我与《活着》《许三观卖血记》《在细雨中呼喊》等小说气味相投,在情感、思想和审美上与它们仿佛有着天然的契合。《兄弟》让我遗憾过,我甚至把对它的遗憾视为我对自己的遗憾,便希望他的下一部小说再现王者风范。那则极富煽情之功能的广告语特别成功,它是这

---

[1] 王达敏:《犬儒考古》,《传媒与教育》2008年第1期,第89页。

么写的:"比《活着》更绝望,比《兄弟》更荒诞。"应该再加一句"比《许三观卖血记》更残酷"。一下子就把读者的口味和期望值都吊起来了,吊得高高的。一时之间,《第七天》未售先热,身未动,心已远,真可谓满城竞说《第七天》。因为有《兄弟》在前的提醒,我对这则广告语并没有在意,只当是商家的炒作策略,不能当真。

　　《第七天》好读,半天就读完了,可为了解读它、评价它,我一直处在纠结中,不能为自己的看法做出一个肯定性的判断。写到这里,我仍像踩在跷跷板上,摇摆不定,有一种有劲使不上的无力感。在我的余华研究中,这是从未有过的经历。我是一个不愿意为别人的意见所左右而轻易改变看法的人,我自然不赞同那些轻率过度的评价,而特别看重那些有学识、有思想、有真知灼见的评价。我有自己对一部作品评价的习惯,一般情况下,我非常看重第一次阅读获得的感觉,那是没有经过理性硬性介入的纯粹来自艺术审美的直接把握,不做作、不扭曲、不掺假。我初读《第七天》的感觉是,它肯定不是余华最好的小说,明显不及《活着》和《许三观卖血记》,没有达到它们的艺术水准,没有充分做到既言在此(所叙之故事)又深意在彼(纸背蕴含的思想和人性精神)的完美统一。郜元宝说它是一部有新的探索但未能有所超越之作,虽有可读性但总体上显得"轻"和"薄",是很准确的评价。自然也不是余华"最差""最烂"的小说,我认为它是余华力求创新、超越而在艺术表现上存在明显缺陷的小说,一部逊于《活着》《许三观卖血记》而胜于《兄弟》的小说,一部容易阅读但难以对其做出准确评价的小说。其难,难在它的价值处在一个个滑移不定的节点上,不易拿捏。它艺术表现上存在的问题,我勉强拿捏得住的有这么几点。

　　其一,以死写生,用阴间乌托邦世界的美好来比照现实并对荒诞绝

一部关于平等的小说

望的现实予以批判否定,是余华小说创作中一次有意义的超越性的前行。荒诞有自身运作的规律,只有当它足够自信且积累起一定的数量和质量时,荒诞现实才能达到自我否定的效果。当它一味符号化时,存在的荒诞就脱离现实语境和文本语境而成为表演性的荒诞。《第七天》所写的荒诞情节,多半是被讲述的,随机插入或硬性拼贴上去的,游离于故事之外,有人讥其为"新闻串烧",话虽重,却不无道理。

其二,与此相联系的是,导致温情叙写与荒诞叙写时常分离。小说现实内容中的这两种力量对立但不能分离,当它们共存于同一语境时,各自存在又相互影响,荒诞现实在温情的作用下显现其真相,温情遭遇荒诞现实的阻击而身陷泥淖。而当它们分离时,荒诞独行,温情只能被非现实的神秘力量——宿命所陷。而这,必然会削弱作品批判现实的力度。

其三,这部小说叙述逆行,由死的世界写到生的世界,那么,支撑起全部现实重量的支点必然是"死者世界"。但死者世界在作品中一分为二,一个是"安息之地",一个是"死无葬身之地"。前者是有墓地和骨灰盒的死者之地,后者是没有墓地和骨灰盒的死者之地;前者有贫富、地位、等级之分,后者都是生而贫困,没有权势、地位的弱势群体,死后人人平等也合情合理。为何要做出这种源于现实世界的二元对立的区分呢?二者合一的死者世界——阴间乌托邦,岂不更合"以死写生"、人人平等的本意?现实世界中一切有碍人类生存和发展的现象,一旦进入平等永生之地,便顿然消失。这便是反讽,其意义在反讽观照中毫无遮掩地呈现,而现在,小说做这种反讽呈现时,还得时时提醒自己:远处还有一个否定性的"生而不平等,死亦不平等"的"安息之地"存在着呢。

川端康成之盐与余华之味
——余华及长篇小说《文城》

一、川端康成之盐与余华之味

《文城》问世,嗅觉灵敏的读者惊喜地发现:余华又回来了。

余华又回来了,是说那个写作了《活着》和《许三观卖血记》的余华又回来了。

《活着》和《许三观卖血记》已经成为当代小说经典。正是这两部标杆式小说赋予了余华独有的味道。暌违二十五年,《文城》凭着这独有的味道,从千里之外的黄河北岸的一个村庄回到南方的水乡小镇溪镇。

余华独有的味道究竟是什么味道?它是如何生成的?作此追问,关乎《文城》的意义和价值。

答案藏在余华的写作史中,余华的文学创作始于1983年,至1986年,是他"写作的自我训练期"。这个时期余华特别迷恋川端康成,川端康成自然成为余华文学道路上的第一个老师。川端康成是一个非常细腻温情的作家,他让余华学会了表现细部的能力,即用一种感受的方式去表现所写对象,把痛苦写到不动声色的地步,"像海绵一样弥漫在你

川端康成之盐与余华之味

周围的地步"。在学习川端康成的几年里,余华打下了坚实的写作基础,可越往下写越困难,越写越有一种找不到自己的感觉,感到川端康成像一把枷锁紧紧地锁住了自己,写作陷入了困境。习作期的余华,还不具备全面开发川端康成这座文学富矿的能力,从发表的《第一宿舍》《"威尼斯"牙齿店》《星星》《竹女》《甜甜的葡萄》《老师》等短篇小说来看,明显带有习作者简单清浅的痕迹,远未领悟并表现出川端康成文学独有的魅力,力所不逮,只能从细部表现和简洁叙述等浅表方面学习川端康成的文学技法。正在这时,余华读到了卡夫卡小说,从卡夫卡那里获得了写作自由的观念和技法,"当川端康成教会了我如何写作,然后又窒息了我的才华时,卡夫卡出现了,卡夫卡是一个解放者,他解放了我的写作"[1]。就这样,余华遇到了他文学道路上的第二个老师。岂止是一个余华?所有先锋派作家差不多都是以卡夫卡作为思想上的精神领袖和艺术上的先锋引路人的。卡夫卡是一个文学教父级人物,以他为首的现代派大师引领余华们在中国掀起了一个狂飙突起的先锋文学潮流。

写作继续前行,从出道以来就特别害怕心理描写的余华,继卡夫卡之后又幸运地遇到了他的第三位老师威廉·福克纳,"威廉·福克纳教会我对付心理描写的一个绝招,简单地说就是当心理描写必须出现时,就让人物的心脏停止跳动,让人物的眼睛睁开"[2]。例证是短篇小说《沃许》,一个穷人把一个富人杀了,杀人者看着地上的尸体,没有心理描写,全是视觉描写,却把杀人者的内心状态表现得极为到位。再读陀

---

[1] 余华:《说话》,春风文艺出版社2002年版,第79页。
[2] 余华:《我只知道人是什么》,译林出版社2018年版,第218页。

思妥耶夫斯基的《罪与罚》，发现也是如此描写心理。拉斯柯尔尼科夫把老太太杀死后内心的恐惧，陀氏写了好几页纸，竟然没有一句是心理描写，全是用人物的各种动作来表现他内心的惊恐。高难度的心理描写一经点破，原来竟然如此简单，掌握了这一文学技法的奥秘，余华就知道怎么对付心理描写了。

自从 1986 年偶然与卡夫卡相遇而踏上先锋小说写作，余华一一"拜访"了外国文学中的许多文学大师，他们是威廉·福克纳、博尔赫斯、布尔加科夫、山鲁佐德、布鲁诺·舒尔茨、胡安·鲁尔福、陀思妥耶夫斯基、海明威、罗伯-格里耶、艾萨克·辛格、但丁、蒙田、司汤达、契诃夫、三岛由纪夫等等，"我的导师差不多可以组成一支军队"。然而，不论给予余华影响较大的作家有多少，卡夫卡及此前的川端康成无疑是其中最重要的两位。

先锋小说盛极一时，但好景不长，其由盛而衰，时不过三四年。当许多作家还在东张西望徘徊不前找不到突围方向时，余华则顺利地完成了从先锋叙事、启蒙叙事到民间叙事、现实叙事的转换，其标志性作品就是长篇小说《活着》和《许三观卖血记》，还包括中篇小说《一个地主的死》。从追求西方新潮文学到回归传统，余华在中西文化结合的坐标轴上，终于找到了自己的位置，找到了本民族的审美特性，创造出了独特的文学之美，使其作品的经典性既具有民族性，又具有人类的普遍性。

几年前逃离般地告别了川端康成，现在又急刹车般地告别卡夫卡，余华究竟凭借何种才能一步踏上了文学的坦途？我一直没有想过这个问题。余华也三缄其口，不曾披露一二。我想，余华不说，可能这一切原本就是自然而然发生的，在无意识的驱动下生成的。真是这样，倒是

川端康成之盐与余华之味

有迹可循。从《活着》和《许三观卖血记》中,我嗅到了川端康成的味道,我推测,可能是川端康成在余华又要面临写作困境的关键时刻悄悄地潜回余华的意识中,也可能是川端康成根本就没有远去,他一直潜存在余华的意识深处,单等被重新启用的时机的到来。善于用灵悟的感觉捕捉隐秘信息的余华,适时打开无意识的通道,迅速地实现了与川端康成的再度融合。首先,在《活着》和《许三观卖血记》这两部讲述中国故事、叙述苦难人生的小说中,余华创造出了独特的文学之美及独有的味道。恰如莫言所说:"根据我的体会,一个作家之所以会受到某一位作家的影响,其根本是因为影响者和被影响者灵魂深处的相似之处。"[①]余华和川端康成便是如此。

川端康成是辨识度极高的作家,以《伊豆的舞女》《雪国》《故都》《千只鹤》为代表的小说,浸润了日本人独特的审美思想。他善用纤细流畅、清新秀丽、平易优美的语言描写事物、人物、情绪和自然,抒发内心纤柔的感情,感伤与孤独、痛苦与温情是他文学的底色,笔端常带悲哀,以敏锐的感受力及高超的叙事技巧,表现了日本人心灵的精髓。当余华在无意识中与川端康成再度相遇时,他不再是六七年前稚嫩的文学青年了,经过在思想、观念和文学表现形式等方面都极力创新现代的先锋小说的创作之后,余华可以在深度上与川端康成对话了。作为重要的文学资源,川端康成独特的文学之美及独有的味道像盐溶于水中一样,融入了余华的《活着》和《许三观卖血记》之中,促成了余华小说独有的审美特性的形成,既有川端康成的味道,又绝对是别一种味道。

余华是一位抒情性很强的悲情气质的作家,他善于用灵悟的感觉

---

① 莫言:《讲故事的人》,《名作欣赏》2013年第1期(上旬),第8页。

捕捉事物，涵化思想和情感，又善于用感受的方式描写所写对象，语言简洁畅美，叙述有着浪漫诗意的情调，淡淡的悲情和感伤式的温情是他文学的基本底色。专注于民间中国的苦难叙事，从处于逆境、困境、苦难、厄运、宿命之中的人物身上，表现出具有伦理道德价值的文化意识和民族精神，体现出人性力量和人性之美。《文城》无疑属于这一路小说。

二、悲情之美、人性之美

认定余华是一个具有悲情气质的作家，并非空穴来风，而是确有实证。实证一：余华在《活着》前言中说，长期以来，他的作品都源于和现实的那一层紧张关系，说得严重一些，他一直是以敌对的态度看待现实。余华之所以用敌对的态度看待现实，是因为这个包括历史、现实、人性的世界太丑恶了，人处于这个常常被战争、暴力、杀戮、苦难、灾难、厄运、宿命所陷的世界，简直太悲哀了。写作《活着》时，余华的思想发生了根本性的变化，现实还是那个现实，可余华已经不再是那个愤怒的余华了，他开始用同情悲悯的目光看待世界，对善与恶一视同仁。这个世界是丑恶的，又是让人同情的，说到底，这个世界是人的世界，对世界的同情悲悯就是对人的生存处境的同情悲悯。对于余华，悲情既是感伤式的温情，又是人性升华的表现。对于文学，这是顶级的审美情感。余华的《活着》和《许三观卖血记》之所以持久风靡，广受社会各个阶层的喜爱，想必这是原因之一吧。

实证二：从《一个地主的死》到《活着》《许三观卖血记》，再到《文城》，均叙写大时代中的普通人的命运，他们生不逢时，不是遭遇战争、

川端康成之盐与余华之味

灾难、死亡的威胁,就是陷于苦难、厄运、宿命的困境,他们不幸的遭遇、悲惨的处境让人同情悲悯。通过创作《一个地主的死》《活着》《许三观卖血记》,余华已经把这些小说打造成具有悲情色彩的小说,也把自己打造成具有悲情气质的作家。

悲情的逻辑起点是同情,当它变成人性内容和审美思想后,就会从中生发出人道主义的人性力量。余华小说遵从悲情逻辑,悲情始终与人物的命运紧密地联系在一起。我注意到,余华小说的主角均为男性,他们的命运,均是命好运不好。命好,是因为王香火、福贵、林祥福生于富贵之家,即便是城市贫民许三观,其身份也是工人阶级;运不好,是因为他们一生几乎与厄运、苦难、死亡相伴,厄运破了他们的富贵命,注定他们一生只能被苦难或死亡所缚。他们的厄运,更多来自外在的侵害,比如战争、灾祸、死亡、苦难、欺诈等,而他们自身的性格弱点,特别是顽劣行径,则是导致他们转运的直接因素。

厄运开始,悲情介入,余华小说的人性能量开始聚集,人性质量开始升级。这些或有性格缺陷或有品行劣迹的人突然遭遇厄运的频频打击后,均在这人性突变的关口守住了人性的善,在善的引导下聚集起人性爆发的能量。写于1992年7月的《一个地主的死》,是一个发生在抗日战争时期的故事:城外安昌门外大财主王子清的儿子王香火自幼顽劣,不务正业,整日油头粉面,游手好闲,有事没事总爱往城里跑,钱用完了又回来要钱。父亲看不惯他,气不过时就骂:"这孽子!"这样的纨绔子弟面对日本鬼子的刺刀能挺起脊梁于死而不顾吗?历史的经验告诉我们:不可能!王香火不是地下党,也不是热血青年,他只是地主家的少爷,一个吃喝嫖赌的富家子弟。这样的人物,在20世纪40—80年代绝大多数文学作品中,都是作为反面人物形象出现的。这一天,王香火进城被日本兵抓住，他们强逼他当向导，带他们去一个叫松篁的地方。事情发生得很突然，但王香火从一开始就打定主意要把日本鬼子引向死亡之境。他故意把鬼子带到另一条绝路，并一路上悄悄地吩咐当地人拆掉所有的桥以断日本鬼子的后路。日本鬼子陷入四面环水的孤山绝境，王香火因此被日本兵残忍杀害。

　　写于1992年9月的中篇小说《活着》1993年被改写成长篇小说，我视其为《一个地主的死》的姊妹篇，是一个地主少爷的两种命运、两种写法，少爷的名字由王香火改为福贵。福贵是乡间财主徐家的阔少爷，远近闻名的败家子，自幼顽劣，无耻荒唐，父亲恨他"不可救药"，私塾先生断言他"朽木不可雕也"。长大后，创业理财的本事他一点不会，倒是无师自通地秉承了其父（徐家的另一个败家子）恶劣之遗风，钻妓院，迷赌场，终日沉溺于嫖娼与恶赌之中，最终将祖产祖业输得精光，父亲为之气急攻心从粪缸上掉下摔死。自此，苦难与厄运像一对难兄难弟紧紧地伴随着他：先是母亲病死，接着是儿子有庆被抽血过多而死，女儿凤霞产后大出血致死，妻子家珍病死，女婿二喜遇难横死，小外孙苦根吃豆子被撑死。一个个亲人相继先他而去，他却依然活着。面对苦难和死亡的频频打击，福贵隐忍抗争，一次又一次地在死亡的边缘止步，于苦难悲伤的极限处善待生命，默默地承受着生命之重而无怨无悔地坚强地活着。

　　《许三观卖血记》中的许三观是城里的丝厂工人，身上沾染了小城镇市井百姓的一些低俗习气，心胸狭隘。当他得知妻子许玉兰婚前同何小勇有过一次生活错误后，为了"平等"，他寻找机会也犯了一次生活错误。当偷情之事被揭开之后，他理直气壮地对许玉兰说："你和何小勇是一次，我和林芬芳也是一次；你和何小勇弄出个一乐来，我和林芬芳弄出四乐来了没有？没有。我和你都犯了生活错误，可你的错误比我严重。"他认定许一乐是何小勇的儿子，心里憋屈，觉得自己太冤，白白地替何小勇养了九年的儿子，于是，他处处刻薄一乐，并严厉地告诉儿子二乐、三乐，要他们长大后，把何小勇的两个女儿强奸了。这已经不是寻找平等，而是耍流氓了，为报复而陡生恶念。但许三观毕竟不是无赖邪恶之徒，这些秽语恶言不过是他在气愤之时说的过头话，不能当真。本质上，许三观是一个心地善良而又心软的人，特别是经过苦难年代的种种磨难之后，他人性向善的力量发酵倍增，每当他及全家遭遇厄运与苦难的袭击而难以挺过去时，他就用卖血的方式来抗争苦难。血卖得越来越多、越来越稀，不忍目睹的残酷的卖血几近榨干了许三观的生命，支撑他的却是以责任伦理为内容的善的人性力量。

《文城》新出，距离《许三观卖血记》也有二十五年了，经历风风雨雨，两部经典之作的主角福贵和许三观已经成为当代文学经典人物形象，林祥福步其后，有利也有弊，利处是可以借势而上，弊处是新不如旧。若借不了势，就必然处于被非议的弱势。现在看来，《文城》非但借不了《活着》和《许三观卖血记》的势，反而要被高高在上的两部经典压抑着。要知道，《活着》和《许三观卖血记》是余华在激情迸发、思想敏锐、情感充盈、感觉饱满的高峰体验状态创作的神来之作，要求以灵性创作为特性的余华始终处于高峰体验状态，既不符合文学规律，也不符合情理。余华尴尬：他后来写出的小说若不如《活着》和《许三观卖血记》，必遭非议，《兄弟》《第七天》如此，《文城》亦难幸免；若写出的小说像极《活着》和《许三观卖血记》，余华仍难逃被非议，等待他的一定是重复套路、江郎才尽的指责。平心静气地评价《文城》，这是一部与《活着》和《许三观卖血记》既血脉相连、精神相同，又体现为另一种写法、别一种形象的小说。

余华的小说以人物由反到正、由弱到强的反转推进而取胜,《文城》呢？一眼看去,人性平推而出、平推而进,虽然有浪漫传奇接应,终归不如人性反转来得强烈。用心体会观察,会发现林祥福的人性表现被温顺的表象遮蔽着,其在隐形状态下渐进式的人性累积的力量,一点也不亚于福贵和许三观,在最终的顶级状态,林祥福的人性力量甚至超过了福贵和许三观。此处需要提及,林祥福的人性力量不亚于福贵和许三观是事实,但林祥福的人性的丰富性和形象的典型性现在还不及福贵和许三观也是事实,二者不能等同,非几句话就能够说清楚,故提而不论。

故事发生于清末民初之际,林祥福是黄河以北一个乡村地主家的少爷。不同于王香火、福贵和许三观,林祥福是一个恪守传统道德的好人,除了习惯母亲为自己做主而少主见的性格弱点外,他几乎没有其他方面的缺点。他生于耕读之家,父亲是乡里唯一的秀才,母亲是邻县一位举人之女,饱读诗书,林祥福自幼受父母言传身教,道德从善,继承了父亲吃苦耐劳和母亲勤俭持家的品德,是一个心地善良、随遇而安的人。林家财旺人不旺,父母膝下就他一个独子,他们给他取名林祥福,是期望他一生吉祥如意、幸福富贵。不幸的是,他五岁丧父,十九岁丧母。即便如此,守着父亲给他留下的四百多亩地、六间房的宅院、一百多册线装书,特别是祖上数代人积累的十七根大金条和三根小金条(林家一年收成所积余的银圆,只能换一根小金条,十根小金条换一根大金条),他在方圆百里也算得上富裕大户,不出意外的话,他会在管家田大的辅助下,娶妻生子,耕读传家,吉祥幸福地终其一生。

小美和阿强制造的骗局,改变了林祥福的命运。一对十八九岁的

川端康成之盐与余华之味

年轻夫妻北上京城,中途遇险,黑夜投宿林祥福家,他们谎称是"兄妹",来自南方"文城",林祥福深信不疑。第二天清晨,妹妹小美突然病倒,哥哥想让妹妹留下,他先去京城,待找到姨夫就回来接她,林祥福想都没想就答应了;小美突如其来地病倒,当天又突如其来地康复,林祥福只是惊讶,还是没有怀疑其中有何蹊跷;清新温润、娇嫩生动的小美温柔体贴又勤快,令情感孤独干涸已久的林祥福赏心悦目,遂娶小美为妻;他信小美,更信自己的判断,竟然在新婚之夜,毫不设防地从墙的隔层里取出一只盒子,里面是房契、地契、十七根大金条和三根小金条。五个月后,小美离奇失踪,并卷走七根大金条和一根小金条,林祥福心疼得要命,直到这时,他才意识到"小美不是个好女人"。在这里,余华向我们展示的不是林祥福的轻浮愚笨,而是自信的人性力量。

《圣经》里有一个类似的故事,余华曾说起过这个故事,以此强调"单纯"有着巨大的力量。故事是这样的:有一个人非常富有,有一天这个人突发奇想,带着全家人去了一个遥远的地方,他把自己的全部家产托付给一个他最信任的仆人。他在外面生活了二十年后,人老了,想回来,于是就派一个仆人回去,告诉原先那个管理他家产的仆人,说主人要回来了。结果报信的仆人被毒打一顿,管理他家产的仆人让他回去告诉主人不要回来。可是主人不相信这个结果,他认为自己不应该派一个不够伶俐的人去报信,于是就派另一个仆人回去,这一次报信的人被杀了。他仍然不去想从前的仆人是不是已经背叛他了,他又把自己最疼爱的小儿子派去了,认为原先的仆人只要见到主人的儿子,就会像见到他一样,可是儿子也被杀害了。直到这个时候,他才意识到,过去的仆人已经背叛他了。"这个人向我们展示的不是他的愚笨,而是人的力量。他前面根本不去考虑别人是否背叛了自己,人到了这样单纯的时候,其实是最有力量的时候。"①

冬去春来,麦收前的一个月,怀着身孕的小美回来了。林祥福怒不可遏,但看着可怜的小美,他心软了,顿生同情怜爱之情,又宽宏大度地接纳了她。他接纳她,一是因为小美送回他的骨肉,二是因为小美没有贪婪到把金条全部卷走,留下的比偷走的还多点。更重要的是,他将心比心,设身处地地为小美着想,小美之所以偷走金条而又不肯说出金条的下落,一定是有难言之隐,于是就原谅了她。小美生下女儿,女儿满月后,林祥福担心的事又发生了:小美再次不声不响地弃他而去。他没有怨恨小美,也没有想小美为何生下孩子又离开他,他心中只有女儿和小美,他发誓:就是走遍天涯海角,也要找到小美。他把田地抵押换成银票,金条也换成银票,然后拔根而起,带着银票,抱着女儿南下寻妻。他千里迢迢来到南方水乡溪镇,听这里的百姓说话的腔调,他相信寻而不得的"文城"就是溪镇,他坚信溪镇就是小美的家乡,小美一定会回来,便带着女儿在溪镇住下来等待小美,没想到一等就是十七年,直至命丧异乡。

娶妻、寻妻,林祥福一直活在对小美的幻觉中,他对小美的"信"与对自己的"信"渐渐演变成活着的信念,这个看似蠢笨、固执的男人,实际上是一个有情有义、坚忍有力、一往无前的人。他活在痛苦悲伤之中,更活在自信梦想之中。小美对他而言就是一个梦、一个幻觉,偶尔一现,终生消失。娶她,得而顿失;寻她,寻而不得,思而不得,美梦难圆。他既然入了宿命的道,只有一种结果:一旦分开,再难相逢。不是没有相逢团圆的机会,是命运离间了他们。十七年前,当他来到溪镇

---

① 余华:《我能否相信自己》,人民日报出版社1998年版,第243页。

时,小美和阿强已经先他回到家乡,她觉得没脸与林祥福见面,就有意避开他,在不远处注视着他和女儿。他们甚至有两次相逢的机会,结果都是擦肩而过。一次是十七年前林祥福在雪花飞扬的冬天走进溪镇不久,怀抱女儿的林祥福与跪在雪地里祭拜苍天而死的小美擦肩而过;二是十七年后,躺在棺材里的林祥福在小美坟墓边歇息,不是因为田氏兄弟不识字,就是因为他们没留意小美墓碑上的字,致使林祥福与小美再次错过。生不同衾,死不同穴,悲剧之痛,破了传统文学"愿天下有情人终成眷属"的大团圆写法,又在感伤咏叹之中抒写了悲情之美。

根据小说逻辑以及对《文城》写作意图的理解,它应该是林祥福的寻妻记。《文城》正篇以林祥福踏进溪镇为界,可以分成前后两个部分:前部分的篇幅不到正篇的四分之一,写林祥福娶妻、失妻,所以要寻妻,于是就有了篇幅占正篇四分之三还要多的后部分,写林祥福到溪镇寻妻。主题是寻妻。寻妻不见妻,只好在等待中期待妻子出现。寻妻的主题被悬置、被架空,寻妻的主题框不住《文城》,接下来,现实逻辑铺展出林祥福在溪镇的十七年:他经历了军阀混战、内战频仍、匪患泛滥、生灵涂炭、民不聊生的乱世,而人性中蛰伏的真善美的品质在此过程中被一一激活,世可乱,但人性不可乱,他在灾后为百姓修缮房屋门窗、创办木工厂、创立家产家业,并在与恩人陈永良、李美莲、妓女翠萍、商会会长顾益民等人之间的相互感恩的情感之中,焕发出知恩报、施仁爱、守诚信、重情义等美德。他的人性华彩之章是最后的赴死,明知前往残暴恶匪张一斧指定的地点送赎金救商会会长顾益民是送死,他毅然前行,甘愿以死报恩溪镇百姓,告慰心中的"文城"。

林祥福是余华创造的一个新的人物形象,这个形象刚从溪镇走出来,他走出了民族的审美性和人性的普遍性,既携带着传统精华,又携带着现代精神,下一步,他还要进入形象的再构之中。我期待它经过时间的沉淀,最终能够进入当代小说人物谱系之中,成为一个有价值的存在。

三、始于欺骗负罪,终于悔恨忏悔赎罪

　　《文城》正篇写林祥福,补篇写小美。小美是悲剧女主角,别看她小小年纪不起眼,却是推动整部小说的动力,是灵魂性人物。不是吗?是因为她受到独断专行的婆婆的严厉惩罚,激起了小丈夫阿强的反叛,阿强竟敢偷走家中秘藏的一半银圆,带着她出走私奔周游;是她和阿强玩"仙人跳",将富家少爷林祥福引向不归途,最终命丧异乡;是她和阿强的反叛,直接伤害了公婆,致使他们无心生意,日月清苦,家道败落,先后病死;是她和阿强制造了林祥福的悲剧、沈家的悲剧,连同他们自己的悲剧。从民间世俗的眼光来看,小美是一个不折不扣的灾星,她在哪里出现,哪里就有一场灾难;从现代法律来看,她是集欺诈、盗窃、重婚于一身的道德败坏者。可我们读《文城》,感觉文学史上的那些红颜祸水、扫帚星、灾星、恶妇等形象与她一点也不沾边,她清纯甜美,全然是小可怜、乖乖女、邻家女孩的形象。她分明干着谋财害命、伤天害理的勾当,我们应该对她鄙视、憎恨,不知什么原因,我们一点也不恨她,不是不想恨,是想不起来恨,是恨不起来。这是怎么回事?是什么遮蔽了我们的眼睛,迟钝了我们的道德判断?破解也不难,是小说的叙事者搁置了道德判断,不仅对小美不谴责、不憎恨、不批判,反而一路同情,又不停地以小美的悔恨赎罪为其解脱。叙事者之所以如此,全是因为他背后站着一个人,这个人就是用同情悲悯的目光看待世界,对善和恶一

川端康成之盐与余华之味

视同仁的余华,叙事者的态度就是余华的态度,反之亦然。而余华的背后又站着一些人,这些人中,站在"C位"的是川端康成,可能还有鲁迅、沈从文、汪曾祺,除此之外还有哪些人,可能连余华也不清楚。这就是一个作家尤其是优秀作家卓越才能生成的奥秘所在,作家们在深广处相互影响而又不见痕迹。

同情不能独行,同情是情感,是原则,是方向,它需要实施者,需要与之"情投意合"的文学技法来实施,这个文学技法就是"童年视角"。童年视角的好处在于:一是童年视角运用童年的视角但又不拘泥于儿童的认知水平,二是童年视角的描写对象不限于童年。《文城》的故事在推进,小美和阿强的年龄在增长,可叙事者始终以童年视角叙写他们,并赋予他们童年的经验、童年的思维及种种童年的表现。小美出现在我们面前时,是十岁那年被父母送往溪镇,给同是十岁的沈家独子阿强当童养媳,过了六年,她与阿强成婚,又过了两年多即婚后第三年,她懵懂地闯入林祥福的生活,由此改变了林祥福的命运,用的都是童年视角。偷偷地试穿花衣裳、私自拿沈家的钱接济弟弟、与阿强设计谋算林祥福,都不是成年人的做派,而是童年的幼稚懵懂,是不知后果的临时起意,类似于童年的游戏。对,是游戏!游戏的功能是愉悦,是假戏真做,一个可怜乖巧的小女孩和一个没心没肺的二杆子小男人合谋玩了一场骗人的游戏,这又是她的可爱之处。

之一:小美家穷,十岁时被父母送给溪镇从事织补生意的沈家做童养媳。沈家给她做了一身蓝印花布的新衣裳,天性活泼又爱美的小美欣喜不已,不合时宜地穿起新衣裳在村子里游走显摆——小女孩高兴时的表现。进入沈家,婆婆第二天就把新衣裳收藏起来,她满腹委屈,婆婆冷言以对:"花衣裳岂能平常日子穿着",小美伤心哭泣——小女孩失意伤心时的表现。童年孩子的情绪来得快,去得也快,欣喜兴奋也好,委屈伤心也罢,不走脑,不存心。穿上旧衣裳的小美依然清新伶俐,依然心灵手巧,十分勤快,婆婆严厉在面,心里着实喜欢小美。小美念念不忘新衣裳,只要公婆外出,她就立刻走进他们的房间,打开柜门,脱下旧衣裳换上新衣裳,在镜子前自我陶醉。从十岁起就与小美建立了夫妻般默契的阿强则主动坐到铺子的门槛上,为她望风——小女孩偷着乐的表现。

婚后第三年,已经十八九岁的小美,在婆婆八九年的调教下,照理讲已经脱离了童年遇事不过脑随性而为的习性,渐渐成熟稳重,做事必计后果了,事实并非如此。这一天,公婆和阿强外出,留下她看店,不料衣衫褴褛的小弟乞讨般地来到沈家的织铺,言及卖猪给二哥办婚礼的铜钱丢了,全家人一筹莫展,不得不派他来求助姐姐,小美心软心酸,不由自主地从柜子里拿出一串铜钱给小弟。这时,她根本不去想自己在婆婆外出时私自拿钱给弟弟有什么不对,也没有向弟弟做任何解释,更没有想到如何面对婆婆,比如编造一些谎话来敷衍她,事后意识到自己铸成大错才害怕起来——还是童年的视角。

之二:小美和阿强投宿林祥福家,阿强见林祥福人好,家也富裕,便见财起歹念,想让小美用美色勾引林祥福,又怕小美生气指责不敢直说,所以一时难以启齿,吞吞吐吐。小美是何等聪明的女孩,在沈家八九年,她早已学会了察言观色的本领,立马明白了阿强的意图。

这是一个决断的时刻,容不得拖泥带水,仅凭小说对小美的描写,我实在难以确定小美在明白二杆子阿强的意图时会做出怎样过激的反应。小美本质上是一个品德干净的女人,她不会去做伤天害理的事,但她不经婆婆许可就擅自拿钱接济弟弟的冒失行为,又让我担心她一时

川端康成之盐与余华之味

糊涂也会做出出格的事。能够想象得出来,这地方积蓄着巨大的冲突能量,双方看似遮遮掩掩、平平静静,实则如爆发前的火山一触即发。但我想错了,小美知道阿强想说什么又说不出口时,便平静地问他:"在哪里等我?"

这是什么做派?不说是否同意,不问如何实施,直接越过成年人心机周密的考量而直落童年的简单,没有把事情想得很复杂。这还是任人摆布、唯唯诺诺的小美吗?小美让我们刮目相看了,她俨然是个女汉子、大丈夫,相比之下,阿强更像她的伙计。他们原本都是善良之人,即便生计发生了暂时的困难,也犯不着让小美用女色去诱骗林祥福,何况他们还未到山穷水尽的地步,更何况他们单凭出色的编织手艺也能养活自己。

对小美爱之深切的阿强,怎能让妻子去干这种下三烂的丑事?而清纯无邪的小美,又怎能不顾羞耻去干这种不仁不义、伤天害理的事?小美遵从游戏规则,把分配给她的角色扮演得非常出色,她和林祥福生活在一个屋檐下,从相互体贴生情到结婚,全是本色表现。真要她耍心眼、使奸计,刻意勾引,她也不会。表现在与林祥福的情爱关系上,她是日常式的温情体贴而非色的勾引,是真心的付出而非性的诱惑。这哪是结过婚有着性经验的少妇?分明是不谙风月的青春少女。

之三:始于欺骗负罪,终于悔恨赎罪,合起来就是忏悔——由负罪知罪到悔恨赎罪。这个巨大的人性反转渐次而来。在偷盗金条离开林祥福之际,小美一时面临两难选择:一边是有恩于她的名义上的丈夫林祥福,她不忍心伤害他,她知道一下子卷走他这么多金条,等于要了他半条性命,心里陡然涌起不舍之情和负罪之感,情不自禁地哽咽伤心;一边是与她青梅竹马真正意义上的丈夫阿强,她偷盗金条既为了渡过

213

他们眼下的难关,更为了和阿强过一辈子。想到在定川等她的阿强可能身无分文而沦为叫花子,她情感的天平就倾斜了。

她和阿强一路南下,渡过黄河后,小美妊娠反应明显,到长江边,小美突然改变了主意,她要回去,"小美突然无声流泪,林祥福把一切给予了她,她却偷走林祥福的金条,又带走林祥福的孩子,她心里充满不安和负罪之感,她觉得长江是一条界线,她过去了,就不会回头,那么林祥福不会知道也不会见到自己的孩子"。柔弱的小美此时如此坚定,这是林祥福的骨肉,她要把孩子送回去。她觉得唯有这样,才能对得起林祥福,以缓解林祥福的伤心之痛,同时,她自己也能从良心上得到一些安慰。

女儿满月后,小美再次悄然离去。上次离去时,小美满怀不舍之情和负罪之感,这次的离去则是伤心之旅,她离开的不只是林祥福,还有初来人世的女儿。回到溪镇的小美在不远处注视着从北方一路寻来的林祥福和女儿,她想念女儿,又不敢前去相认,她觉得自己没脸再见林祥福,更不配做母亲。她伤心、自责、负罪,自感罪孽深重,罪不可恕,唯有赎罪才能自我拯救。令人心灵震颤的一幕出现了:雪灾严重,百姓在城隍阁里祭天,小美和阿强则跪在城隍阁外边的雪地里,既为祭拜苍天,又为了忏悔赎罪。她祈求苍天之后又祈求林祥福,林祥福怀抱女儿千里迢迢寻她而来,让她心痛不已,她在心里对林祥福说:"来世我再为你生个女儿,来世我还要为你生五个儿子……来世我若是不配做你的女人,我就为你做牛做马。你若是种地,我做牛为你犁地;你若是做车夫,我做马拉车,你扬鞭抽我。"雪地寒冷,长久跪在雪地里的虔诚者最终连寒冷的感觉也被一丝一丝地抽走了,小美诚心忏悔赎罪,直至被冻死。

身体融入大地,灵魂脱俗升天;悲情再起,人性大美。我个人对小美形象的喜欢胜过林祥福,窃以为,小美形象的审美度高于林祥福,堪与《活着》中的福贵和家珍、《许三观卖血记》中的许三观和许玉兰相媲美。有了这个形象,《文城》至少成功一半。有了这个形象,余华的味道就更浓厚了。

四、悲情自带温情抑或温情自带悲情

余华小说独有的味道,源于悲情气质,淡淡的悲情与感伤式的温情既是它的味道特征,又是它的文学底色。二者分殊,实为一体,相互包含,缺一不可。悲情之中有温情,温情之中含悲情,这才是美学的佳境。《文城》的主色调是悲情中有温情,其悲伤和疼痛的描写中有着消弭一切的人性温情,而其中的一些温情描写又注入了深透的悲情。

《文城》正篇第一章写林祥福走进溪镇,是特写镜头,拍出林祥福最初的形象,由两个简洁而典型的细节组成。细节一:林祥福身上披戴雪花,头发和胡子遮住脸庞,背着一个硕大的包袱,仿佛把一个家放在了里面,怀抱女儿,有着垂柳似的谦卑和田地般的沉默寡言。细节二:溪镇那些哺乳中的女人几乎都见过林祥福,她们有一个共同的记忆,总是在自己的孩子哭啼之时,林祥福来敲门了。她们还记得他当初敲门的情景,仿佛他是在用指甲敲门,轻微响了一声后,就会停顿片刻,然后才是轻微的另一声。走进门来,他总是右手伸在前面,在张开的手掌上放着一文铜钱,表情木讷,欲哭无泪,声音沙哑地说:"可怜可怜我的女儿,给她几口奶水。"是温情描写,其温情又自带悲情,以温情写悲情,人物形象从悲情中出,遂定格成林祥福的标准形象,一个经典性的形象造型，与《活着》中的福贵的形象造型有着异曲同工之妙。福贵最初的形象：一个脸上全是皱纹，皱纹里积满了泥土，脊背和牛背一样黝黑的老人，在大热天的中午，同一头和他一样衰老的牛在耕田，两个进入垂暮的生命将那块古板的田地耕得哗哗翻动，犹如水面上掀起的波浪。其描写温情，又散发着浓浓的悲情味道。

而对林祥福魂归故里的描写，则是悲情自带温情，也是两个细节描写。其一：林祥福命丧匪手，田氏兄弟来溪镇接少爷回家，形销骨立、气息奄奄、步履蹒跚的商会会长顾益民拄着拐杖来到城门边为林祥福送行。田氏兄弟拉着棺材板车告别前去，他们一边走，一边回头看，顾益民一直跟在后面，身影在阳光里越来越小。车轮的声响远去，田氏兄弟说话的声音也在远去，他们计算着日子，要在正月初一前把少爷送回家。其二：途中歇息，偏巧在小美坟墓边。小美长眠十七年后，终于在这里迎来了林祥福。"他们停下棺材板车，停在小美和阿强的墓碑旁边，纪小美的名字在墓碑右侧，林祥福躺在棺材左侧，两人相隔，咫尺之间。"林祥福和小美，生不能相聚，便祈愿他们死能同穴。现在，机会终于来了，眼看他们的愿望就要实现了，结果仍旧是阴差阳错，田氏兄弟不识墓碑上的字，致使他们两人虽然近在咫尺，却远似天涯，从而生不同衾，死不同穴，悲剧接着悲剧。一旦分离，永远分离，这是他们的宿命。林祥福与顾益民，一个为另一个而死，一个为另一个送行；死者远去，生者悲伤，阴阳二界，就此一别，永远分别。一个渐行渐远的长镜头，荒野茫茫，人车远行，《文城》的悲情抒写在唯美的尾声中落幕。

这是余华的独门绝技，他在《活着》中首创，也是在尾声处，且看：夕阳西下，炊烟升起，福贵肩扛着犁、手牵着牛向村庄走去。歌声悠长，人牛渐远，一幅农人黄昏牧归图，悠然自得，浪漫诗意，看着这两个衰老生命的身影,伤感之情不禁油然而生。两部小说的尾声虽然景相似,都是唯美的描写,却意有别,《活着》的尾声是温情之中蕴含着悲情,《文城》的尾声正好相反,是悲情之中包含着感伤式的温情。

《活着》十多年后的2005年,长篇小说《兄弟》上部出版,其尾声再现这一写法。七年前,死于暴力迫害的宋凡平葬于家乡村口的坟墓里,妻子李兰低头对着坟墓说:"等孩子长大了,我就来陪你。"七年后,李兰病死,儿子宋刚和李光头把母亲送到父亲的葬身之地,宋凡平在坟墓里已经等了七年,现在他的妻子终于来陪伴他了。宋凡平的老父亲——一个老地主拄着一根树枝站在儿子墓旁,虚弱不堪,奄奄一息。当李兰的棺材放进墓穴后,老人眼泪纵横地说:"我儿子有福气,娶了这么好的女人,我儿子有福气,娶了这么好的女人,我儿子有福气啊……"宋刚跪在坟墓前,向妈妈保证:"妈妈,你放心,只剩下最后一碗饭了,我一定给李光头吃;只剩下最后一件衣服了,我一定让给李光头穿。"此处的悲情抒写,其情其意的表现与《活着》异,与《文城》同。

小美和阿强制造了林祥福的悲剧,也制造了他们自己的悲剧。一时糊涂铸成大错,小美知罪,又不肯彻底谢罪,她执意只给林祥福送回孩子而不肯送回金条,虽然她只说出了送回孩子的理由而没有给出不愿送回金条的原因,但我们也能猜想得到,她之所以如此,很可能是这样想的:有了这些金条,她和阿强就可以一辈子衣食无忧,而剩下的一半多金条,仍旧可以让林祥福继续富贵,何况他还有那么多的田地和房屋。对于一个女人,尤其是一个母亲,最大的悲痛莫过于母女分离,而这分离还是她一手造成的。送回孩子,是良心使然,被迫与孩子分离,也是良心使然——她要对得起阿强,没有她,阿强没办法活下去。人性的撕裂与人性的缝合把表面文静而内心挣扎的小美逼到了进退两难之境,最后她只能退守家乡溪镇。可怜的女人,只能默默地注视,深情地眺望,将情感内收,用温情藏悲情,以负罪悔悟之心行忏悔赎罪之实。女儿满月,预示着她与女儿离别在即,她一天天地拖延,在给女儿喂奶的时候,女儿的脑袋靠在她的臂弯里,小手则在她胸前轻微移动,正是这挽留之手,让小美去意徘徊。剃头匠用剃刀刮去女儿的胎毛和眉毛,小美用一块红布将其包裹起来,"双手颤抖了"。还有与女儿离别前夜的伤心之痛的描写、悄悄地为在大雪纷飞的冬天初来溪镇的女儿做衣服和鞋帽的描写、跪在雪地祭拜苍天而死的描写,都是温情自带悲情的描写。

从虚无到现实
——余华的文学观

1997年,余华告诉记者张英,说他正在写一部长篇小说,一部关于"一个男性的四个片段"的长篇小说。[①] 1998年6月8日,当《书评周刊》记者王玮采访余华并问及他下一部长篇小说何时问世时,余华说,90年代他写了三部长篇小说,即《在细雨中呼喊》《活着》和《许三观卖血记》,而且这三部小说全是在1995年以前完成的。正在写的这部长篇小说一定要在明年结束,"必须在本世纪结束前问世"[②]。转眼又过去了几年,余华的这部小说还没问世。小说没出来,却出版了《我能否相信自己》《内心之死》《高潮》三部谈文学艺术的随笔集。[③] 三本随笔集的近五十篇文章,只有《虚伪的作品》和《川端康成与卡夫卡》写于1989年,其他大多数写于1995—1999年。这些文章在《上海文论》《读书》《收获》等杂志上发表后,让文学界、学术界的作家、学者和教授们一致称好,余华也说他近期写得最顺手、"越写越上瘾"又最让他满意的作

---

① 张英:《文学的力量:当代著名作家访谈录》,民族出版社2001年版,第20页。
② 余华:《我能否相信自己》,人民日报出版社1998年版,第222页。
③ 《我能否相信自己》,人民日报出版社1998年12月出版;《内心之死》,华艺出版社2000年1月出版;《高潮》,华艺出版社2000年1月出版。

品就是这些随笔,尽管这种感觉可能很快就会过去。

余华的随笔含四种文章:偏于学术性的文学论文,如《虚伪的作品》《文学和文学史》等;以解读小说和音乐为主的文学评论和艺术评论,这部分文章最多,占余华随笔的一半以上;前言与后记;访谈录与创作谈。源于作家对文学和音乐的阅读与思考的这些随笔,直接显现了余华的现代主义的先锋文学观念与"否定之否定"的现实认识。余华的文学观主要体现在《我能否相信自己》和《内心之死》两部随笔集中,而《高潮》则主要是谈音乐。

余华的随笔写作是用内心感受内心、用虚无体验虚无的叙述,既有着河流般的悠然明晰与至高无上的单纯,又有着春光般的清新明丽与拒绝平庸的高贵气质。但余华的思考是先锋的,他常常把问题逼到没有回旋的境地,在这个是对是错、是真是假都绝对无法争论的境地生发自己的思想、观念和理论,这些在绝处——极端处生发的思想、观念和理论一旦成活,便从极端处迅速返回,对合法化、规范化的文学观念与文学理论体系构成威胁乃至颠覆,在相互否定又相互构建中表现出深刻性和创新性。我要追问的是:第一,余华是怎样提出问题的?他提出了哪些有创见的文学问题,以及是如何阐释这些问题的?在建立写作与内心、虚无和现实的关系中,他持什么立场?第二,解读余华的文学观有何意义和价值?第一个问题是本文的主旨,待下文展开。关于第二个问题,我以为解读余华的文学观,其意义和价值至少有三:第一,余华的小说创作由20世纪80年代的先锋写作到《活着》以后转为叙写人的极度生存状态,与他随笔写作中显现出的文学观及其变化有着逻辑的一致性。因此,了解余华的文学观,有助于我们更好地解读余华的小说。第二,余华的小说创作及其变化与先锋派文学由80年代极端化的实验与探索到 90 年代转向写实的文学潮流有着一致性,了解余华的文学观,实际上也是在解读先锋小说与先锋文学观念的变化。第三,余华是以小说家的感受切入文学批评的,其体验、见解和表述尤为独特,为当代文学批评提供了一种既具有现代先锋性又具有个性特色的批评形式。

真实与"虚伪的形式"

1989 年,已是最有影响的先锋小说家之一的余华发表了一篇理论文章《虚伪的作品》,首次披露了他的文学观念。在余华所有的文章中,若论影响最大、学术性最强、提出并论述的问题最多、观念最现代,非这篇莫属。毫无疑义,它是余华随笔的代表作。余华后来对文学的种种看法,以及文学观的发展变化,基本上都是从这里出发或从这里伸展开去的。余华声称这是"一篇具有宣言倾向的写作理论"[①]。其实,它何止是余华的"具有宣言倾向的写作理论",在很大程度上,它是先锋派作家的文学宣言。

在这篇具有叛逆精神的文章中,余华根据自己的创作体验首先提出了一个具有挑战性、颠覆性的命题:写作是为了更加接近真实,而要达到真实,必须使用"虚伪的形式"。所谓的"虚伪",是针对人们被日常生活围困的经验而言的。这种经验使人们沦陷在缺乏想象的环境里,使人们对事物的判断总是实事求是地进行着。这种认识事物的方式难道不对吗?从古至今,人们在绝大多数的情况下都是根据经验对

[①] 余华:《河边的错误·跋》,长江文艺出版社 1992 年版,第 346 页。

事物做实事求是的判断的。但这种认识论到现代主义思潮产生后，便受到了前所未有的怀疑与否定。余华的文学观在很大程度上与西方现代主义文学思潮有着内在的一致性。他认为经验地看待事物，其谬误有三：一是这种经验只对实际的事物负责，它越来越疏远精神的本质，于是真实的含义被曲解也就在所难免。二是当我们就事论事地描述某一事物时，我们往往只能获得事物的外貌，而其内在的广阔含义则昏睡不醒。这种就事论事的写作态度窒息了作家的才华。三是当文学所表达的只是大众的经验时，其自身的革命便困难重重。

发现经验地认识事物的谬误只能导致"表现的真实"之后，就必须寻找新的表达方式。寻找的结果使余华的文学观念及写作态度发生了逆转：不再忠诚于所描绘事物的形态，而开始使用一种"虚伪的形式"，"这种形式背离了现状世界所提供给我的秩序和逻辑，然而却使我自由地接近了真实"。

从认识论的角度来看，余华的这种反叛是从对常识进而对现实生活的怀疑开始的，其怀疑源自作家对自己的小说写作所做的目的论的深度思考。余华承认自己1986年以前所有的思考都是从常识出发，在无数常识之间游荡，使用的是被大众肯定的思维方式。但是到1987年写《现实一种》《河边的错误》时，他的思考突然脱离常识的范围，开始对常识产生怀疑，不再相信现实生活的常识。现实生活是不真实的，这种深度的怀疑与否定导致他对另一部分现实的重视，即对精神现实的重视，认为"真实存在的只能是他的精神"。现实生活是不真实的，只有人的精神才是真实的，"在人的精神世界里，一切常识提供的价值都开始摇摇欲坠,一切旧有的事物都将获得新的意义"①。在余华的理论话语中,"精神"是一个特殊的概念,它有时与"现实"相对立,有时则是"真实的现实"。当它在另一些文章中不便以"精神"一词出现时,便用"内心""虚无"称名。虽然它的称名越来越玄奥,但与现代主义的文学观念、表述方式及做派越来越近了。

所谓"真实"得到了落实,但"虚伪的形式"悬置了。什么是"虚伪的形式"?它怎样生成?怎样表现真实?余华没有做出确定性的表述。根据余华欲言又止的暗示,同时结合他在其他文章中不经意的表述,我大致知道它是什么。如果我的判断不错的话,它是指非经验非常识非客观的、经由想象创造的形式,这种形式生于"内心",又返归"内心""虚无"。

事实与看法

余华的随笔集《我能否相信自己》是以该集中的第一篇文章的标题做书名的。文章是这样开始的,我曾经被这样的两句话深深吸引,第一句话来自美国作家艾萨克·辛格的哥哥,这位很早就开始写作,后来又被人完全遗忘的作家这样教育他的弟弟:"看法总是要陈旧过时,而事实永远不会陈旧过时。"第二句话出自一位古老的希腊人之口:"命运的看法比我们更准确。"后来,令人赞叹不已的作家蒙田也说过同样的话,他说:"为什么不想一想,我们自己的看法常常充满矛盾,多少昨天还是

---

① 余华:《我能否相信自己》,人民日报出版社1998年版,第158—164页。

信条的东西,今天却成了谎言?"蒙田暗示我们:"看法"在很大程度上是虚荣和好奇在作怪,"好奇心引导我们到处管闲事,虚荣心则禁止我们留下悬而未决的问题"。

  在这里,他们都否定了"看法",而且都为此寻找到一个有力的借口,那位辛格的哥哥强调了"事实",古希腊人相信不可知的神秘事物,指出的是"命运",而蒙田则彻底否定"看法"存在的合法性,认为它与"谎言"一样让人不可信。这些说法都是绝对性的判断。以第一句话为例。这句话看上去是一个真理,一个普通的常识,但它是一个"逻辑悖论"。如果看法属于事实,则这是一个假命题,一个自我否定的命题。如果看法不属于事实,它也成了自我否定的命题,因为在否定看法的时候,其实也选择了看法,即这句话本身是一个"看法"。既然是看法,那么它就是不可信的。这句话是以自我否定的形式做出判断的,因此,如果肯定它,则肯定了作者的"看法",如果否定它,结果还是肯定了作者的"看法"。无论怎样,它都是在"自我否定"或"自我肯定",我们面对的是一个逻辑难题。实际上,这句话设置的是一个逻辑悖论,一个逻辑陷阱,这可能是辛格哥哥始料未及的。

  同"精神""内心""虚无"一样,"事实"也是余华理论话语和批评语汇中最重要的概念。余华灵活使用"事实",因此,"事实"有时与"现实"相异,有时与"现实"互释,有时则是"现实"的另一种称名。它和"现实"一样,在不同的语境中有不同的含义。它静静地立在那里,却脚底生风,与"现实""写作""内心""虚无"连成一体。

  回到第一句话。由这句话,我自然想起维特根斯坦的《逻辑哲学论》。《逻辑哲学论》的第一个命题是:"世界就是所发生的一切东西。"接着,它以命题表述的形式对其做解释:"世界是事实的总和,而不是物的总和。"这是关键,事实的总和既决定一切所发生的东西,又决定一切未发生的东西。在逻辑空间中的事实就是世界,"世界分解为事实"。施太格缪勒说:把世界看作属于事实的范畴,"这乍看起来是非常令人惊奇的;因为我们可能期待使用世界这一概念的哲学家会把世界或理解为一种复合的事物,或理解为全部事物的总体,因此是某种不属于事实范畴的东西。无疑,维特根斯坦也不会反对我们可以引入作为事物的世界这一概念,但是他说,他认为,作为事实的世界这一概念在哲学上是更重要和更根本的东西"。由此推导出第二个命题:"那发生的东西,即事实,就是原子事实的存在。"原子事实就是各客体(事物,物)的结合,"所有一切存在着的原子事实的总和就是世界"。对于物来说,重要的是它可以成为原子事实的构成部分。物在原子事实中发生,物是客体,客体在原子事实中发生的可能性就是形式,只要有客体,就有世界的固定形式;客体形成世界的实体,因此,客体不是经验的、抽象的。"只有当我们说,知觉到的形体属于事物范畴,而知觉领域属于事实范畴时,这种区别才能得到正确理解。这种知觉领域分解为更简单的事实,而个别事物和属性只有在简单的事实中才作为成分出现。"[①]

接下来要问的是,事实和现实是什么关系?《逻辑哲学论》说:"所有一切存在着的原子事实的总和就是世界","现实的总和就是世界"[②]。至此,事实与现实等同了。可以这么说,事实是指发生的、生成的存在,而现实则是构成的存在,是事实存在的存在。后来,维特根斯坦对他早期的思想特别是《逻辑哲学论》越来越不满意,甚至认为"这本

[①] 施太格缪勒:《当代哲学主潮》上卷,商务印书馆1986年版,第521页。
[②] 维特根斯坦:《逻辑哲学论》,商务印书馆1962年版,第22—26页。

书从根本上就是错误的,并且重新建立了一套新的哲学来与它分庭抗礼"①。这"新的哲学"就是他去世后出版并代表他后期哲学思想的重要著作《哲学研究》。在该著作中,他对《逻辑哲学论》中的绝对主义和原子主义持反对态度,用相对主义代替绝对主义,强调"语境"和"描述方法"对描述世界的重要意义。② 关于世界的种种说法的意义取决于它们出现的语境,"有多少种描述世界的方法,就有多少种把世界分解为个别事态的方式"。

余华的思想是清晰的,他首先指出这些说法的逻辑错误:他们在否定"看法"的时候,其实也选择了"看法";要做到真正的没有看法是不可能的。聪明的余华不是以否定论的方式判定这些说法的无效,而是机智地为蒙田他们绕过逻辑悖论而从绝对主义失效的地方引出怀疑主义、相对主义,"与别人不同的是,蒙田他们不约而同地选择了怀疑主义的立场,他们似乎相信'任何一个命题的对面,都存在着另外一个命题'"。

既不否定"事实",又不否定"看法",对看法持怀疑主义、相对主义立场的余华,在此突破了现代主义的设限而走向了通途,但也就是在这里,我们看到了一个复杂矛盾的余华的出现。

余华对"事实"没有提出过直接的质疑,但我以为他后来持守的怀疑主义和相对主义的立场在需要的时候也会对此做出质疑。而对"现实"的看法,余华则不断变化。在先锋文学创作阶段(20世纪80年代中

---

① 布莱恩·麦基:《思想家》,上海三联书店1987年版,第122页。
② 施太格缪勒:《当代哲学主潮》上卷,商务印书馆1986年版,第544—555页。

后期至90年代初),他认为现实是不真实不可靠的,《虚伪的作品》对此做了表述,并声称自己"一直是以敌对的态度看待现实",其创作都是"源出于和现实的那一层紧张关系"。① 这种对抗情绪产生的动力转化为写作及写作的激情,但写过《活着》以后,余华的观念发生了变化,同现实敌对的态度有所缓和,开始用同情的眼光看待世界,而《活着》就是用同情的态度写成的一部叙述极度生存状态的长篇小说。近期,余华则彻底扭转了对现实的看法,"我过去的现实更倾向于某种想象中的,现在的现实则更接近于现实本身"②。现实不再是不真实不可靠的,"现实构成了写作的基础"③,没有一个作家可以离开现实。

当有人问余华为何不断地修正以前的观点时,他毫不掩饰地说:"我觉得这很正常,作家都是朝三暮四的。"④说这话的余华似乎底气不足,显然找错了原因。在我看来,思想观念的变化是由里到外的,而作家易变的性格则更多地表现在情绪上或浅度的看法上。在这个瞬息万变的时代,要想使自己的思想观念始终不变是不现实的,除非他是绝对的保守者或者是极端的破坏者。法国当代著名作家菲利普·索莱尔斯说出了这个意思,当有人问他的观点为何变来变去时,他说:"当整个社会的人都希望那样做时,您又能怎样?"虽然无奈,却是真诚真实的。余

---

① 余华:《我能否相信自己》,人民日报出版社1998年版,第144—145页。

② 余华、潘凯雄:《新年第一天的文学对话——关于〈许三观卖血记〉及其他》,《作家》1996年第3期,第9页。

③ 张英:《文学的力量:当代著名作家访谈录》,民族出版社2001年版,第3页。

④ 张英:《文学的力量:当代著名作家访谈录》,民族出版社2001年版,第21页。

华思想观念的变化是随着创作的演进与对现实认识的深化而产生的，从这一点来说，余华是优秀的。

写作与叙述

　　写作与叙述是余华文章中出现频率最高的两个术语。在余华的批评话语中，"写作"是一个具有特指意义——特殊含义的概念，它与我们通常所说的写作差异甚大。一般意义的写作是指单纯的技术过程，而余华的写作则是一个创作的行为。但它又不等同于创作。根据文学理论的解释，创作是指受主体支配并体现主体意图的创造行为及其过程，而余华的写作则是自行呈现的过程。这个过程抹去了作家与作品、支配与被支配、叙述与被叙述的界线，将历史与现实、自我与文本一并纳入艺术的营构之中。余华说，写作会把一个人变成作家，会把一个原本坚强的心灵变得多愁善感，写作还是一种自我塑造的力量。更重要的是，写作是敞开自身的方式，是把自己交托给时间和命运的方式，自己和自己斗争。写作把作家自己、虚构的世界和现实连为一体，"仿佛水消失在水中"。

　　顺着余华的思路进入写作自设的语境，是解读余华写作特指意义的最好方法。

　　自设要义之一：作家为内心写作，写作的过程是内心敞开的过程。

　　持守现代主义文学观念的余华认定现实不真实，只有内心才是真实的。因此，"一位真正的作家永远只为内心写作，只有内心才会真实地告诉他，他的自私、他的高尚是多么突出。内心让他真实地了解自己,一旦了解了自己也就了解了世界"[①]。内心映现出真实的世界,然而在常态下,内心是关闭的,只有不停地写作才能开启内心、不断地敞开内心,才能使自己置身于发现之中。敞开了内心也就等于敞开了真实丰富的世界。重视写作的余华自然要将"为内心写作"当作自己最高的艺术原则,《活着》出版后,人们从《活着》中读出了种种意义,余华却只认同"让内心的真实做主"的说法,不是毫无道理的。

为内心写作的另一种表述是:作家为虚无而写作。虚无即内心即精神。在余华的批评文字中,这三者是互通等值的,尽管它们在内容和结构上可能不是绝对地等同。可能是由于虚无太玄奥,不易于让人们接受,余华只是偶尔提及,在大多数情况下,他使用最多的还是"内心"。

写作敞开的内心,既是人物的,又是作家自我的,双向的内心敞开的相互映现使写作超越了写作而成为内心的需要。说到这里,不能不提《布尔加科夫与〈大师和玛格丽特〉》一文。

在余华的文学评论中,这是钻探到作家和作品最深处的写作,用汪晖的话来说,这是一篇"用写作者的感觉去追随别人的写作过程"的文章。布尔加科夫在重新获得写作的权利后,写下了他一生中最后的一部杰作。这是他一生中最后发出的声音,"一部在那个时代不可能获得发表的作品"。这时候对布尔加科夫来说,与现实建立什么样的关系尤为重要。显然,他绝不会和现实妥协,可是和现实剑拔弩张又会使他失去声音。在这种情况下,"布尔加科夫的写作,只能是内心独白",回到单纯的写作。因此,他的写作就更为突出地表达了内心的需要,而写作则失去了实际的意义,与发表、收入、名誉等毫无关系,写作成为纯粹的

[①] 余华:《我能否相信自己》,人民日报出版社1998年版,第143页。

余华论

自我表达,成为布尔加科夫对自己的纪念。虽然这是政治压制与作者策略应对的结果,但写作解放了布尔加科夫。

> 回到了写作的布尔加科夫,没有了出版,没有了读者,没有了评论,与此同时他也没有了虚荣,没有了毫无意义的期待。他获得了宁静,获得了真正意义上的写作。他用不着去和自己的盛名斗争;用不着一方面和报纸、杂志夸夸其谈,另一方面独自一人时又要反省自己的言行。最重要的是,他不需要迫使自己从世俗的荣耀里脱身而出,从而使自己回到写作,因为他没有机会离开写作了,他将自己的人生掌握在叙述的虚构里,他已经消失在自己的写作之中,而且无影无踪。①

写作解放了自己,也敞开了越来越阴暗的内心,纯粹的写作成了写作者自救的方式。写作不是一种单纯的智力表达的行为,而是人的生命展开的形式。在《大师和玛格丽特》中,作为作家的大师被剥夺了发表作品的权利,这一点和布尔加科夫的现实境况完全一致。现实的压制使布尔加科夫完全退回到自己的内心,接着又使他重新掌握了自己的命运。他将自己的命运推入想象之中,于是创造了玛格丽特这个美丽非凡的女子。她的出现是为大师来的,也是为布尔加科夫来的:

> 玛格丽特的出现,不仅使大师的内心获得了宁静,也使布尔加

---

① 余华:《我能否相信自己》,人民日报出版社1998年版,第69页。

科夫得了无与伦比的安慰。这个虚幻的女子与其说是为了大师而来,还不如说是布尔加科夫自己创造的。大师只是布尔加科夫在虚构世界里的一个代表:当布尔加科夫思想时,他成了语言;当布尔加科夫说话时,他成了声音;当布尔加科夫抚摸时,他成了手。因此可以这样说,玛格丽特是布尔加科夫在另一条人生道路上的全部的幸福,也是布尔加科夫现实与写作之间的唯一模糊之区。只有这样,布尔加科夫才能完好无损地保护住了自己的信念,像人们常说的这是爱情的力量,并且将这样的信念继续下去,就是在自己生命结束以后,仍然让它向前延伸,因为他的另一条人生道路没有止境。

……玛格丽特看上去是属于《大师和玛格丽特》的,是属于所有阅读者的,其实她只属于布尔加科夫。她是布尔加科夫内心所有的爱人,是布尔加科夫对美的所有感受,也是布尔加科夫漫长的人生中的所有力量。在玛格丽特这里,布尔加科夫的内心得到了所有的美和所有的爱,同时也得到了所有的保护。[1]

这就是写作的力量。写作解放了布尔加科夫,但写作也会暴露作家萎缩的内心。在《卡夫卡和K》中,余华断定《城堡》里的K就是现实中的卡夫卡。K没有主人身份的外来者角色、性生活的缺失、孤独、尴尬,仿佛就是生活中的卡夫卡。卡夫卡的日记与小说写作互为关系,其日记很像是"一些互相失去了联络的小说片断",而他的小说《城堡》则像是K的"漫长到无法结束的日记",它们共同叙写着卡夫卡,对于卡夫

---

[1] 余华:《我能否相信自己》,人民日报出版社1998年版,第73—75页。

卡及其小说,这不失为一种有见地的解读。

自设要义之二:写作是一种自我塑造的力量。

写作会改变一个人,会将一个刚强的人变得眼泪汪汪,会将一个果断的人变得犹豫不决,会将一个勇敢的人变得胆小怕事,最后将一个活生生的人变成了一个作家。写作的过程在敞开内心之时也软化了人的心灵,它使作家越来越警觉和伤感的同时,也使他的心灵经常感到柔弱无援。然后,他又发现自己的灵魂具有与众不同的准则,他的内心由此变得异常丰富。

关于叙述,余华没有提出什么特别的新见,但他关于叙述的几个原则,则是从小说创作中深获的经验之谈。尤其是他从叙述角度对中外优秀作家的小说所做的隽永通脱、充满妙思灵悟的分析让人叹服。

叙述原则一:单纯的叙述最有魅力。在余华的观念里,叙述单纯简洁是最高的艺术原则。他甚至认为,一位艺术家最大的美德是两种,"一种是单纯,一种是丰富。假如有人同时具备了这两种,他肯定就是大师了"①。音乐大师几乎都有这种品格,像贝多芬的《钢琴奏鸣曲》和《田园交响曲》单纯到了至高无上。肖斯塔科维奇的《第七交响曲》中反映当年德国侵略者脚步的那个乐章,那一节奏大概重复了七十多次,从轻到响,从响到轻,单纯中寓含着复杂丰富。巴赫的《马太受难记》是一部清唱剧,有两个多小时的长度,可是里面的旋律只有一首歌的旋律,而它的叙述无比丰富和宽广。小说家中,他极推崇鲁迅和博尔赫斯的叙述。在《温暖和百感交集的旅程》一文中,他说鲁迅和博尔赫斯是

---

① 余华、潘凯雄:《新年第一天的文学对话——关于〈许三观卖血记〉及其他》,《作家》1996 年第 3 期,第 7 页。

从虚无到现实

我们文学里思维清晰敏捷的象征,前者犹如山脉隆出地表,后者则像河流陷入进去,其思维一目了然。鲁迅的《孔乙己》和博尔赫斯的《南方》都是文学里惜墨如金的典范。

> 在《孔乙己》里,鲁迅省略了孔乙己最初几次来到酒店的描述,当孔乙己的腿被打断后,鲁迅才开始写他是如何走来的。这是一个伟大作家的责任,当孔乙己双腿健全时,可以忽视他来到的方式,然而当他腿断了,就不能回避。于是,我们读到了文学叙述中的绝唱。"忽然间听得一个声音:'温一碗酒。'这声音虽然极低,却很耳熟。看时又全没有人。站起来向外一望,那孔乙己便在柜台下对了门槛坐着。"先是声音传来,然后才见着人,这样的叙述已经不同凡响,当"我温了酒,端出去,放在门槛上",孔乙己摸出四文大钱后,令人战栗的描述出现了,鲁迅只用了短短一句话,"见他满手是泥,原来他是用这手走来的"。[①]

单纯简洁的叙述就像子弹迅猛穿越身体,直抵现实的深度。博尔赫斯简洁明快的叙述里,弥漫着理性的迷茫,然而,理性的迷茫在单纯的叙述里获得了现实的宽广。

叙述原则二:无我的叙述。无我的叙述既是一种叙述方式,又是一种艺术境界,它是形成的,不是自在的。无我的叙述方式就是将别人的事告诉别人,而极力躲避另一种叙述态度,即将自己的事告诉别人。"我寻找的是无我的叙述方式",即使是自己的事,一旦进入叙述,我也

[①] 余华:《内心之死》,华艺出版社2000年版,第10—11页。

将其转化为别人的事。在叙述过程中,个人经验转换的最简便最有效的方法,就是尽可能回避直接的表达。于是,"作者不再是一位叙述上的侵略者,而是一位聆听者,一位耐心仔细、善解人意和感同身受的聆听者。他努力这样去做,在叙述的时候,他试图取消作者的身份,他觉得自己应该是一位读者"①。余华说,写完《许三观卖血记》后,他发现自己知道的并不比别人多。

无我的叙述尽可能抹去自我,放大叙述的功能,结果,叙述时常会控制作家,而作家都乐意被它控制。

叙述原则三:叙述技巧提升叙述品质。叙述本身就是一种技术性很强的艺术表现方法,叙述的训练有素会使情感更加丰富。作家的情感在高超的叙述技巧帮助下表现出来时,会获得比作家本身所拥有的情感更加集中、更加强烈感人的效果。技巧在某种程度上可以帮助情感,也是为自己的情感建造一条高速公路,两边都有栏杆,把不必要的东西拦在外面。

文学和文学史

什么是文学史? 这是个不言自明的问题,可就是这个似乎不值一提的问题,一经余华说破,便见出几分谬误。在《文学和文学史》中,余华特地分析波兰作家布鲁诺·舒尔茨的"不幸"来指认文学史的谬误。布鲁诺·舒尔茨是一位不错的画家,他也写小说,死后留下薄薄的两本短篇小说集和一篇中篇小说,此外他还翻译了卡夫卡的《审判》。他的

---

① 余华:《我能否相信自己》,人民日报出版社1998年版,第135页。

作品有时候与卡夫卡相像,这位比卡夫卡年轻九岁的作家一下子从镜子里看到了自己,他可能意识到别人的心脏在自己的身体里跳动起来。"心灵的连接会使一个人的作品激发起另一个人的写作,然而没有一个作家可以在另外一个作家那里得到什么,他只能从文学中去得到。"即便有卡夫卡的存在,布鲁诺·舒尔茨仍然写出了20世纪最出色的作品,可是他的数量对他极为不利,他无法成为20世纪最重要的作家。还有日本的作家樋口一叶,似乎是另一个布鲁诺·舒尔茨,她的二十几篇短篇小说完全可以使她进入19世纪最伟大的女作家之列,可她死后置身其间的文学史,对她似乎也像对死亡一样蛮横无理。被海明威称为20世纪美国最重要作家之一的史蒂芬·葛润写了两篇精彩无比的短篇小说,在海明威看来,有两篇异常出色的短篇小说就足够了,但文学史对他不屑一顾。这样不幸的作家其实很多,他们都或多或少地写下了无愧于自己,也无愧于文学的作品。然而,"文学史总是乐意去表达作家的历史,而不是文学真正的历史",这是作家的不幸,更是文学的不幸。几乎是所有的文学史都把作家放在了首位,而把文学放在了第二位。只有很少的人意识到文学的历史不应是作家的历史,而应是文学的历史、文学精神的历史。在这里,余华实际上指出了另一部文学史存在的事实。

余华是一位极有天赋、思想先锋的优秀小说家,关于文学,他还有不少很精彩的看法,这些看法有的只言片语夹在诗化般的表述中,飘忽漫游无定落;有的像水融于水之中,我们能够充分地感受到它们的魅力,但要把它们分离出来则会走样走味,我们只好去感受它们抒情般的论述,而不便对其做学术性的科学系统化的分析;更多的则深含在小说中,在作品的形象、精神中冉冉升起。不过,这是另一篇文章的任务。

从小说结束的地方开始
——余华小说序跋

　　一位喜欢余华小说的朋友对我说,余华小说序跋漂亮,你研究余华,为何不以此写篇文章?一句话提醒了我,顿觉此意甚好。

　　我读小说,习惯先读序言和后记。一本没有序言或后记的小说,就好像一幅中国画缺少了题跋和印章。余华是一位追求完美的作家,小说只要成书,必有序言和后记(跋)。他偏爱自序,故而序跋中序多跋少,有序者,少则一篇,多则三五篇,《在细雨中呼喊》自序三篇,《活着》自序四篇,《许三观卖血记》则多达五篇;只有一个跋和两个后记,跋给了中短篇小说集《河边的错误》(1992年版),后记给了《许三观卖血记》和《兄弟》。

　　余华小说序跋是随笔的写法,文思灵动,简约之中有着思辨的韵致。余华写小说有天赋,写随笔似乎更胜一筹。在中国当代小说家中,其随笔之美、数量之多,无人出其右。他对随笔迷恋的程度,也非他人可及。他就敢于在小说创作的高峰之际突然停下来,一步拐到随笔世界,一待就是四五年,1995—1999年,共写了四十多篇谈文学和音乐的随笔。这些随笔陆续发表出版后,让文学界、学术界的作家、评论家和教授们一致称好,余华也说他这几年写得最顺手、"越写越上瘾"又最让他满意的作品就是这些随笔。一位专攻小说的作家不好好写小说,竟然在文情和思力极盛的三十多岁弃"主业"而投"副业",试问偌大文坛,谁敢如此奢侈?唯有余华!从这个意义上说,余华是一个性情中人、随性而为的作家。尽管这些随笔获得了美文的赞誉,尽管余华在写作中阅读了大量西方文学经典,他曾说自己成为先锋小说家后,一一拜访了外国文学中的许多大师,"我的导师差不多可以组成一支军队",但我总是要为余华的这一轻率的选择深感遗憾。对于余华这种不是靠学识、积累和耐力,而是凭依灵悟、天赋和才气写作的作家,"一俟元气下降,再难重起"。创作的高峰状态,可遇不可求,一旦从高峰状态上滑落下来,从一种语境和状态进入另一种语境和状态,并且沉迷到这种新的语境和状态,就再难找回原先的高峰状态了。余华之后的长篇小说写作的不顺利,与此有很大关系。好不容易问世的两部长篇小说《兄弟》《第七天》,尽管余华一再声称它们是让自己最满意的小说,但我给出的判断却是,到目前为止,写出了不可一世的先锋小说和经典之作《活着》《许三观卖血记》的余华已经成为历史,直面现实"正面强攻"的余华显然难成大气象。话再说就长了,言归正传。

一

余华善待序跋,用心为文,单纯简洁的表述里涵化着理性的思辨、分析、判断和见解,故而使其有着河流般的清晰优美和长驱直入的力量。余华小说序跋的第一要义,是对作品做原意阐释/本意阐释。

在余华小说序跋中,最具代表性的序言,是对《活着》之要义所做的经典性表述:

余华论

> 长期以来,我的作品都是源出于和现实的那一层紧张关系……
>
> 前面已经说过,我和现实关系紧张,说得严重一些,我一直是以敌对的态度看待现实。随着时间的推移,我内心的愤怒渐渐平息,我开始意识到一位真正的作家所寻找的是真理,是一种排斥道德判断的真理。作家的使命不是发泄,不是控诉或者揭露,他应该向人们展示高尚。这里所说的高尚不是那种单纯的美好,而是对一切事物理解之后的超然,对善与恶一视同仁,用同情的目光看待世界。
>
> 正是在这样的心态下,我听到了一首美国民歌《老黑奴》,歌中那位老黑奴经历了一生的苦难,家人都先他而去,而他依然友好地对待这个世界,没有一句抱怨的话。这首歌深深地打动了我,我决定写下一篇这样的小说,就是这篇《活着》,写人对苦难的承受能力,对世界乐观的态度。写作过程让我明白,人是为活着本身而活着的,而不是为活着之外的任何事物所活着。我感到自己写下了高尚的作品。[①]

这几段文字可视为《活着》的原意阐释的标准文本,它至少包含着三层意思。其一,在这之前的先锋小说创作阶段,余华"以敌对的态度看待世界",其小说充满着暴力、血腥、宿命和死亡,大约从《活着》开始,余华"用同情的目光看待世界",其小说创作由先锋叙事、宿命叙事演进到世俗叙事、温情叙事。其二,福贵的生命意识里潜存着人类共有的情

[①] 余华:《活着·前言》,南海出版公司1998年版,第3—4页。

感,"老黑奴和福贵,这是两个截然不同的人。他们生活在不同的国家,经历着不同的时代,属于不同的民族和不同的文化,有着不同的肤色和不同的嗜好,然而有时候他们就像是同一个人。这是因为所有的不同都无法抵挡一个基本的共同之处,人的共同之处"(《活着·自序》英文版)。人的共同之处会取消所有不同的界限,"会让一个人从他人的经历里感受到自己的命运,就像是在不同的镜子里看到的都是自己的形象"。据余华说,关于《活着》,他最早是想写一个人和他生命的关系,但一直不知道这篇小说该怎么写。起初,脑子里只有"福贵"这个形象:一个老人,在中午的阳光下犁田,脸上布满了皱纹,皱纹里嵌满了泥土。神启灵悟,当余华听到美国民歌《老黑奴》时,我相信,那一刻,一准是这首歌打通了福贵与老黑奴的生命通道,孕育已久的福贵形象终于破茧而出,一个全新的形象就这样在瞬间的创造中诞生了。《活着》着力表现的,正是福贵默默地承受生命之重而无怨无悔地"活着",于苦难的极限处和死亡的边缘止步,超然地面对世界而表现出善待生命、尊重生命的精神。倘若没有余华这些精彩到位的原意阐释,真不知读者会产生多少误读。即便这样,还是有不少人对福贵的"活着"做出了否定性的批评:福贵没有苦难意识和反抗精神,只知消极受难,无奈地屈从于命运而被动地"苟活""赖活",是一个软弱、愚昧、落后的可怜人,一个被生命压平的人、失去了存在价值的人。我后来研究余华,正是从不同意这种基于启蒙预设的否定性批评开始的。其三,余华的原意阐释的思想要义最终凝结到一句话上,那就是"活着就在活着本身"。在余华看来,活着是生命本身的要求,人的理想、抱负、财富、地位等,与生命本身没有关系,人的生命唯一的要求就是"活着"。活着就是承受苦难并且与苦难共生共存,作为一个词语,"活着"在我们的中国语言里充满了力量,"它的力量不是来自于喊叫,也不是来自于进攻,而是忍受,去忍受生命赋予我们的责任,去忍受现实给予我们的幸福和苦难、无聊和平庸"。与此同时,《活着》还讲述了"一个人和他的命运之间的友情""人如何去承受巨大的苦难""眼泪的广阔和丰富""绝望的不存在""我们中国人这几十年是如何熬过来的"(《活着·韩文版自序》)。所有这些解释均是对"活着就在活着本身"这句似乎带有存在主义哲学意味的经典性表述的注释,是从生命伦理人道主义的新视角对中国底层百姓"活着"的意义做出的现代陈述。

《活着》四篇自序"申义""释义"直取要义,《兄弟》后记亦然。《兄弟》分上、下部,写两个时代与两个人的命运:

> 这是两个时代相遇以后出生的小说,前一个是"文革"中的故事,那是一个精神狂热、本能压抑和命运惨烈的时代,相当于欧洲的中世纪;后一个是现在的故事,那是一个伦理颠覆、浮躁纵欲和众生万象的时代,更甚于今天的欧洲。一个西方人活四百年才能经历这样两个天壤之别的时代,一个中国人只需四十年就经历了。四百年间的动荡万变浓缩在了四十年之中,这是弥足珍贵的经历。连接这两个时代的纽带就是这兄弟两人,他们的生活在裂变中裂变,他们的悲喜在爆发中爆发,他们的命运和这两个时代一样的天翻地覆,最终他们必须恩怨交集地自食其果。

上部从正面写禁欲和反人性的"文化大革命",下部从负面写"浮躁纵欲和众生万象"的改革开放年代,两个时代的荒诞现实造成了兄弟两人及其父母的悲剧命运。

从小说结束的地方开始

二

序跋作者是作品的写作者,当是真正的知情人,他对作品的解读释义,可以帮助读者尽可能地还原作品的历史语境,以便做出准确的价值判断。余华一时难以给出确定性的创作本意和作品原意时,则通常采取抽象化、诗化的表述。

《许三观卖血记》自序五篇、跋一篇:这本书是一首很长的民歌,它的节奏是回忆的速度,旋律温和地跳跃着,休止符被韵脚隐藏了起来。作者虚构的只是两个人的历史,而试图唤起的是更多人的记忆(《许三观卖自记·自序》中文版);现实生活中一个血头辉煌的历史印在余华的记忆里,直到有一天开始写作一个卖血故事的小说时,虚构的许三观才从跟随那位血头的近千人的卖血队伍中走出来,自创了另外一个卖血的故事(《许三观卖血记·自序》德文版);这是一首关于平等的书,也是一首关于平等的诗(《许三观卖血记·自序》韩文版)。细究《许三观卖血记》的五篇自序,阐释常常是抽象的、不确定的表述,他说得最多最清楚的,是关于"许三观卖血记"这个故事的来源,至于这个故事蕴含着什么要义、传达出什么样的思想情感,余华对此存而不论。余华对这部小说做出了确定性解释,是在一次访谈中给出的。当《书评周刊》记者王玮问他《活着》与《许三观卖血记》哪部更好时,他说福贵和许三观是自己的两个朋友,福贵是属于承受了太多苦难之后,与苦难已经不可分离了,所以他不需要有其他的诸如反抗之类的想法,他仅仅是为了"活着"而"活着"。他是自己见到的这个世界上对生命最尊重的人,他拥有了比别人多很多死去的理由,然而他活着。许三观是一个时时想出来与他的命运作对的人,却总是以失败告终,但他从来不知道失败,这又是他的优秀之处。至于他们两人谁更优秀或者说他们的故事谁更精彩,自己不知道。① 其实,《许三观卖血记》的意蕴要义并不难把握。简言之,许三观不断地与苦难和命运抗争,虽然屡次失败,却在失败中体现出生命的力量。我的理解是,"《许三观卖血记》最大的贡献,是起于苦难叙事,用'卖血'来丈量苦难的长度、强度,以此考量许三观承受苦难、抗争苦难的力度,终于伦理人道主义。"②

中短篇小说选集(六册)自序:《鲜血梅花》收录的五篇小说"是我文学经历中异想天开的旅程,或者说我的叙述在想象的催眠里前行,奇花和异草历历在目,霞光和云彩转瞬即逝",仿佛梦游一样,"所见所闻飘忽不定,人物命运也是来去无踪";《世事如烟》所收的八篇小说"是潮湿和阴沉的,也是宿命和难以捉摸的";《现实一种》里的三篇作品"记录了我曾经有过的疯狂,暴力和血腥在字里行间如波涛般涌动着,这是从噩梦出发抵达梦魇的叙述";《我胆小如鼠》里的三篇小说,"讲述的都是少年内心的成长,那是恐惧、不安和想入非非的历史";《战栗》也是三篇小说,更多表达了对命运的关心;《黄昏里的男孩》收录了十二篇作品,是六集中"与现实最为接近"的一集,"也可能是最令人亲切的,不过它也是最令人不安的"。六集共选余华 1986—1998 年创作的中短篇小说三十四篇,前五集是典型的先锋小说,它们通过"虚伪的形式",铺展渲染了荒诞现实、暴力本能、人性之恶和神秘宿命对人的掌控。最

---

① 余华:《我能否相信自己》,人民日报出版社 1998 年版,第 219—220 页。
② 王达敏:《民间中国的苦难叙事——〈许三观卖血记〉批评之批评》,《文学理论研究》2005 年第 2 期,第 61 页。

后一集里的十二篇小说,其中十篇沿着《一个地主的死》和《活着》开拓的传统而现代的民间叙事之路做纯粹的世俗叙事,只有《黄昏里的男孩》和《我没有自己的名字》两篇是被世俗叙事改写的先锋文本。先锋小说难解,余华对此的或抽象或诗化或半透明的阐释,对读者究竟有多大帮助,自有知音者心领神会。

《在细雨中呼喊》自序三篇:这是一本关于记忆的书,"它的结构来自对时间的感受,确切地说是对已知时间的感受,也就是记忆中的时间"。这本书试图表达人们在面对过去时,比面对未来更有信心,"因为未来充满了冒险,充满了不可战胜的神秘,只有当这些结束以后,惊奇和恐惧也就转化成了幽默和甜蜜"(《在细雨中呼喊·自序》意大利文版);记忆极为珍贵,这部小说"虽然不是一部自传,里面却是云集了我童年和少年时期的感受和理解,当然这样的感受和理解是以记忆的方式得到了重温"(《在细雨中呼喊·自序》韩文版);自序通常是一次约会,是作者与曾经出现过的叙述的约会,或者说与自己的过去约会,也是作者与书中人物的约会。约会通过记忆实施,就这样,我和一个家庭再次相遇,"我回忆他们,就像回忆自己生活中的朋友,随着时间的流逝,他们容颜并没有消退,反而在日积月累里更加清晰,同时也更加真实可信"(《在细雨中呼喊·自序》中文版)。余华以回忆的方式接通自己童年和少年的记忆,叙写了包括他自己在内的一代少年在那个充满荒诞、恐惧、痛苦和悲伤的年代里成长的心灵史。

如此这般自序,是文学特性和余华创作个性使然。余华灵悟,他具有一种能够在不经意间把存在的事物、生活的体验、理性的思考融入感觉之中的才能。他的多数小说写作之初,往往只有一个形象,或者是一个意象、一种朦胧的记忆,甚至是一种氛围,至于这部小说写什么、蕴含着什么或传达出什么样的思想情感,则模糊混沌。这是因为,"我对那些故事没有统治权,即便是我自己写下的故事,一旦写完,它就不再属于我,我只是被它们选中来完成这样的工作"[①]。故事本身有自主性,故事完成后,作者变成了读者。还因为作品中虚构的人物有自己的声音、自己的性格,于是,"作者不再是一位叙述上的侵略者,而是一位聆听者,一位耐心、仔细、善解人意和感同身受的聆听者。他努力这样去做,在叙述的时候,他试图取消自己的身份,他觉得自己应该是一位读者。事实也是如此,当这本书完成之后,他发现自己知道的并不比别人多"[②]。在这种情况下,他的原意阐释只能转化为抽象化或半透明状的表述。

三

序跋专意作品的原意阐释,对于擅长在随笔、访谈里阐释作品并借势生发文学观念的余华来说,序跋也是他展现这种才能的机会。顺示四例。一例:常识告诉我们,作品及其人物的创造者是作者。余华说不对,故事自我叙述,人物自我创造,作者只是记录者。二例:常识又告诉我们,稳定性的写作会积累起经验,创作才能持久。余华针对自己的写作体验提出异议,认为一个严格遵循自己理论写作经验而一成不变的作家只会快速地奔向坟墓,而一个优秀作家的写作则表现为不确定性;不确定性才有变化、创造和发展,作家源源不断的生命力在于经常朝三暮四。三例:常识说,文学是现实生活的反映。余华则说,一位真正的

[①] 余华:《许三观卖血记·德文版自序》,上海文艺出版社 2004 年版,第 9 页。
[②] 余华:《许三观卖血记·中文版自序》,上海文艺出版社 2004 年版,第 2 页。

作家永远只为内心写作,并坦言自己始终是为内心的需要而写作的作家。内心写作之所以是最根本的,是因为它最符合文学的特性。只有内心最真实,"内心让他真实了解自己,一旦了解了自己也就了解了世界"。这种论说智慧甚至包括语气与钱谷融先生于1957年在其名作《论"文学是人学"》中的论述有着异曲同工之妙。四例:常识又说,文学来源于生活又高于生活。这条文学原理出自现实主义"典型论"的贡献,流行多年而成为中国当代文学的主流观念,至今仍有影响。经过20世纪八九十年代新的文学观念洗礼的作家和读者发现,文学永远比现实逊色。为内心写作的余华对此做出了分辨,他说作家拥有两个现实:一个是生活的现实,一个是文学的现实。比如回忆,回忆反身回望过去的生活,但过去的生活无法还原,它只是偶然提醒我们,过去曾经拥有过什么。写作唤醒了我内心无数的欲望,这样的欲望在过去生活里曾经有过或者根本没有,曾经实现过或者根本无法实现,是写作使它们聚集到一起,在虚构的文学里成为合法的现实。于是,写作使作家拥有了两个现实,它们的关系就像是健康和疾病,当一个强大时,另一个必然会衰落下去。当我现实的人生越来越贫乏时,我虚构的人生则越来越丰富。这种颠覆性的事实让余华惊诧:"当我虚构的人物越来越真实时,我忍不住会去怀疑自己真正的现实是否正在被虚构。"①

若问余华对其作有无轻率之论和错判之处,答曰:有。《许三观卖血记·自序》(韩文版)里称"这是一本关于平等的书"的论断,便是一例,大家不妨自我解读。

---

① 余华:《许三观卖血记·中文版自序》,上海文艺出版社2004年版,第3页。

关于《余华论》的通信

×××先生：

　　您好！

　　刚忙完本科生和研究生毕业论文的指导、审阅与答辩，过几天还要忙二年级研究生毕业论文开题报告的审阅与答辩，心总是静不下来。近一个多月，虽然很忙，但我一直在思考您两封信的意见。说实话，我尽管不同意您的一些看法，但我对您是非常敬重的，一是因为您的看法全出自您内心的真诚，二是因为您敬重文学。在思考中，我也在反思自己对余华的看法。您知道，一个人对某一事物的看法一旦形成，就很难在短时期内彻底改变。因此，我对您的意见的回答，难免有固执甚至偏颇的成分在内，请您见谅！

　　您在第一封信中说："余华是当代文坛上的一个大有争议的人物，加以全面肯定，为时尚早。说他已经创造了两部经典著作《活着》和《许三观卖血记》，贡献莫大，显然是片面之说了。"您的意见对我是一个提醒，确实，现在就对一个还在发展中的作家，尤其是对一个大有争议的作家做全面肯定或全面否定，无疑都是轻率的。据我所知，文学界和学术界对余华小说做全面肯定和全面否定的，大有人在，概而观之，毁者与誉者，大概各半。对那些口气远大于学识，情绪远大于思想，好感情用事者的文章,我向来不以为然。但大多数研究者都是针对具体作品说话的,我特别敬重那些有学识、有思想、扎实为文、真诚评说的批评家,只有他们发出的声音才是真知灼见的。他们的意见、看法往往不一致,有时甚至尖锐对立,但这并不妨碍他们从各自的思想路径进入余华小说,对其进行解读评价。也只有这样的研究,才能在不断的"反驳"与"证伪"中逐渐抵达真理。

　　我说《活着》和《许三观卖血记》是当代文学经典,可能是说早了些,为此而受到轻率、浅薄、无知的指责,责任在我,怨不得别人。我知道,我的这一判断,分明对许多人的文学观念和文学接受习惯构成了挑战,哪有"淡淡的哀愁和感伤式的温情"的小说问世不久就被冠以"经典"的呢?但我的判断并非空穴来风,首先是这两部小说受到国内外的广泛认可,而且这种认可是在经典意义上做出的,其标志有三:一是《活着》1998年荣获意大利最高文学奖——格林扎纳·卡佛文学奖;1994年入选台湾《中国时报》评选的十部好书;1994年入选香港《博益》评选的十五部好书;入选香港《亚洲周刊》评选的"20世纪中文小说百年百强";入选中国百位批评家和文学编辑评选的"20世纪90年代最有影响的十部作品";由张艺谋导演改编的同名电影《活着》,获1994年法国戛纳电影节"评委会大奖"和"最佳男演员奖(葛优)"、美国电影电视金球奖"最佳外语片提名";昨晚,在第13届上海电视节"白玉兰奖"颁奖暨电视节闭幕式上,根据《活着》改编的电视剧《福贵》荣获"电视剧评委会大奖"。《许三观卖血记》2004年入选美国巴诺书店评选的"新发现杰出作家",2000年入选韩国《中央日报》评选的"100部必读书",入选中国百位批评家和文学编辑评选的"20世纪90年代最有影响的十部作品",等等。二是《活着》和《许三观卖血记》先后在美国、德国、法国、意大利、荷兰、日本、俄罗斯、中国香港、中国台湾等国家和地区出版。三是余华进入了几乎所有版本的中国当代文学史,并且是作为重要作家来评价的;《活着》和《许三观卖血记》被许多大学教材,包括全国性的大学教材选入。

再则是来自我对文学经典的一种常态的理解。我在一篇还未发表的文章中说:确认经典文学的标准肯定不是一个恒定不变的刻度,经典之作的经典性、原创性、审美性,根据其强度、浓度的不同,从高到低,从大到小,构成了长长的序列。处在最显眼位置的,无疑是以莎士比亚戏剧以及《巴黎圣母院》《悲惨世界》《复活》《罪与罚》《百年孤独》《红楼梦》等伟大之作为代表,而已经成为文学经典的作品,其数量之多,几乎布满了整个文学史。一般说来,经典之作需要经过几十年,甚至上百年的淘洗沉淀,才能得到最终认定。但有些作品,却能够在不太长的时间内就显现出经典性,如中国现代文学中的《阿Q正传》《孔乙己》《野草》《雨巷》《再别康桥》《边城》等作品,中国当代文学中的《茶馆》《受戒》《白鹿原》《活着》《许三观卖血记》《长恨歌》《尘埃落定》等作品。20世纪中国文学,再经过一段时间的淘洗沉淀之后,还会有更多作品进入经典之列。

经典不是完美无缺,经典是以它的独创性,为它所处时代的文学贡献了一个具有很高的原创性和审美性的文本,其中蕴含的内容正如留美中国作家哈金给伟大的中国小说下的一个定义:"一个描述了中国人经验的长篇小说,其中对人物和生活的描述如此深刻、丰富、真确,并富有同情心,使得每一个有感情、有文化的中国人都能在故事中找到认同感。"(哈金的这个定义,是对 J. W. Deforest 于1868年给伟大的美国小说下的一个定义的借用,这个定义至今沿用:"一个描述美国生活的长篇小说,它的描绘如此广阔、真实,并富有同情心,使得每一个有感情、有文化的美国人都不得不承认它似乎再现了自己所知道的某些东西。")

《活着》和《许三观卖血记》显然不是伟大之作,不是经典文学的顶级之作,因为它们在内容、思想、情感和艺术的深刻性、丰富性等方面,都还没有达到伟大之作的水平,但它们在各个方面有着一般性的经典之作的质地和品格。这一判断,权且作为我的一个偏见吧,您不必与固执的我较真。

您接着说:"《活着》则是活命哲学的宣扬,是叛徒汉奸类的精神依傍。怎么就可因为得到什么'意大利奖'便成为'文学经典'了呢?莫非外国人说了就算数了?为什么连评为诺贝尔文学奖的高行健也叫不响呢?'崇洋媚外'这四个字,还值得教授与评论家们给予一定的惊讶呀!"

×××先生,您这里把话说重了,我说过了,说"《活着》是活命哲学的宣扬",是一种学术观点,大家可以见仁见智,在学术的层面展开讨论。说《活着》"是叛徒汉奸类的精神依傍",就是上纲上线的政治误判了。《活着》怎么会是这样的作品呢?我不知道您怎么会得出这样的结论?您不喜欢《活着》不要紧,但不能"恨"。如此一来,我们对余华及其《活着》和《许三观卖血记》的看法,实在是相差太远,其中很难找到对话的共同点。您知道,在当代中国,政治判断一出,就等于叫别人都闭口。在政治面前,我们是渺小而脆弱的,不堪一击。

至于《活着》是不是"活命哲学"的宣扬,我想在此谈谈我的看法。说《活着》宣扬"活命哲学",福贵的"活着"是隐忍屈辱、苟且偷生,不是您一人的看法,持这种看法的人,大概既不少也不多。据此,您说了一句中肯的话:《活着》和《许三观卖血记》"作为灵魂的呼吁,层次仍然不高"。也有人得出这样的结论:《活着》和《许三观卖血记》没有像《悲惨世界》《复活》《罪与罚》等伟大之作那样,给人深深的灵魂震撼,没有产生崇高精神以引人积极向上。因此,它们是精神境界不高的差的作品。

这种判断的前提从根本上就是错误的,这是因为它误将价值尺度、价值层次当作价值本质。依此标准,只有达到了对灵魂深深的震撼,具有崇高精神以引人积极向上的作品才是好作品,而在这个尺度、层次之下的作品都是差作品。问题来了,若依此作为判断好作品与差作品的标准,那么,中国文学中,第一个被否定的作品一定是《红楼梦》,第二个被否定的对象就该轮至鲁迅了,再下来就是其他绝大多数作家作品了,余华小说自然也就难逃劫数了。而以西方文学、俄罗斯文学为代表的世界文学,不在否定之列的,恐怕也不多。我想,这些批评家在做出这种用意很好的判断时,忘记了反题的存在,没有意识到正是因为这个反题的存在,他们的看法及其判断无形中被自己否定了。

要求作家心系伟大之作,不仅没有错,而且十分正确。事实是,不是所有的文学作品都能够登上伟大之作之巅峰的,文学世界是由多种层次(层级)的作品构成的。我认为,各个层次(层级)的文学作品,只要它们传达了或表现了人类之爱、人性之善、精神之诚和艺术之美,都具有存在的正当性和合法性。一个社会要有多种多样的文学,才能百花齐放,才能满足读者的需要。我们既需要贯通了人类共有的经验,以极大的热情拥抱爱和善,体现了深刻丰富的历史、现实和人性内容的伟大之作,也需要以重大的历史事件或当代现实为叙写对象,结构宏大、内容深厚的史诗性的经典之作;既需要弘扬正气,表现时代精神的优秀之作,也需要抵达民间世俗的通俗之作;而以游戏娱乐为目的、通达千家万户的时尚文学、流行文学、快餐文学,已经成为人们日常生活中不可缺少的组成部分,自有存在的必要性与合法性。而且,多种层次(层级)的文学共存融合,既可以形成百花齐放的盛景,又能够在彼此竞争中互补互为。

　　说《活着》是"活命哲学"的宣扬,这一看法我也不能同意。在您和一些评论家的判断中,"活命哲学"是一个带有耻辱性的概念,相当于隐忍屈辱、苟且偷生。人要活得有意义、有价值,在面对苦难、不幸、压迫、侮辱、不公,尤其是在民族危亡、国难当头之际,要积极抗争,在生存中实现生命的超越。在需要抗争,而且也能够抗争的情况下,人若放弃了抗争而苟活,就意味着放弃了做人的意义。如果一个人身处苦难与命运之绝境而无可反抗,或者说他的反抗无意义、无价值时,若强求他反抗,恰恰是不人道的。从人性和人道主义的观点来看,此时处于绝境之中而无可反抗的人,若被迫采取了所谓的"苟活"方式,也是一种合法性的生存权利,不能过于指责。而这个人此时若能采取"不争之争"的隐忍抗争的方式,那一准是有精神和力量在支撑着他。对于这样的人,我们除了同情他的不幸,肯定他的生命精神,还能指责他吗?我认为福贵属于后者。我在《余华论》(第1版)中引用了我的同事在一篇评《活着》的文章里的一段论述,以此来说明福贵为何不反抗,为何不以死抗争,恕我再引一次:"首先我们设身处地地想一想福贵一生所经历的是不是事实,我们的回答应该是:福贵的一切努力与挣扎、无奈与隐忍是可能而现实的,福贵不可能去反抗什么,因为每一场灾难的发生,那个真凶都隐形遁迹地躲在事件的背后,所以即使反抗,福贵也找不着目标。福贵对它的居心叵测一无所知,更没料到它还会在下一个路口等着他,他只按他对生活的理解去活着,以他和他的亲人们相濡以沫的温

余华论

情去面对不期而至的苦难。该做的他都做了,只是任凭他怎么努力也摆脱不了苦难而已。面对这样一个卑微而无辜的人,我们除了怜其不幸,还能指责他什么?"(第55—56页)在死亡不停地诱逼之下,福贵一次又一次地在死亡的边缘止步,于苦难悲伤的极限处善待生命,默默地承受着生命之重而无怨无悔地活着。人活到这个份上,已经不是苟活,而是敬重生命而好活了。

一定会有人追问福贵的"活着"有何意义、有何价值,这确实是个问题。如果从启蒙和革命的立场来看福贵,那他的"活着"确实与反封建、反专制而进行社会变革的宏大目标没有什么直接的关系。如果从人性和人道主义的立场来看,人在与宿命抗争中,用"活着"抗争"死亡",用"知命"抗争"宿命",是人对生命尊重的一种表现,是人对人进一步理解的表现,其中蕴含着深刻的人道主义情怀,而且这种人道主义思想在近几十年的世界文学中渐成趋势,形成了人道主义新的思潮,可见我在《从启蒙叙事到民间叙事》一文中的论述。

《活着》构设的语境显然不是前者,分明是后者,正如余华所说:"《活着》讲述了一个人和他命运之间的友情……讲述了人是为了活着本身而活着的,而不是为了活着之外的任何事物而活着。"这段让许多人诟病的表述,实际上是人从神的巨大阴影里走出来之后,人对自我意义和价值确认的一个现代性陈述,一个现代性的命题。因此,有人敏锐地看到了《活着》和《许三观卖血记》的这一层深意,认为它们是寓言,是以地区性的个人经验反映了人类普遍性生存意义的寓言。我还是那句话,在那些让人难以活命的年代,福贵能够活着而不死,是有力量和精神在支撑着他。所以,我才说福贵的隐忍并不是一味地放弃自我而屈辱地活着,而是在隐忍中抗争,对生命的尊重。

具体到是什么力量和精神在支撑着福贵,小说中实际上写得很清楚。我在《福贵为何不死》一文中说:"说到福贵为何不死、为何活着,不能不特别提到与福贵生命密切相关的两个女人。这两个女人,一个是他慈善的母亲,一个是他温存的妻子家珍。正是这两个女人,为福贵接通了中国古老的生存智慧。她们是福贵的人生导师,正是她们把福贵从死亡的边缘拉回,用温情苏醒了福贵,用责任开导着福贵,让福贵感悟着生命的责任、生命的意义。"她们一再劝导福贵要好好地活着,"人只要活得高兴,穷也不怕"。在往后的艰难岁月里,每当福贵及全家遭遇不幸时,妻子家珍总是宽慰他要好好地活着。

除此之外,《活着》没有像西方小说那样,不惜用大量的篇幅来描写、剖析人物复杂的心理,追问人物精神力量的来源。《活着》像中国画,恰恰把这最丰富、最复杂的心理剖析给"空缺"了,留下了"空白"。这留白艺术正是中国文学艺术的特点,实际上起着无声胜有声的艺术效果。它需要读者调动自己的生活阅历、思想情感和生命体验去感悟、去体会、去丰富。越是生活阅历、思想情感和生命体验的丰富者,越是能够领悟到其中的丰富性之所在。

接下来就该谈到人性和人道主义问题了。您说:"有几分人性的作品就站得住了吗?请问,大陆上有几多'反人性'的作品?"我只能这样说,文学中有人性和人道主义肯定比没有好,有深刻、丰富、崇高的人性内容和人道主义精神的作品一准是好作品。至于"大陆上有几多'反人性'的作品"?恕我不便直接回答,我只能说,我们的文学曾经在很长时间里缺少人性和人道主义。一个不争的事实是,中国当代文学从它诞生的那天起,就对人性和人道主义多有防范,进而将其视为资产阶级腐朽思想而加以批判,严重地损害了中国当代文学的发展,以至于"十

余华论

七年文学"和"'文革'文学"中出现了许多反人性的作品,所以才会有新时期文学对人性和人道主义的呼唤与叙写。这应该是中国当代文学进步的一个重要标志。

文学是人学,人学的核心内容之一,就是人性和人道主义。那些古今中外的伟大之作、经典之作,均因为表现了深刻、丰富、崇高的人性和人道主义精神,才对人的灵魂产生了深深的震撼,才具有持久不衰的艺术魅力而闻名于世。中国当代文学目前最缺乏的思想资源之一,就是对人性和人道主义的充分关注。

再挑出两个细节与您商榷。

一、您说我的审美观点,"不是来自中国的工农大众,而是来自西方的后现代文化之论"。这话要是在意识形态掌控极严的极"左"时期说出,我不仅不能辩解,还要受到批判。虽说现在的文化环境很宽松,但我看到您的这句话时,心里还是震颤了一下,我们的历史记忆太深刻了。我的审美观点并非如您所说的这样,我对中国最底层的卑微者福贵和许三观不幸命运的同情,对他们在隐忍中与苦难与命运抗争精神的肯定,说明我在思想情感上与他们是息息相通的。我要说,我比很多作家、批评家更关注他们、更理解他们。我认为我对余华小说的研究,是从中国的现实出发的,是面对文学而发言的。对先锋文学和西方的现代主义、后现代主义文学,我以为不能将其妖魔化,不能把它们的负面价值有意放大,而忽视它们的正面价值;当然也不能将其神话。十多年来,将先锋文学和西方的现代主义、后现代主义文学妖魔化已经成为一种时尚,很多人甚至还在没有弄清楚,也不愿弄清楚什么是现代主义和后现代主义为何物的情况下,就提前预设了它们的妖魔性质。我的意见是,把它们作为一种文学现象和一种文化现象来对待,科学辩证地去研究它们,才是正道。

二、您说我口口声声称余华及其作品是"第一流、大家、经典",捧高了。我看到您这么说也吓了一跳,因为在我的意识里,余华远不是大师级的大家。我怕我的记忆有错,或者在哪里发生了笔误,故而借助电脑将《余华论》里的文章一篇一篇地查,结果没有查出一个与余华联系在一起的"第一流""大师""大家"的命名。但我在批评《兄弟》的文章中是说了这么一句话:"到目前为止,余华依然是中国当代为数并不多的最好的小说家之一。"这话我认。最好的作家无疑是第一流的,但这个判断有一个前提,那就是,"到目前为止的中国当代作家"。考虑到人们对中国当代文学的整体水平评价不高,认定余华是"到目前为止的中国当代为数并不多的最好的作家之一",本身就是一个限定。

以上所言,不对和偏颇之处,敬请批评指正。

夏安!

王达敏

2007 年 6 月 11 日

余华中短篇小说解读

《十八岁出门远行》

  在一个晴朗温和的中午,一位十八岁的青年在父亲的安排下,背起漂亮的红背包出门远行,去认识外面的世界。行走一天的他既没找到旅店,也没搭上汽车,直到黄昏时,才搭上一辆往回开的满载苹果的汽车。好景不长,汽车途中抛锚,一伙不知从何而来的乡民哄抢苹果,拆卸汽车。司机袖手旁观,他上前阻止,反而被打得遍体鳞伤,连自己的红背包也被加入抢劫者行列的司机抢走了。直到这时,他可能才意识到这是司机和乡民串通一气设下的圈套。于是,遍体鳞伤的他只好以遍体鳞伤的汽车作为旅店过夜。"我一直寻找旅店,没想到旅店你竟在这里。"

  凌厉狂放的莫言锐眼识余华。在余华先锋小说创作最盛时,他一语见的,说余华是中国当代文坛上的第一个"清醒的说梦者"。既然"清醒",势必不是真梦,因此是"说梦",有意为之而"仿梦"。莫言感叹:"这个人具有在小说中施放烟幕弹和在烟雾中捕捉亦鬼亦人的幻影的才能,而且是那么超卓。"①说梦者在现实与梦之间游走,其小说成了

---

  ① 莫言:《清醒的说梦者——关于余华及其小说的杂感》,《当代作家评论》1991年第2期,第30页。

"仿梦小说"。《十八岁出门远行》是余华"仿梦小说"的起点,第一篇似乎刚刚踏入梦之边缘的小说。一眼看上去,它不像梦,感觉一切都很现实。梦不一定不现实,现实不一定不虚幻。身临这现实之中,感觉所发生的一切都莫名其妙,十八岁的"我"出门远行去认识外面的世界,去哪里?干什么?怎么认识世界?看似有备而来,实际上是无目的、无方向地游走、流浪,"随便上哪","反正前面是什么地方对我们来说无关紧要"。行走一天只有中午遇见一次汽车,难道汽车都有意躲开了?黄昏时突然出现运苹果的汽车,汽车途中莫名其妙地抛锚,又莫名其妙地从天而降一伙抢劫者。汽车从何而来?汽车究竟是谁的?抢劫者从何而来?他们与司机是什么关系?还是莫言说得对:"何须问,问就是多管闲事。"只要看到正在发生的事就行了,至于为什么会发生这种事,小说拒绝回答,相信余华也拒绝回答——因为余华也不知道为什么。这才合乎梦的特征,一切是确定的,又是不确定的,不确定才有莫名其妙,但莫名其妙也好,梦也好,无非都是用似真似幻的情境构设一种抵达现实的氛围。余华小说中的人物一旦走到莫名其妙的荒诞世界,就再也回不去了,他们要在这个陌生的世界里认识"人性之恶",遭受"人世人厄",承受"生存(命运)之难",体验"存在(灵魂)之苦"[①]。余华仿梦小说的第一个人物就这样懵懵懂懂地闯入荒诞的现实世界,他前行的路还很长。他将会发现,比他早出发的人已经很多,遥遥注目,走在最前面的是被苦难侵蚀得锈迹斑斑且蹒跚移步的福贵和许三观。

余华曾经如此表白:"在1986年写完《十八岁出门远行》之后,我隐

---

① 夏中义、富华:《苦难中的温情与温情地受难——论余华小说的母题演化》,《南方文坛》2001年第4期,第29页。

约预感到一种全新的写作态度即将确定。""那时候我感到这篇小说十分真实,同时我也意识到其形式的虚伪。"这句话没头没脑,理解起来不容易,余华对此做了解释:"当我发现以往那种就事论事的写作态度只能导致表现的真实以后,我就必须去寻找新的表达方式。寻找的结果使我不再忠诚所描绘事物的形态,我开始使用一种虚伪的形式。这种形式背离了现状世界提供给我的秩序和逻辑,然而却使我自由地接近了真实。"①表述虽然有点别扭,却是可以理解的。但促成余华写作观念发生如此之大的变化则纯属偶然。从20世纪80年代初至1986年春,余华迷恋川端康成,几乎排斥了所有别的作家。1986年春,一个偶然的机会,他读到了卡夫卡的《乡村医生》,这个短篇小说让他大吃一惊,他被深深地震撼了。"我当时印象很深的是《乡村医生》里的那匹马,我心想卡夫卡写作真是自由自在,他想让那匹马存在,马就出现;他想让马消失,马就没有了。他根本不做任何铺垫。我突然发现写小说可以这么自由,于是我就和川端康成再见了,我心想我终于可以摆脱他了。"②在余华之前,拉美作家加西亚·马尔克斯在巴黎的阁楼上读完《变形记》后,也曾如梦初醒地骂道:"他妈的!小说原来可以这么写。"卡夫卡发掘了余华,余华受他的启示写了《十八岁出门远行》。卡夫卡带着余华一直走到90年代初,成就了他在先锋文学阶段的创作。何止一个余华,整个先锋派作家差不多都以卡夫卡作为思想上的精神领袖和艺术上的先锋指路人。

卡夫卡是一位用荒诞(荒诞艺术)表现荒诞(荒诞现实)的作家,他

---

① 余华:《活着·前言》,南海出版公司1998年版,第2—3页。
② 余华:《我能否相信自己》,人民日报出版社1998年版,第252页。

余华论

对待现实的这种态度被包括余华在内的绝大多数中国先锋派作家所接受,余华直言:"长期以来,我的作品都是源出于和现实的那一层紧张关系","我和现实关系紧张,说得严重一点,我一直是以敌对的态度看待现实"[1]。《十八岁出门远行》初见端倪,此后的先锋期之作一脉相承,渐成大势。为余华小说把脉,此为余华小说的思想主脉。

---

[1] 余华:《活着·前言》,南海出版公司1998年版,第2—3页。

《西北风呼啸的中午》

　　一个西北风呼啸的"活见鬼"的中午,一位满脸络腮胡子的彪形大汉"一脚踹塌了我的房门",莫名其妙地给我送来了一个我根本不认识的且"行将死去"的朋友,逼我前去吊唁。我有口难辩,在强力逼迫下参加丧事,"装作悲伤的样子"以示哀悼,无可奈何地为"死鬼"守灵,而且极不情愿地让死者的母亲——一个素不相识也说不上对她有什么情感的老女人成了我的母亲。

　　这是一个纯正的卡夫卡式的荒诞故事,一个"活见鬼"的中午发生了一件"活见鬼"的事。小说的虚假性、荒诞性一目了然,暴露无遗,而这虚假荒诞的事件偏偏又是一个名叫余华的人的亲身经历,余华即叙事者"我"。从现实的角度来讲,存在与不存在是相互否定的关系,虚假的故事(不存在)就不是"我"余华的经历(存在),"我"余华的经历就不是虚假的。二者能够并存,除了荒诞,还能做什么解释呢? 或者,不是"我"的记忆出了问题,就是现实本身存在着问题。是我的记忆是真实的呢,还是现实是真实的? 二者相互拆解否定,而就是在这相互纠缠否定、弄得人莫名其妙的荒诞情境中,直透了现实的真实。这个莫名其妙的故事从根本上来说就是一个意象、一个象征,它不在于要说明什么,而在于要象征什么、隐喻什么。这个故事是虚设的,但它具备了现实的可能性。在现实中,像这种莫名其妙的荒诞的事还少吗?这个沾着死亡气息的故事实际上是现实被抽去外在的逻辑性的虚拟存在。

《四月三日事件》

　　一个患迫害狂的十八岁青年,思维混乱,精神恍惚,在幻觉中感受着无时不在、无处不在的迫害。他感到周围所有的人,包括他的同学、街上的陌生人以及他的邻居、父母都对他充满敌意,都在议论他、监视他并想迫害他,就连邻居家的小孩也"训练有素",与大人一起合伙欺骗他、算计他。他从人们的议论、表情、举止以及黑暗的窗口等幻象中隐隐约约地发现小镇上的所有人在共设一个阴谋:他们要在4月3日这一天暗害他,置他于死地。感受着巨大的迫害和威胁,他跳上运煤火车出逃了。

　　读《四月三日事件》,读出的却是《狂人日记》的滋味。余华的这篇小说发表后,不断有人谈到它与《狂人日记》的相似,其中以王彬彬的专论最详尽。

　　王彬彬将余华与鲁迅、《四月三日事件》与《狂人日记》进行比较,从相同之中析出相异之处,并由此检索出余华小说的弱处。他认余华与鲁迅的相似并不限于个别作品,而是整体性的。余华的小说写人性的邪恶凶残,人与人之间相互敌视、相互残害,鲁迅的许多小说也同样关注人性的阴暗残忍,人与人之间的冷漠敌视。然而,他们看待"同一风景的眼光"却迥然有异。其一,鲁迅写人性之恶但不溢恶,余华则倾力描写人的外在行为的丑恶,热衷于溢恶。余华之所以那样冷静客观地描写人类之恶,是因为他已经把恶当作不可改变的既存事实接受下来,认可了恶的合理性和永久性。其二,《四月三日事件》与《狂人日记》的主人公都发现自己置身险境,都认为所有的人都将危害自己。但面对这种同样的生存处境,他们所采取的态度是不同的。《狂人日记》中的"我"充满正气,大义凛然,敢于蔑视包括大哥在内的吃人者,敢于反抗迫害,敢于疾呼"救救孩子"。而《四月三日事件》中的"他"则是一个"灰溜溜的受害者",一个"惶惶如丧家之犬的角色"。"他"只能在幻想中对迫害者或拳打脚踢或挥起菜刀,而并不敢真的把这种反抗的欲望现实化。面对迫害,"他"最终只能以逃跑的方式来粉碎他人的阴谋来阻止"四月三日事件"的发生。其三,《狂人日记》中的狂人不仅仅是一个受害者,也不仅仅是一个反抗者,而且更是一个觉醒者、一个忏悔者、一个启蒙者。而《四月三日事件》中的"他"则是一个可怜的受害者,并未意识到自己也不可避免地充当过迫害者。余华不屑于写人的觉醒、人的忏悔、人的反抗,不是要"改良这人生",而是把人的现有状况当作不可更改的现实全盘接受,"无可奈何却又是心平气和地认可了人的现存状况"①。由此可见,余华与鲁迅、《四月三日事件》与《狂人日记》的差异是深刻的。

  比较是残酷的。我真想反驳王彬彬的看法,以确认《四月三日事件》的创新性与深刻性。我反复比较两篇小说,试图从中发现《四月三日事件》的"突破"与"超越"之处,但一直没成功。《四月三日事件》既

---

  ① 王彬彬:《残雪、余华:"真的恶声"?——残雪、余华与鲁迅的一种比较》,《当代作家评论》1992年第1期。

然踏入了《狂人日记》的套路,就得超越出新,否则就要被其所限。我实在想象不出在《狂人日记》构设的格局里还能折腾出个惊人的创获。艺术怕重复,重复制约创新。

我理解余华这一代作家,在20世纪80年代的社会变革语境中,他们以先锋前卫的姿态,接受西方现代主义的文化思想和现代派文学的观念与表现方法,首先从文学的叙述打开缺口,开展了一场声势浩大的文学革命。这场文学革命不是纯粹的艺术操作的革命,它本身携带着一个更大的目的,那就是用这些文化思想来解读中国社会,指认现实的荒诞与人生的荒诞,其社会变革的思想表现为潜指性与复杂性。大约以此为界,在此之前,新时期文学具有强烈的启蒙趋向,在此之后(包含此在),先锋作家们主动撤出了启蒙者的位置,其思想倾向表现为:在指认现实中拆解现实。从这个意义上来说,《四月三日事件》是先锋文学语境中营构的一个文本。只有在这个语境中,才能把握它的脉向与价值。

《四月三日事件》不是余华最好的小说,却是人们经常提及的小说。从这篇小说可以看出余华这一代先锋作家在那个年代的思想状态、情感表现,以及把握世界、社会和人生的方式。

《一九八六年》

　　《一九八六年》《河边的错误》《现实一种》写于 1986—1987 年,十多年后,余华在出版他的中短篇小说集时,将这三篇合为一册,名为《现实一种》。余华说:"《现实一种》里的三篇作品记录了我曾经有过的疯狂,暴力和血腥在字里行间如波涛般涌动着,这是从噩梦出发抵达梦魇的叙述。"①

　　"暴力系列小说"三篇直逼人性之恶,但各有不同的路径。《河边的错误》在疯子的无意杀人与公安人员的有意杀人的对照中揭示暴力本能的荒诞;《现实一种》的暴力报复、循环杀人表现人性中的兽性对人性和文明的摧毁;《一九八六年》由迫害致疯的中学历史教师表征历史暴力的现实化。

　　一个循规蹈矩的中学历史教师在"文革"中被抄家、关押,惊恐致疯,失踪十多年后又回到小镇。此时,十多年前的那场浩劫已烟消云散被人淡忘,取而代之的是来去匆匆的现代化景观。当疯子一瘸一拐地走进小镇时,实际上走来的是一段历史,甚至是历史遗存的一个意象。没有人感觉到来自他的压抑,只有他已经改嫁多年的妻子常常在幻觉

---

　　① 余华:《现实一种·自序》,新世界出版社 1999 年版。

《一九八六年》

中感觉到他嚓嚓的脚步声由远而来,使她心惊肉跳,恐惧至极,整天不敢出门。而这个曾经对中国古代刑罚特别热衷的教师现在被历史所控制,在幻觉中对周围的众人实施酷刑。历史与现实的联系在他身上被打通,他所研究的古代酷刑变成现实,在现实里,他用砍刀、烧红的铁块、钢锯对自己施行劓、宫、凌迟等酷刑。在令人恐怖的血腥中,疯子完成了历史向现实的延续。

这篇小说的意旨超拔,但不难把握,引两段文字。一段是昌切的:

> 余华对暴力的展示证明,暴力也是一种本能,它无时无刻不在威胁着人类的生存……余华还把暴力与历史联系在一起,从历史深处来看取暴力,在深广的历史背景中来探求人类真实的生存状态。考察人类历史演化的轨迹,我们就会发现,从一定意义上讲,人类的历史就是暴力的历史。暴力既是历史存在的一种方式,也是历史存在的一种动力。暴力来源于人的欲望,可以说人的暴力欲望构成了历史的暴力欲望,而历史的暴力又反过来残害着人的生存。余华借助暴力这种方式颠覆了我们传统的善的历史观,揭开了暴力对人类正常生活进行摧残的恶的一面,从而冷峻地控诉了历史的暴力。[1]

另一段是夏中义、富华的:

---

[1] 昌切:《世纪桥头凝思——文化走势与文学趋向》,湖北人民出版社2000年版,第191—192页。

余华论

余华为何设定"自虐狂"是疯子兼"文革"时突然失踪的"中学历史教师"?恐有深意在焉。不仅唯有疯子和"历史教师"才可能如此不厌其烦地奋不顾身,更重要的缘由或许在于,"自虐狂"所表征的"人性之恶"作为"文革"后遗症,乍看是在起诉畸形政治对人的极度异化,然静心再思,不然,"红色恐怖"之所以能在"文革"时风行,除时势使然,怕与植根于民族品性深处的暴力欲念即"人性之恶"不无牵涉。①

两段文字的话不一样说,但意思是一样的。

---

① 夏中义、富华:《苦难中的温情与温情地受难——论余华小说的母题演化》,《南方文坛》2001年第4期,第29页。

《往事与刑罚》

1999年,余华将《鲜血梅花》《古典爱情》《此文献给少女杨柳》《祖先》《往事与刑罚》合为一册,名为《鲜血梅花》。他在《自序》中说,这五篇作品"仿佛梦游一样,所见所闻飘忽不定,人物命运也是来去无踪"。何止这五篇,余华1986—1992年的中短篇小说均有这种特点。从作品的思想指向和意蕴来看,《往事与刑罚》与其他四篇则大相异趣,倒是《现实一种》集中的《一九八六年》与其意蕴和意趣相近。这两篇小说可以构成相互阐释的关系,但《往事与刑罚》梦幻玄虚般的先锋叙述远甚于《一九八六年》。在我看来,余华的先锋小说,唯有《世事如烟》《难逃劫数》《此文献给少女杨柳》《往事与刑罚》等几篇的叙述最为"先锋"。由此可见,《往事与刑罚》也是余华小说中最难解读的一篇。

《往事与刑罚》并不复杂的内容被复杂的叙述带入玄奥之境,而要抵达这并不复杂的内容,非得先进入这复杂玄奥的叙述不可。要知道,先锋小说的叙述并不仅仅是个形式的问题,叙述形式大于被叙述的内容、叙述形式创造叙述内容、叙述形式即叙述内容,才是先锋小说叙述的要义。只有悟出了这一点,才会理解先锋作家为何均如痴如醉地追随"叙述之神"。

需要耐住性子读《往事与刑罚》。

余华论

1990 年的某个夏日之夜,陌生人收到一份来历不明且只有"速回"二字的电报。陌生人重温了几十年如烟般往事之后,唤醒了"遥远的记忆",在错综复杂呈现的千万条道路之中,1965 年 3 月 5 日向他发出了微笑。

几天之后,陌生人在 1965 年 3 月 5 日的诱使下,来到一个名叫"烟"的小镇,来到了在此处等待他很久的刑罚专家的面前。陌生人打算绕过这位老人,继续朝 1965 年 3 月 5 日走去。然而,同刑罚专家做了一次简短的对话后,"他发现了自己想去的地方和自己正准备去的地方无法统一"。也就是说,他背道而驰,离 1965 年 3 月 5 日越来越远了。而这正符合刑罚专家的意愿。

陌生人的思维长久地停留在 1965 年 3 月 5 日出现的地方,直到现在,他才开始重视当时不断干扰着他的另四桩往事,它们分别是 1958 年 1 月 9 日、1967 年 12 月 1 日、1960 年 8 月 7 日和 1971 年 9 月 20 日。电文所喻示的内容,在这四桩往事里也存在着同样的可能。现在,陌生人即使放弃 1965 年 3 月 5 日,也无法走向这四桩往事。他朦朦胧胧地感觉到这一切都是事先安排好的。

陌生人走向 1965 年 3 月 5 日的失败,使他一次次地探查其中的原因,他坚信有什么东西将他和过去分割了。但刑罚专家说,"我们永远生活在过去里。现在和将来只是过去耍弄的两个小花招",你没有和过去分离,"其实你始终深陷于过去之中,也许你有时会觉得远离过去,这只是貌离神合,这意味着你更加接近过去了"。陌生人突然意识到,将他和过去分割开的东西,就是刑罚专家。刑罚专家自然无法接受这个指责,他再一次说明:"我并没有将你和过去分割,相反是我将你和过去紧密相连。换句话说,我就是你的过去。"

《往事与刑罚》

当陌生人问刑罚专家为何等待他时,刑罚专家说他的事业需要一个富有自我牺牲精神的人帮助,"你就是这样的人"。

刑罚专家说:"我的事业就是总结人类的全部智慧,而人类的全部智慧里最杰出的部分便是刑罚。"刑罚专家显然掌握了人类所拥有的全部刑罚,他告诉陌生人,在他全部的试验里,最为动人的是1958年1月9日、1967年12月1日、1960年8月7日和1971年9月20日。刑罚专家展示的这四段简单排列的数字,正是一直追随陌生人的四桩往事。而刑罚专家一生中最为得意的创造是绞刑,这个刑罚倾注了他十年的心血,已经趋向完美。因此,他不会将这个刑罚轻易地送给别人,他要把这个刑罚留给自己。他很气愤这个刑罚被那些庸俗的自杀者给糟蹋了。他要陌生人帮助他试验这个刑罚,但刑罚专家并没有坚定不移地实施绞刑,而是像那些庸俗的自杀者一样,自缢身亡了。没想到,刑罚专家最终选择的竟然也是这个被糟蹋的刑罚。然而,他自缢之前写下的一句话却意味深长:"我挽救了这个刑罚。"下面标出的日期竟然是"1965年3月5日"。

刑罚专家的死,永久地割断了陌生人与那四桩往事联系的可能,"他看着刑罚专家,犹如看着自己的往事自缢身亡"。

刑罚专家自缢身亡,无论是软弱之表现——从刑罚专家实施这个刑罚的过程来看,恐惧绞刑而临时改为自杀的可能性最大,还是像他所说,选择自杀从而挽救了绞刑——挽救绞刑就是使这个刑罚不被实施,不构成历史内容,无论是前者还是后者,都成了历史的隐喻。在这里,历史被抽象化了,抽象化为刑罚,刑罚专家不过是刑罚的承受者、实施者。刑罚即历史,历史即过去即暴力;暴力的历史不仅消灭了现在和将来,还取消了人类文明和智慧的全部内容。所以,刑罚专家才会对陌生人说:我们永远生活在过去,我就是你的过去;你始终深陷于过去之中,永远走不出过去;我的事业就是总结人类的全部智慧,而人类的智慧里最大的部分便是刑罚。刑罚是以恶抗恶的暴力形式,当它成为文明的力量,并异化为以恶抗善、以恶称大,进而以此构成历史内容时——哪怕是某一历史时期、某一历史阶段唯一或主要内容时,整个历史就被颠倒了。因为,源于文明形式的刑罚,一旦越出特定的边界而暴虐一切时,历史就被格式化了。陌生人和刑罚专家展示的那五个年份日期,实际上是用暗示和隐喻的方式排列出当代中国曾经发生过的暴力的历史。刑罚专家的死,是否意味着历史的暴力和暴力的历史之终结呢?

《往事与刑罚》与《一九八六年》的意蕴和意趣相近之处:暴力源于人性之恶,暴力构成当代中国的一段历史,暴力之恶摧残人性之善和文明,暴力成为历史的存在形式。所不同者,《一九八六年》的"历史抽象化"打通了历史与现实的联系,提出"历史是如何被遗忘"的命题,而这段刚刚过去的历史恰恰是不应该被遗忘的;《往事与刑罚》的"历史抽象化"是将历史格式化、现实化,提出"历史即过去即暴力"的命题,而这样的历史应该早早地终结。

也许是《往事与刑罚》难以解读的缘故,在余华的先锋小说中,唯有这篇小说得到的具体分析最少,因此,我格外看重张清华对这篇小说的一段分析。他说这是一篇讲述当代中国知识分子精神史的作品,在呈现为不断重复的刑罚的历史面前,知识分子显现出他们的二重性,即其注定下地狱、注定受误解的悲壮,又永远无法摆脱的软弱。他们只能在无数次惩罚的经历中完成自己对历史的记忆,并以包含了怯弱的死(自缢)来完成自己的自我拯救——从精神、人格和道义上的自救,勉强地续写下中国自古以来的光荣的"士人"——知识分子的传统。①

存此,作为对《往事与刑罚》的一解。

---

① 张清华:《文学的减法——论余华》,《南方文坛》2002年第4期,第8页。

《河边的错误》

　　河边的杀人惨案接二连三地发生,被害者一是孤寡老人幺四婆婆,二是一个男人,三是发现幺四婆婆人头的那个男孩。工程师许亮第一次无意、第二次有意(为了避嫌疑)到河边散步,偏偏两次都是他首先看到被害者人头,于是,他成了两起谋杀案的重要嫌疑人。他心中恐惧,自杀未遂。精神崩溃的他在迷幻中又看到河边一个被害者人头,偏偏现实鬼使神差地证实了他的幻觉,他脆弱的心理承受不了这种宿命般的戏弄,糊里糊涂地自杀了。然而,当自以为是的办案人员和颠三倒四的证人们与案件松松垮垮地走到这里时,一个实际上早已明确的事实在戏弄着他们:河边的杀人者原来是疯子,他的杀人毫无动机可言。于是,公安人员那些严肃的侦破活动,那种自以为是的推理判断,以及证人们的颠三倒四、预设的犯罪嫌疑人自作聪明的设想与莫名其妙的想象,都显得离奇荒谬,是他们与疯子联手,共同导致了河边的错误连连发生。

　　离奇荒谬的侦破毕竟还是侦破,它可以结案了。可被疯子愚弄了两年多的警官——公安局刑警队队长马哲恼怒至极,亲手枪杀了疯子。疯子杀人无罪,执法者故意杀人有罪。法不治疯子,要使马哲不负法律责任以至逃避惩罚,唯一的办法就是证明马哲也是精神病患者。而精

《河边的错误》

神病患者怎么能办案,那是不能去追问的。于是,在公安局局长的策划下,一场愚弄法律的闹剧一本正经地上演了。马哲极不情愿地充当精神病患者,不理睬公安局局长和自己的妻子的良苦用心,当他有意戏弄医生时,却天衣无缝地与这场闹剧的导演达成了共谋。而这,又是他万万没料到的。

一个侦破小说就这样被改写了,借侦破小说的形式、名义指实人性,是这篇小说的一个落点。一桩无审判对象的杀人凶案引发另一桩执法者的故意杀人案,其意旨不在披揭执法者愚弄法律,也不在通过循环杀人(轮回杀戮)的故事制造先锋叙述,而在于揭示人性。疯子反复杀人是一种无意识的本能召唤,隐含着人的暴力本能,马哲杀疯子又何尝不是人的暴力本能的表现?

具有反讽意味的是,小说中的人物,不正常的人(疯子)是正常的,正常的人反而是不正常的。见证人许亮越是想证实自己,越是受到怀疑,越是想躲开杀人案,越是躲不开,几次的杀人凶案都是他首先偶然撞上或幻觉到的。公安人员马哲一时怒起杀了疯子后,越是想保持清醒,越是证明自己是个精神病患者。当事人越严肃,反而显得越荒谬;他们越是想立即破案,越是破不了案。反讽与偶然性联手终于拆除了写实的一本正经而使小说显得离奇荒谬了。

《现实一种》

《现实一种》是余华小说的代表作之一,纯正的先锋小说。先锋小说因其思想观念的先锋、叙述的先锋、技术操作或构设的先锋,多数玄奥费解,难以一眼看透,甚至几眼也逮不住它的心语隐意。这篇显然不属此类。余华的小说无论怎样先锋,怎样精心构设,其思想意蕴一般都有确定的落点。根据"落点"的深浅、大小、明暗的程度,大致有明落和浅暗落(相对不可言说的深度暗落而言)两种。明落者,《十八岁出门远行》《西北风呼啸的中午》《死亡叙述》《两个人的历史》《河边的错误》《现实一种》及其20世纪90年代创作的多数小说是也;浅暗落者,以《世事如烟》《四月三日事件》《一九八六年》《难逃劫数》等为代表。余华多数小说的意向明落,即使是意蕴、意向不确定,原本难解费解的那几篇,也由于有题名的提示、揭示和叙述中的暗示,其思想意蕴最终都不同程度地浮出水面,处于明落与暗落之间的浅度暗落的层面。这是余华先锋小说的写作特点,而这一点则与先锋小说的写作原则明显不合。这说明,余华是一个在写作上很自信的作家。

余华小说"确定的落点"无论是明落还是浅暗落,均非确定于"一",而是确定于"多",因而这确定性之中又生长出不确定性。就说那些分明有确指性的题目吧,它们名义上定于"一",但它们常常仅是意向的一个倾向、一个暗示、一个象征,而不能涵盖意向、意蕴的全部。由于这"不确定性"为"确定性"所规定所限制,因而它又是可解可言说的。又由于这"不确定性"多半源自非中心化写作的构设,因而作品的意蕴、意向呈多向性。

《现实一种》的意蕴不玄奥晦涩,先看余华的解说:

> 我在 1986 年、1987 年里写《一九八六年》《河边的错误》《现实一种》时,总是无法回避现实世界给予我的混乱。那一段时间就像张颐武所说的"余华好像迷上了暴力"。确实如此,暴力因为其形式充满激情,它的力量源自人内心的渴望,所以它使我心醉神迷。让奴隶们互相残杀,奴隶主坐在一旁观看的情景已被现代文明驱逐到历史中去了。可是那种形式总让我感到是一出现代主义的悲剧。人类文明的递进,让我们明白了这种野蛮的行为是如何威胁着我们的生存。然而拳击运动取而代之,在这里我们可以看到文明对野蛮的悄悄让步。即使是南方的斗蟋蟀,也可以让我们意识到暴力是如何深入人心。在暴力和混乱面前,文明只是一个口号,秩序成为装饰。①

余华的解说归纳起来有三点:一、《一九八六年》《河边的错误》《现实一种》是写暴力的小说;二、暴力源于人类内心的渴望;三、暴力是人性之恶的表达,在暴力面前,文明和社会秩序不堪一击。

暴力与人性之恶作为现实的存在,一直与文明的现实并行,随着人

---

① 余华:《我能否相信自己》,人民日报出版社 1998 年版,第 162 页。

类文明的程度越来越高,它必然要受到现实越来越严密的控制、越来越沉重的压抑,但一有机会,它就会跃出水面,恣意横行。暴力称雄,人性趋恶,文明无言。《现实一种》直抵这另一种现实,写兄弟间丧失人性的连环报复、轮回杀戮,从小孩们的无意伤害到大人们有意的互相残杀。故事发生在山岗与山峰两兄弟间。山岗四岁的无知小儿皮皮抱着堂弟——一个婴儿晒太阳,一不留神摔死了堂弟;婴儿的父亲山峰实施残忍的报复性攻击,踢死侄儿皮皮。变态的山岗处心积虑地虐杀山峰,将山峰绑在树上,往他脚底涂烧烂的肉骨头,让小狗舔他的脚底,致使山峰狂笑而死。山岗被枪决。山峰妻子冒充山岗之妻,将山岗的尸体献给国家,使山岗死后尸体被肢解,达到了进一步报复的目的。

报复是人类最古老的欲望,它的动机源自于本能的自卫或发泄积愤的需要,是一种毁坏性很大的情感与行为。山岗与山峰两家的互相攻击、自我毁灭,是人性之恶在报复行为中对人性和文明的施暴,表现出人性中兽性的、动物性的一面。人怎么变得这么不可理喻?人性与文明怎么这么脆弱?《现实一种》表现的人性之恶绝对不是一个特例,而是人性普遍性的一个象征。在我们这个越来越现代、越来越文明的世界,人性之恶的暴力行为不仅没有减少,反而有所强化。从两次世界大战到超级大国的冷战,再到巴以冲突、印巴冲突及美国等强权国家对伊拉克、科索沃、阿富汗的动武,战争连年不断,死伤无数。而这些战争,多数是在正义的名义下进行的。掀开这一层薄薄的面纱,露出的则是反人性、反人权的兽性。在今天,文明与野蛮、人性与兽性、善与恶仍是一纸之隔,甚至是一体两面,没有真正在文明的层次上拉开距离。

世界不应该这样,人不应该这样。

《世事如烟》

在先锋道路上,《世事如烟》是一篇标志性作品。余华在《上海文论》1989年第5期上发表了"一篇具有宣言倾向的写作理论"的文章,名为《虚伪的作品》,可以先将目光锁定在这篇文章上,看余华对其是怎么说的:

> 世界对于我,在各个阶段都只能作为有限的整体出现。所以我在某个阶段对世界的理解,只是对某个有限的整体的理解,而不是世界的全部。这种理解事实上就是结构(这句话有语病,应为"这种理解事实上就是对世界结构的理解"——笔者)。
>
> 从《十八岁出门远行》到《现实一种》时期的作品,其结构大体是对事实框架的模仿,情节段落之间的关系基本上是递进、连接的关系,它们之间具有某种现实的必然性。但是那时期的作品体现我有关世界结构的一个重要标志,便是对常理的破坏("世界结构"后应加"的看法"——笔者)。简单的说法是,常理认为不可能的,在我作品里是坚实的事实;而常理认为可能的,在我那里无法出现。导致这种破坏的原因首先是对常理的怀疑。很多事实已经表明,常理并非像它自我标榜的那样,总是真理在握。我感到世界有

其自身的规律,世界并非总在常理推断之中……

当我写作《世事如烟》时,其结构已经放弃了对事实框架的模仿。表面上看为了表现更多的事实("表面上看"后应加"是"——笔者),使其世界能够尽可能呈现纷繁的状态,我采用了并置、错位的结构方式。但实质上,我有关世界结构的思考已经确立,并开始脱离现状世界提供的现实依据。我发现了世界里一个无法眼见的整体存在,在这个整体里,世界自身的规律开始清晰起来。

那个时期,当我每次行走在街上,看着车辆和行人运动时,我都会突然感到这运动透视着不由自主。我感到眼前的一切都像是事先已经安排好,在某种隐藏的力量指使下展开其运动。所有的一切(行人、车辆、街道、房屋、树木),都仿佛是舞台上的道具,世界自身的规律左右着它们,如同事先已确定了剧情。这个思考让我意识到,现状世界出现的一切偶然因素都有着必然的前提。因此,当我在作品中展现事实时,必然因素已不再统治我,偶然的因素则异常地活跃起来。

与此同时,我开始重新思考世界里的一切关系:人与人、人与现实、房屋与街道、树木与河流等等。这些关系如一张错综复杂的网。

……于是我发现了世界赋予人与自然的命运。人的命运,房屋、街道、树木、河流的命运。世界自身的规律便体现在这命运之中,世界里那不可捉摸的一部分开始显露其光辉。我有关世界的结构开始重新确立,而《世事如烟》的结构也就这样产生。在《世事如烟》里,人与人、人与物、物与物、情节与情节、细节与细节的连接都显得若即若离,时隐时现。我感到这样能够体现命运的力量,即

《世事如烟》

世界自身的规律。[①]

余华的这一大通话夹杂着语病,讲得十分费劲,但他想表达的意思还是清楚的。在这里,余华所做的是超现实的思考,即关于宇宙本体论(世界本体论)的另一种思考。脱离以必然性作为认识现状世界之依据的余华,进而发现了由偶然性充当主导地位,并在"某种隐藏的力量指使下展开其运动"的另一"隐在世界"。如果我的理解不错的话,余华指的是神秘的非现实世界。这个世界有其自身的规律,受命运支配并体现着命运的力量。

从《十八岁出门远行》《现实一种》到《河边的错误》,现状世界搭起的现实莫名其妙,被存在的荒诞、人性的残忍及种种不可知的神秘力量拆解的现实让人生疑恐慌不可信。《世事如烟》及其之后的《难逃劫数》《死亡叙述》等小说提升并放大了神秘力量,这种神秘力量已成为"世界自身的规律",成为冥冥之中主宰一切的无形之手。

人一旦落到它手里,便成为它任意摆布的玩偶,其生死祸福全由它命定。面对神秘的超自然力量,《世事如烟》中的小镇居民于恐怖中宁可信其有而不可信其无,于是疑神疑鬼,巫风神气弥漫,把原本就阴沉湿漉漉的小镇弄得更加阴森恐怖、鬼气袭人,犹如一座鬼城。

司机梦中车轧灰衣女人,母亲带他找算命先生释梦。算命先生告诫司机开车要避灰衣女人。司机在山道上偏偏遇到灰衣女人,于是花钱买下她的灰色上衣。为了避祸他开车轧女人的灰衣,结果女人当晚

[①] 余华:《我能否相信自己》,人民日报出版社1998年版,第168—170页。

不明不白地死去。以喜冲丧，灰衣女人的儿子的婚礼提前举办。司机在婚礼上与2争风吃醋受到戏弄，走入厨房自杀。司机的魂灵跟着2,2吓得求饶。司机走进2的梦中，告诉2他想娶个媳妇。2买下6死于江边的女儿，将二人的骨灰放在一起举行"冥婚"。此后，司机不再来到2的梦。

　　灰衣女人的女儿不孕，她请教算命先生。算命先生让她去拜托寺庙里的送子观音，送子观音托梦给她。她照送子观音的暗示，黎明时在街上迎上卖橘子的人。卖橘子人言蜜橘无籽，暗示天绝她后人。

　　凌晨，有人请接生婆去城西为他的邻居接生，她跟着这位好像没有腿、仿佛在凌空行走的人，迷迷糊糊地来到一个有很多低矮房屋和松柏的地方，为一个"皮肤像是刮去鳞片后的鱼的皮"的女人接生了一个皮肤也像鱼皮一样的婴儿。第二天中午，3告诉她城西根本没有什么房屋，而是一片坟地。原来，她昨夜是为一个月以前带着身孕去世的女人接生的。接生婆无端出走，无端死去。

　　十六岁的女孩4每夜梦语不止，父亲带着她找算命先生释梦。算命先生说她之所以每夜梦语不止，是因为鬼进入了她的阴穴，只有把鬼挖出来，才能止住她的梦语。算命先生施术驱鬼奸污了4。4此后虽然夜里不再说梦语，但她白天恍恍惚惚。4赤裸着身体引着瞎子一前一后淹于江中。

　　6有七个女儿，他以每个三千元的价钱将前六个女儿卖到天南海北。6晚上到江边钓鱼，他旁边的两个钓鱼人总是将钓上来的鱼生吃下去。他们手中的渔竿没有渔钩、渔线，再看，这是两个无腿人。黎明时分，一只公鸡啼叫，两个无腿人跳入江水。接连两天都是这样。第三天他迷迷糊糊倒在江边，醒来时人却在家中。找算命先生卜吉凶，算命先

《世事如烟》

生从他脸上预感到了灾难。果然,6最小的女儿死于江边。

六十多岁的3(祖母)与十九岁的孙子同床共卧,孙子让她怀孕。3找算命先生,算命先生叫她把腹中的婴儿生下来。

几乎所有的人和事都与算命先生发生关系,这位守着阴阳两界的奇人已年逾九十,"他居住的老屋似乎是一个精心设计的陷阱。一旦人们踏进算命先生'充满阴影的屋子',便从此丧失了自由选择的可能性"。余华"不仅看到了算命先生本人即是一种阴谋中的'敌人',且进一步具体揭露了算命操作过程与控制他人意志的攻心术的同步性。3、4、6、7、司机、灰衣女人等都是他的巧妙圈套中的猎物"[1]。凡是走进他阴气逼人的屋子的人,不是被引向死亡,就是受到他的暗算。他接受着阴界发出的信息,预设着小镇居民的生死祸福,然而他自己也超越不了生命的大限。他按照五行相生相克的原理用去了五个儿子的性命来为自己增寿,又用"采阴补阳术"每星期采一位少女之"阴"以延年益寿,人的"神性"无奈地降格为"动物性",而动物性支持不了神性。术数有道然而也有限,算命先生炼不了金刚不烂之身,自然也就难逃命运的限定。

在《世事如烟》中,阴界与阳界、现实与非现实不用切换,它们是一体的。在这个世界结构中,阴气上浮,阳气消退;阴界俘获阳界,占有阳界;非现实压抑现实、改写现实。贯穿其中的是一股无所不在、无所不能的神秘力量。非现实的神秘力量漫过现实,笼罩现实,世事如烟、人生如梦,命若游丝。

---

[1] 胡河清:《论格非、苏童与余华的术数文化》,《当代作家评论》1992年第5期,第41页。

余华论

　　神秘现象和神秘意识是非现实的神秘文化的现实化,作为亚文化的神秘文化,在新时期小说中多有表现,如贾平凹小说。不过,在贾平凹等作家的小说中,神秘文化像现实一样结实,它们是作为原始文化的遗存被传统文化所接受,成为现实的一部分。余华的神秘文化是观念的预设,依靠不可验证的神秘之力打通现实,取代现实,并以此作为世界结构的根本,因此它比现实更能决定生命存在。

　　《世事如烟》与《难逃劫数》可以互释,不再言。

《难逃劫数》

余华的小说有几篇较难读,《难逃劫数》算一篇。先锋小说的一些最主要的特点,如反传统文化话语,沉迷于本能、欲望、幻觉、超现实,以此消解现实或曲通现实,用死亡、暴力、性、恐惧、绝望、虚无等指认人生的无常与现实的荒诞,专注文本实验与叙事圈套的设置,等等,《难逃劫数》都或多或少有所表现。相对而言,《十八岁出门远行》《西北风呼啸的中午》《死亡叙述》《两个人的历史》等小说就显得相当"通俗"了。通俗不一定不好,余华常说单纯最有力。在余华的观念里,单纯简洁是最高的艺术原则。他认为一位作家最大的美德有两种:一是单纯,一是丰富。假如有人同时具备了这两种美德,他肯定就是大师了。在先锋小说鼎盛的那几年,先锋派作家横空出世,睥睨一切、否定一切,以叛逆者与创新者的双重身份进入文学,最后,连小说最基本的构成要素如情节、故事、人物也被他们无情地抛弃了。非常珍惜小说的余华不声不响地拒绝着同道们的偏激,用心用智守护着情节、故事、人物,他可能认为,把这些都扔掉了,还有什么小说? 余华后来能够从激进的先锋小说顺利地转入《活着》一路客观化的现实主义小说,与此有极大的关系。心性颇高的余华可能不甘于先锋的边缘地位,而要进入先锋文学的中心,那就要遵循先锋文学的游戏规则。为了证明自己不仅能够写出典型的先锋小说,而且甚至写得比别人更好,他连续写了《难逃劫数》《世事如烟》《四月三日事件》《偶然事件》等小说。

余华写小说极有耐力,但骨子里他是一个狂傲之人。他就敢犯先锋小说之大忌,直接通过题名摊牌底,私下里他极有可能自鸣得意:我就敢这么做,你们谁敢?毫无疑义,《难逃劫数》写的自然是命中注定的灾难。这回不是一个人的劫难,而是许多人的劫难,一个连着一个,一个咬着一个,转圈式地相接,少了一个都不行。这里出场的人物,除了那个仿佛手握"劫难"的幽灵般的老中医外,均逃不过命定的灾难。他们都能够看到别人未来的灾难,唯独看不到自己的灾难。

东山看不到"命运所暗示的不幸",他正走上命运为他指定的灾难之路。他的劫难是被别人窥破的,首先是老中医预感到了他即将临头的灾难。接着是沙子"透过东山红彤彤的神采看到了一种灰暗的灾难,他隐约看到东山的形象被摧毁后的凄惨"。东山在婚礼后被妻子露珠毁容,沙子在这张脸上看到的依旧是"灰暗的灾难",隐约感到东山大难之后仍然"劫难未尽"。毁容后的东山沉迷于对两张裸女扑克的性幻想,露珠招诱性的姿势情态过于对应他的性幻想,"正是这喜悦的目光把露珠送进了灾难的手中",他迷糊中把她杀了。再一个就是丑女露珠,她在东山最初出现的脸上,幻觉中看到东山的朝三暮四,看到她与东山的婚礼。东山形象的过于完美使她忧心忡忡,父亲(老中医)看出了女儿心中的不安,给了她一小瓶硝酸。从这瓶硝酸里"她所看到的是东山的形象支离破碎后,在液体里一块一块地浮出,那情形惨不忍睹,然后正是这情形,使盘旋在露珠头顶的不安开始烟消云散。露珠开始意识到手中的小瓶正是自己今后幸福的保障"。在无意识幻觉调动的力量的作用下,露珠于新婚之时亲手制造了东山的灾难——毁了他的容貌。

露珠在瓶中只看到了东山的不幸,却无法看到自己命定的灾难。她甚至迟钝到当她在对东山实施毁容计谋之时,对命运给予她的暗示竟然毫无察觉,"她错误地把这种征兆理解为疲倦"。当她将硝酸向东山脸上泼去时,她的灾难也开始了。毁容后的东山最初预感到要被露珠抛弃,"他现在在露珠的脸上看到了"。沙子也从东山毁坏的脸上看到一把匕首的阴影,它似乎在预告着露珠将自食其果。

在东山的婚礼上,森林从广佛和彩蝶两人目光的交换处看到了危险的火花,后来的事实证明森林的预感是正确的。婚礼中他们来到屋外,一个男孩也跟着出去了。在男孩出门的一瞬间,森林看到男孩的后脑勺上出现了"一点可怕的光亮"。由于男孩干涉了广佛与彩蝶的情欲,愤怒的广佛把男孩打死了。在发生灾难的这一天,广佛连续错过了命运的四次暗示。当他重新回顾那一天的经历时,"他才知道彩蝶和男孩其实是命运为他安排的两个阴谋,他还知道自己只要避开其中一个,那他也就避开了两个。可是由于他缺乏对以后的预见,所以他迟早也将在劫难逃,而他和彩蝶则是命运为男孩安排的两个阴谋,现在男孩已经死了,他也将殊途同归。唯有彩蝶幸存下来,命运在那一天为彩蝶安排的只是一个道具"。打死男孩后,他们又走入东山的婚礼,当广佛在彩蝶身边坐下时,"彩蝶立刻嗅到了广佛身上开始散发出来的腐烂味",预感到广佛的死亡。广佛被枪决,劫难终了。

广佛临死之前预感到命运对彩蝶的陷害更为残酷。他明确地告诉彩蝶,命运正在引诱她自杀。可彩蝶无视广佛临死之前的忠告。广佛死后,彩蝶找医生开双眼皮,在揭纱布仪式那天,她把全城的美男子都请来参加仪式。在那一刻里,沙子隐约看到了彩蝶的毁灭迫在眉睫。

命运很快为彩蝶安排了跳楼自杀的结局。
　　……
　　《难逃劫数》犹如死亡谷,阴森恐怖,神秘莫测,处处是死亡的陷阱。劫数难逃,因为它来自超现实的神秘力量,不可知不可测,但这篇小说中的人物都能以预感和感觉的方式看到别人的劫难,唯独看不到自己的劫难。还有,这里连续发生的灾难是超现实的神秘力量借助他们自己之手实施的,因此,他们既是劫难的制造者,又是劫难的承受者。所有的命定其实均源起于原始的欲望和本能,其欲望主要是情欲性欲,其本能是嫉妒,人性降格为趋私趋恶。弗洛伊德真该感谢余华,这篇小说可视为解释弗氏潜意识理论的一个出色文本。
　　劫难既超越现实又通向现实,东山与露珠的厄运在幻觉与现实的转换中生成,其他人的灾难多在超现实(预感预见)与现实的替换中预设。劫难玄虚奥秘不可测,但思想指向是确定的。不过,要使揭示人生无常、命运难违与现实荒诞的意图落到实处,似乎不用这么多"劫难"同袭目标也能做到。余华在《命中注定》等篇中就做到了。极力推崇并追求艺术的单纯简洁的余华竟然也写出了繁复、玄秘的《难逃劫数》,只能用先锋派小说家刻意求新创新来解释了。

《死亡叙述》

　　一个死亡的司机叙述他的两次车祸：十多年前他在皖南山区行车，在怎么也无法避免的险境中将一个十五岁的男孩撞死。"这事没人知道，我也就不说"，且自我安慰：我估计那孩子是山上林场里一个工人的儿子，"也许那人有很多儿子，死掉一个无所谓吧。山里人生孩子都很旺盛"。十多年后，当他长到十五岁的儿子学骑自行车撞到树上时，他良心发现，恍恍惚惚地想到十多年前被撞到水库里死去的男孩。与第一次闯祸一样，第二次闯祸也是在没有丝毫预感下糊里糊涂不知不觉中发生的。这次轧死的是一个女孩，他神志不清地抱起奄奄一息的女孩去医院，"我心里突然涌上来一股激动，我依稀感到自己正在做一件了不起的事"。没想到他鬼使神差地走到村庄，结果被女孩的家人（或许是村民）活活打死。

　　这又是一个犹如梦幻中发生的故事。自从发生第一次车祸后，司机仿佛一直在梦中，那个被他撞死的男孩一直出现在他的脑海中，始终纠缠着他。儿子学骑自行车撞到树上时，他想起的是十多年前被他撞到水库里死去的男孩；儿子骑车撞到树上时惊慌中喊了一声"爸爸"，他听到的则是那个被他撞死的男孩被抛起时惊恐呼喊"爸爸"的声音，"现在却通过我儿子的嘴喊了出来"；糊里糊涂地轧死女孩后，他迷迷糊糊地看到那个十多年前被他撞到水库里的孩子,"偏偏在那个时候又出现了";抱起长长的黑发披落下来的女孩,"我手中抱着的似乎就是那个穿着宽大工作服的男孩"。梦割断现实的联系,没有规律可循,没有逻辑可依,没有道理可言。梦又是神性的,它可以随时随意地发生任何事,依然是没有规律可循,没有逻辑可依,没有道理可言。梦把宿命注入了司机,命中注定他难逃劫难,使他闯了一次祸不够,还要有第二次。两次闯祸的情境差不多,都是他在没有丝毫预感下发生的。但两次车祸引至的"人性内容"是不一样的。第一次车祸是司机面临突发险情而没有其他办法时,"只好将那孩子撞到水库里"。事发之后,司机掩瞒祸事,"那事我没告诉任何人,连老婆也不知道"。尤其是自我安慰后的心安理得,披露了司机人性深处溢出的"人性之恶",带着浓浓的血迹,不多也不少。第二次车祸同第一次车祸一样,也没有人看到,司机完全可以像第一次车祸发生后那样,不让任何人知道。"人性之善"唤起的良心让他本能地抱起女孩,他要救活她。他不仅没救活女孩,反而把自己的命也断送了。

至此,小说的荒诞性与反讽意味便产生了:司机隐去"人性之恶",司机安全;司机弃"人性之恶"而扬"人性之善",司机被活活打死,最终还是非人性、非人道的力量毁灭了人性、人道。小说一方面在冷漠的叙述中表现了余华对人性的关怀;另一方面又真实无误地传达出余华对人性之恶的暴露,对人性的怀疑。我想,这准是此篇小说的深意。这是盖在荒诞上的现实印章,有了这层深意的形成,谁还去追究那些宿命的、幻觉的出现的合理性呢?

《命中注定》

　　刘冬生昔日的伙伴陈雷死于一起谋杀,侦破尚无结果。陈雷是一个腰缠万贯的土财主,小镇上"最富有的人"。他拥有两家工厂和一家豪华饭店,还买下了当地最气派的汪家旧宅。他是在汪家旧宅里睡着时被人杀害的,凶手把他生前收集的五百多种打火机席卷一空,其他的钱财却一样没拿。三十年前的一天,六岁的刘冬生和陈雷溜到汪家旧宅,他们猛然听到一个孩子喊叫"救命",连喊三声。刘冬生确定这是陈雷的喊叫,而一直站在一起的陈雷全然否定。两个孩子吓得脸色苍白,惊慌而逃。

　　小说取名《命中注定》,暗示了劫数难逃。三十年前的陈雷的"亡灵"喊出了三十年后的陈雷死亡的声音,不是三十年后陈雷的"亡灵"超越时空提前喊出死亡之声,那又是谁在惨叫呢？也就是说,三十年前陈雷的劫数就命定了,无论他怎么逃也逃脱不了,命中注定他三十年后必死于非命,这是他的宿命。宿命是不可理解的,但必须是绝对相信的东西。在中国的民间意识中,非现实的宿命观念是被当作现实来对待的。贾平凹的"商州系列"小说,还有不少描写乡土、传统文化的小说,都有宿命的情节,但这些描写主要是为了表现地域文化特色,揭示传统文化遗存的民间性。而《命中注定》的宿命描写是作为主题来呈示的,它意

余华论

在通过这个荒诞的不可信的故事揭示一个现实：人生不可测，人生荒诞。除此之外，它没有提供其他更有价值的东西。但余华偏爱宿命，却是事实。先锋文学创作时期的余华总是把宿命与荒诞、死亡、暴力当作难兄难弟来处理。可以这么说，宿命是先锋派作家手中的一张王牌，潘军坦言："我就很崇尚一种宿命的东西，我觉得'宿命'某种意义上确实是对命运里的那种不可捉摸的东西进行了一种高度的概括，概括成了一种比较完美的形式。"①他的中篇小说《三月一日》将宿命描写经典化，在荒诞的现实情境与浪漫的爱情故事之中昭示命运的诡异，为宿命开出了新境。她死前那一声柔情的呼唤——呼唤"我"的乳名"月亮"，于冥冥之中遥遥千里相应，虽然它也是灾难和死亡发出的信息，但它是至情的呼唤，内心向往着爱情。

  侦破被架空了，凶手是谁？凶手谋杀的动机是什么，难道仅仅为了那五百多种打火机？这一切都被放到一边晾着。一起谋杀案从一开始就岔开了道，神不知鬼不觉地拐进了刘冬生的记忆，这种声东击西的随意性的写作方法是先锋小说的看家本领之一。不要问为什么，顺着它走就行，注意它说什么，怎么说；它写什么，怎么写；它要你看什么，怎么看，这才是解密的要诀。莫名其妙、声东击西、亦幻亦真是它的做派，切不可当真。先锋派作家厌烦传统的叙事规则，他们有意反其道而行之，这种叛逆行为可以为文学开出新境，创构新品，也会将文学引入歧途，先锋小说在这两方面都有足够的表现。余华的小说当然属于前者。

---

  ① 潘军：《坦白——潘军访谈录》，安徽大学出版社 2000 年版，第 11—12 页。

《鲜血梅花》

十五年前,一代宗师阮进武不明不白地死于两名武林黑道人物之手。十五年后,二十岁的阮海阔受母之命,肩负名扬天下的梅花剑行走江湖,寻找十五年前的杀父仇人。

惩恶扬善、伸张正义、主持公道是侠客行走江湖的不二法则。复仇要有复仇的情感,要命的是,阮海阔心中没有滋生出对杀父仇人的恨,他是被迫走入江湖的,这起庄严崇高的复仇行为从一开始就走了味。江湖险恶,但又不乏自由,自由的环境一点一点地激活了他的天性和人性,于是,浪迹天涯的艰辛变成了日复一日的漫游。漫游是侠客的职业特点,因此之故,侠客又称游侠,即在漫游中行侠。可阮海阔要的就是这种"毫无目标的美妙漂泊",复仇反而成为一种形式、一种借口。形式有形式的逻辑,没有这个形式,一切都无寄托。但形式的推进充满着戏剧性,当阮海阔按照事先的设计"一直往前"时,却离寻找的目标越来越远,当他莫名其妙地违背自己的意愿或不由自主地随波逐流时,反而越来越接近目标。对此他也感到诧异、不可理解。母亲和他都不知道仇人是谁,但母亲给了他一个确定的指向,叫他去找青云道长和白雨潇,他们中间任何一个都会告诉他杀父仇人是谁。他无意复仇,却在无意中帮胭脂女和黑针大侠杀了他们共同的仇人。他想到:那个遥远的傍晚他如何莫名其妙地走上那条通往胭脂女的荒凉大道(胭脂女叫他向青云道长打听刘天的下落),以及后来在那个黎明之前他神秘地醒来,再度违背自己的意愿而走近了黑针大侠(黑针大侠叫他向青云道长打听李东的下落)。他与白雨潇初次相遇在那条滚滚而去的江边,却又神秘地错开。在那个群山环抱的集镇里,那场病和那场雨同时进行了三天,然后木桥被冲走了,他无法走向对岸,却走向了青云道长(青云道长向他说了刘天和李东的下落)。后来他那漫无目标的漫游,竟迅速地将他带到了黑针大侠的村口与胭脂女的花草旁,使黑针大侠和胭脂女获知刘天和李东的下落。三年之后,他在这里与白雨潇再次相遇,白雨潇告诉他,他的杀父仇人是刘天和李东,他们三年前在去华山的路上,分别死于胭脂女和黑针大侠之手。至此,"他依稀感到那种毫无目标的美妙漂泊行将结束",深深的遗憾油然而生。这篇小说最让人心灵产生深深震撼的描写,应该在这里。不过,它又是读者最容易忽视的一笔。因为,它的复仇主题统治着叙述方向,其复仇目标几乎覆盖着一切,被唤醒的人性漫游其中,需要读者用心灵去捕捉它、感受它。

至此,复仇的主题被复仇的形式所取代,复仇的内容转换成毫无目标的美妙漫游,传统的武侠小说的基本模式被彻头彻尾地改写了。从这个意义上说,我赞成赵毅衡先生的看法,他在一篇论余华小说的文章中说:《鲜血梅花》是对武侠小说的文类颠覆,小说中符合文类要求的情节都成为"没有意义的象征",整篇小说成为"非语义化的凯旋"。其价值在于文类颠覆自身,即文类颠覆的目的是价值观的颠覆,"对亚文化

《鲜血梅花》

文类程式的戏仿成为颠覆这些价值观的途径"①。我注意到这种看法已经为余华小说的解读者普遍接受。我还注意到,由于这种看法独具慧眼无可置疑,解读者便非常礼貌地到此止步,以为前边不会再有风光。赵毅衡先生在他那篇文章构设的语境中对《鲜血梅花》的分析,谈到这里就到位了,至于《鲜血梅花》还有其他哪些内涵和深意,不在此文论述的范围内。

如果这篇小说真的像赵毅衡先生所说的那样,我以为余华完全没有必要去写它。仅仅达到对一个文类的颠覆而无其他的深意或创获,那同纯粹的写作游戏有什么区别呢?

戏仿武侠颠覆武侠没错,"非语义化"倒未必。人在江湖,身不由己,而阮海阔是人在江湖,心在"美妙漂泊"。江湖有江湖的规则,这个社会崇尚武术武德和义气,但无论是惩恶扬善的正义之举,还是凭一己之力的复仇,最终都是以武相争,以强为胜。行走江湖要的是武德,怀的是高超的绝技,阮海阔首先要找的青云道长和白雨潇是其父一生中唯一没有击败的两名武林高手,可见功夫是何等了得。他首先遇到的胭脂女是天下第二毒王,第二个见到的黑针大侠是使暗器的一流高手。刘天和李东十五年前能够使手段杀死一代武林宗师阮进武,说明他们也绝非等闲之辈。虚弱不堪又无半点武功的阮海阔要找他们复仇,岂不是白白送死? 阮海阔被迫接受了复仇的使命,但他没有复仇之心。江湖的争斗无论是主持公道正义,还是路见不平拔刀相助,或是除恶复仇,首先都要取恶的方式,以恶抗恶,以恶制恶。武侠小说扬的是善德,

---

① 赵毅衡:《非语义化的凯旋——细读余华》,《当代作家评论》1991年第2期,第38页。

播的是恶行。阮海阔的无复仇之心与他的无武功神示般地让他不知不觉地绕过"恶行"而取道直入自然单纯的人性,既是对武侠小说基本模式的颠覆,又是对以恶抗恶扭曲人性的复仇的抛弃和对自由人性的肯定。

梅花剑上已有九十九朵鲜血梅花,母亲希望丈夫仇人的血能在剑上再开放出一朵新鲜的梅花。事不满百,暗示此愿不能实现。但仇人是要杀的,谁杀呢?当然不能指望阮海阔。阮海阔行走江湖,最终寻找的不是杀父仇人,而是他自己。

《古典爱情》

　　一位名叫柳生的穷书生赴京赶考,途中路过一座繁华城市时,不知不觉地走进一户富贵人家的后花园。此时正当盛春,仙境般的后花园姹紫嫣红,奇花异木遍布,水阁凉亭、楼台小榭和假山石屏巧设其间,这般充满古典情趣的环境是多么容易促发浪漫爱情啊!果然,心旌摇荡的柳生与如花似玉、深居绣楼的千金小姐惠一见钟情。一夜柔情,敲定一桩姻缘,由此演绎出一段才子佳人浪漫自由而又凄凉悲伤的爱情故事。小姐惠剪发作信物赠予柳生,盼望他赴京赶考早去早回,"不管榜上有无功名"。

　　数月后,柳生落榜而归。城中街市依旧,而小姐家的深宅大院却是断壁颓垣,一片废墟,满目荒凉,小姐的绣楼也不复存在。柳生怅然若失。

　　三年后,柳生再度赴京赶考。这一年是大荒之年,柳生一路走来,满目尽是荒凉凄惨的景象:黄土漫漫,树木枯萎,尸骨遍野,到处散发着死亡的气息。昔日繁华的城市疲惫地呈现出败落相。三年下来,小姐的绣楼和她家那气派的深宅大院连断壁颓垣也无影无踪了,眼前只见一片荒地。柳生顿生伤感,不禁感叹世事如烟,富贵荣华转瞬即逝。饥荒之年,粮无颗粒,树皮草根渐尽,百姓们便以人为粮。小姐惠不幸沦落为"菜人"。柳生行至菜人市场,正逢小姐的一条玉腿被砍下卖出。柳生倾其所有赎回了小姐的那条腿,并答应小姐的请求,一刀结果了她的性命,算是报答了小姐的知遇之恩。柳生洗净小姐身体,将她安葬于河边。

  数年后,柳生又三次赴京赶考,均榜上无名。屡试不中的柳生彻底断了功名的念头,为一大户人家看坟场。落到这般境地,柳生也无怨言。虽然日子清苦,由于有诗画相伴,柳生倒也过得风流。但记忆伤人,难耐孤独寂寞的柳生思念独自安眠于河边的小姐,便常常神思恍惚,叹息感慨。承受着情感煎熬的柳生终于不辞而别,直奔小姐安眠的河边,决定在此守候小姐了却残生。夜晚,小姐的魂灵现原形与柳生重逢,柳生在虚幻缥缈之中感受着软玉温香的小姐的全部真实。待天亮他睡醒时,小姐已经离去。柳生甚奇,便打开坟冢看个究竟。当他看到娇美容颜的小姐正在新生时,知道她不久将生还人世,便一阵喜悦,沉浸在与小姐重逢的美梦之中。恍惚间,小姐又至,她十分悲戚地对柳生说:"小女子本来生还,只因被公子发现,此事不成了。"说罢,垂泪而别。

  初看上去,这篇小说仿佛是《西厢记》的再版,写才子佳人的爱情故事。因为它具有才子佳人这类作品的基本模式,即赵毅衡所说的"文类特征":有赴考的贫寒书生、闺楼怀春的千金小姐、热心牵线的丫鬟,有幽闭温馨的后花园里的一见钟情;自然还有书生与小姐美目欢畅的私会,缠绵婉转、难分难解的分别。

  但这一切仅仅开了一个头,接下去,这古典式的爱情故事就走样了。在传统小说、戏曲、神话和传说中,"私订终身后花园,落难公子中状元"这一叙事模式成为多数作品的母题或功能指向。这类才子佳人的爱情故事,无论怎样坎坷曲折,最终总是以书生金榜题名而导向大团圆结局,表现出"愿天下有情人终成眷属"的思想。即使是悲剧,也会是或人鬼团聚,或生死同穴,或双双化蝶成仙的结局。这篇小说彻底颠覆并改写了"古典爱情":柳生屡试不中,暗示着他与小姐惠难结百年之好;没有关于小姐与柳生私订终身而受到来自家庭或外力极力阻挠的描写,却以小姐的富贵之家莫名其妙地败落消失、小姐沦落为"菜人"的情节来取代;好不容易盼来了小姐的魂灵可以夜夜与柳生相会,小姐正在新生且不久将生还人世之时,心存疑惑的柳生偏偏要打开坟冢看个究竟,从而使小姐死而不能复生,悲剧接着悲剧。

这虽不是传统文学着力表现的古典爱情,但也是一种让人动情的古典爱情。余华通过这个故事想说些什么,要表现些什么? 不得而知。但从它所潜含的意蕴及传达出的情感、思想指向上来看,它与《鲜血梅花》《此文献给少女杨柳》《祖先》相似,它们可以构成互解互释的关系,即它们都表现了求而不得、得而顿失、美梦难圆的思想。这实际上是人类自己的精神欲望与现实的悖论,生存于这悖论中的生命就不可避免地要承受苦难、悲观和绝望,但个体的欲望与追求是珍贵的。

这又是一篇卡夫卡式的小说——一篇用中国的故事、中国的叙事、中国的审美和中国的古典情趣打造的梦幻小说。

余华说《鲜血梅花》《古典爱情》《往事与刑罚》《此文献给少女杨柳》《祖先》这五篇小说"是我文学经历中异想天开的旅程,或者说我的叙述在想象的催眠里前行,奇花和异草历历在目,霞光和云彩转瞬即逝"。它们"仿佛梦游一样,所见所闻飘忽不定,人物命运也是来去无踪"[①]。两年前曾被卡夫卡的《乡村医生》那种自由自在、随心所欲的写

---

① 余华:《鲜血梅花·自序》,新世界出版社1999年版。

余华论

作深深震撼,顿悟般地深得卡夫卡小说精髓,并从此开始小说创作新境界的余华,从《十八岁出门远行》开始,在中国的现实中进行"精神幻想的游历",编织出一篇篇荒诞而现实的"仿梦小说"。

余华的仿梦小说,这篇是个极致。当柳生走进后花园时,小说就进入了朦胧虚幻的梦境,一切发生的事都遵从梦的莫名其妙的生成原则,没有铺垫,没有追问,没有解释,更无逻辑可言。只要注意所发生的事、所发生的变化就行了,无须追问为什么。在这里,此在的"发生"比发生的"过程"更重要,事实比看法更具有说服力。这一切,完全符合先锋小说的叙事原则和意蕴建构原则。

《此文献给少女杨柳》

余华的小说,一方面表现了他与世界的关系,另一方面表现了他对世界的理解。在解读《世事如烟》时,我引用了余华在《虚伪的作品》中的较长论述,以说明余华在不同阶段的小说创作中,对世界的理解有着怎样不同的内容。余华说他对世界的理解,实际上是对世界某个有限的整体的理解,而不是世界的全部。从《十八岁出门远行》到《现实一种》时期的小说,其结构大体上是对事实框架的模仿。这些小说体现出他对世界的一种理解,便是对常理的破坏。写作《世事如烟》等小说时,他已经放弃了对事实框架的模仿,开始脱离现状世界提供的现实依据。他发现世界是一个无法眼见的整体的存在,在这个整体里,世界自身的规律也开始清晰起来。他意识到,现状世界出现的一切偶然因素,都有着必然的前提。因此,他写作这些小说时,必然因素已让位于偶然因素,并感到眼前出现的一切,仿佛都在某种隐藏力量的指使下展开其运动。而在《世事如烟》之后的小说中,随着对世界寻找的深入,他又发现时间是世界的另一种结构。"世界是所发生的一切,这所发生的一切的框架便是时间。因此时间代表了一个过去的完整的世界。"当然,这里的时间已经不再是现实意义上的时间,它没有固定的顺序关系;它应该是纷繁复杂的过去世界的随意性很强的规律。"当我们把这个过去世界的一些事实,通过时间的重新排列,如果能够排列出几种新的顺序关系(这是不成问题的),那么就将出现几种不同的新意义……所以说,时间的意义在于它随时都可以重新结构世界,也就是说世界在时间的每一次重新结构之后,都将出现新的姿态。"《此文献给少女杨柳》是这个写作阶段的一个标准文本,余华说:"在我开始以时间为结构,来写作《此文献给少女杨柳》时,我感受到闯入一个全新世界的极大快乐。我在尝试地使用时间分裂、时间重叠、时间错位等方法以后,收到的喜悦出乎意料。"我们在读《此文献给少女杨柳》时,是否也有如此的感受呢?

隔了几年再次读余华小说,没想到真正难以进入、最难解读的竟然是这个中篇。

它让我再一次领教了什么是先锋小说极端性的表现。第一遍读下来,若没有被它莫名其妙与玄虚的梦幻"绕"迷糊的话,那一准是有着坚硬头脑的阅读者;第二遍读下来,若弄清楚了人物和故事的来龙去脉,并且还能够感觉出它于虚实之间生成的蕴含,那一定是先锋小说的知音,或者是先锋小说高超的破译者。

我先后读了几遍,直觉这是一篇由现实与非现实合谋共设的非现实小说,真实与虚幻联手营构的梦幻小说,偌大的形式之下缓缓地流淌着游丝般的旋律。

有别于《褐色鸟群》《访问梦境》《信使之函》等实验性与游戏性极强的先锋小说,《此文献给少女杨柳》具有小说的一些基本要素:一些勉强可以理解而又有线索可寻的情节,几个似是而非的人物。它是在不拒绝阅读,甚至有意用一个富有诗意想象的标题提升读者的阅读期待的情况下造成阅读障碍的;它还不拒绝叙述,但要把它叙述清楚,还真不容易。

《此文献给少女杨柳》

这篇小说共由四部分组成,采用1234、1234、123、12的形式排列,这四部分是同步推进的。

第一部分:我拒绝一切危险的往来,拒绝"世俗的声响""庸俗的气息""粗俗的邻居"。我喜欢夜间出去游荡,因为模糊的夜色能掩护我,使我产生游离于众人之外的感觉。在有了这种感觉之后很久的1988年5月8日,一个少女走进我的内心。

从一个长满青草的地方而来的外乡人告诉我,几十年前的1949年,一个名叫谭良的国民党军官在撤离小城烟时,指挥工兵埋下了十颗炸弹。谭良那时预感到,几十年后他会重新站到这里。舟山失守后,谭良失踪,传说他乘坐的那艘帆船被海浪击碎,他已经葬身大海。

1988年9月2日,一个名叫沈良的老渔民从舟山出发,9月3日坐在驶向小城烟的长途汽车里。他的邻座是一位来自远方的年轻人。这位年轻人因患眼疾在上海治疗一个月,病愈后没有直接回家,而是来到小城烟。是老渔民沈良向这位年轻人——外乡人讲述了几十年前,国民党军官谭良在小城烟埋下了十颗炸弹。而他一再强调:"我从出生起,一直没离开过舟山。"

外乡人向我讲述了另一桩事:十年前的1988年5月8日——正是我此在的1988年5月8日,他个人的生活发生了意外。从那天开始,他的眼睛患病,然后被送到上海一家医院治疗。在住院不到半个月,也就是1988年8月14日,一个少女死于车祸。年轻女子的眼球被取出,由三名眼科医生为他做了角膜移植手术。1988年9月3日,他病愈出院,然后乘车来到小城烟,寻找把眼球献给他的少女杨柳的父亲。

第二部分:1988年5月8日之夜,我"小心翼翼"地走在让我感到不安的街上,我感到白天里"响彻过的世俗声响"开始若隐若现,"它们像

余华论

一些浅薄的野花一样恶毒地向我开放起来"。我处于各种杂乱的声响之中,迷幻之中感受着种种危险,但当少女杨柳突然走进我的内心时,一切都变了,危险顿时消失,美妙的感觉如同柔和的音乐在心中升起:

> 这时候我听到一种声音在内心响起。……我已经分辨出那是少女的脚步声。她好像是赤脚走在我内心里,因此脚步声显得像棉花一样柔和。我似乎隐隐约约地看到了一双粉红色的小脚丫,于是我内心像是铺满阳光一样无比温暖。我在朝前走去时,她似乎也走向与我同样的地方。当我走完这条大街,进入那条狭窄的小街时,我有了一种似乎与她并肩行走的感觉。
>
> 我是在一片恍惚里走到自己的寓所前。我拿出钥匙时,也听到她拿出钥匙的声响。然后我们同时将钥匙插入门锁,同时转动打开了门。我走入寓所,她也走入。不同的是她的一切都发生在我的内心。我将门关上时听到她的关门声,她关门的声响恍若她脱下一件衣服那么柔和。我在屋内站了一会,我觉得她也站在那里。她的呼吸声十分细微,使我想到自己脸上皱纹的纹路。然后我走到窗前,打开了窗户,一股微风从河面吹进了我的寓所。我看着在月光里闪烁流去的河流。我感到她也站在窗前,我们无声地看了一会河流。此后我重新关上了窗户,向自己的床走去。我在床上坐了五分钟,接着脱下了外衣,先熄了灯,随后才躺到床上。……她这个时候也躺在床上,她像我一样安静。……我感到自己像月光一样沉浸在夜色无边的宁静之中。我从来没有像现在那样觉得一切都充满了飘忽不定的美妙气息。

《此文献给少女杨柳》

　　我知道自己过去的生活确实进行得太久了,现在已到了重新开始的时刻,于是我觉得一股新鲜的血液流入了我的血管。她就是新鲜的血液,她的到来使我看到一丛青草里开放出了一朵艳丽的花。从此以后,我的寓所将散发着两个人的气息。我知道我们的气息将是完美的(这一节为第三部分内容)。

因为有了5月8日这一夜的内心经历,我与现实的关系、对现实的态度发生了变化:

　　我走上白昼的街道时,丧失了以往的警惕。很久以来我第一次离开寓所时不再那么谨慎,我不再感到街上的行人会对我构成威胁。……我的目光不再像以往那样总是试试探探,而像疯子一样肆无忌惮起来。在行人如蜘蛛网组成的目光中横冲直撞。

我就是在这种心境中走到水泥桥下,爬进外乡人端坐的桥洞中。我告诉他:"好几天以前的一个夜晚,一个少女来到了我的内心。她十分模糊地与我共同度过了一个晚上。次日我醒来时她并没有离去,而是让我看到了她的目光。她的目光就是你此刻望着我的目光。"外乡人说:"你刚才所说的,很像我十年前一桩往事的开头。"十年前,也就是1988年5月8日夜晚,一个漂亮的少女(也是少女杨柳)走进他的想象里,并且与他同床共卧。不久,他的眼睛开始患病,下面发生的事前面都叙述了。

　　第三部分:5月8日夜晚来到我内心的女子,在此日上午向我显示了她的目光之后,便长久地占据了我的生活。我走出寓所上街买窗帘

307

时,被车撞伤住进一家医院,8月14日,一位名叫杨柳的少女患白血病死在这家医院。她为我献出了眼球,三位眼科医生为我做了角膜手术。9月3日病愈出院后,我乘车驶向小城烟,同我坐在一起的另两个男人:一个是外乡人,一个是沈良。

第四部分:很久以后,当少女杨柳走出我的心里时,我的心情"很像一个亡妻的男人的心情"。

我终于找到了杨柳的家。杨柳的父亲忆起他的女儿确实死于1988年8月14日,但他说:"我女儿没有去过上海,她一生十七年里,一次都没有去过上海。"我走进杨柳的卧室,蓦然从镜框里看到的杨柳就是多年前的5月8日走进我内心的少女。他又说,很久以前的一天,杨柳突然想到一个完全陌生的男子,这个男子越来越清晰地出现在她的想象里,她就用铅笔画下了他的像。杨柳的父亲说,我的目光和杨柳的目光完全一样。而我却认为画像上的人,就是现在坐在我对面的外乡人。

一切都变得不可思议了:我与外乡人究竟是同一个人,还是两个人?因为1988年5月8日以后,我与外乡人的经历重叠了。少女杨柳既死于车祸,又死于白血病;既死于上海医院,又死于小城烟的家中。杨柳不可能既是此,又是彼。少女杨柳既走进我的内心,又同时走进外乡人的想象里;既为我献出眼球,又为外乡人献出眼球。杨柳不可能既为此,又为彼;走进杨柳想象里的陌生男子既是我,又是外乡人;1988年5月8日既是现在,又是十年前的过去。谭良/沈良的故事用意何在?

没有答案。评论余华小说的文章,真正对这篇小说做出了切实分析的,是夏中义和富华:"我"因有了1988年5月8日这一夜的内心经历,故执意要去世间寻找那少女的目光。末了才明白:因"我"曾在车祸后做了角膜移植手术,而此角膜却是一个患白血病而死的、名叫杨柳的

《此文献给少女杨柳》

十七岁少女所捐的;这也就是说,"我"所渴求的、能安抚我心灵的"少女的目光"并非真的,而纯属一个单相思者的空洞情幻。某种在与世隔绝的极度孤寂中所渴望的、摄人心魄的柔情,说到底,只能在想象中绵延——她只是一个想入非非者的幻听与幻象,这又表征什么呢?它表明:包括"古典爱情"在内的纯美温情委实"古典",镜花水月,不合时宜,很难在现世扎根,故上述柔情才会在"我"痴心之际又被"我"所解构。未免不忍,却正合乎余华的"苦难"观,即"苦难"不仅是生存层面,也是存在层面的。[1] 似乎还有些东西隐在里面,谁能指点我呢?

---

[1] 夏中义、富华:《苦难中的温情与温情地受难——论余华小说的母题演化》,《南方文坛》2001年第4期,第31—32页。

《祖先》

一篇现代寓言,一个现实与超现实共生互通的故事。

故事的叙事者是一个懵懂混沌的婴儿。用无知的婴儿来打量这个世界,是不是异想天开呢?

确实是异想天开。且看:我被棉袄包裹着放在田埂上,母亲和父亲在田里耕作。初秋的阳关里,一位满脸白癜风癞的货郎,摇着拨浪鼓向我们村庄走来。听到鼓声,母亲异常兴奋,她彻底沉浸到对物质的渴求之中,"眼睛因为饥饿而闪耀着贪婪的光芒",嘴也因激动而在不停地翕动。"物质的诱惑"的后面又跟着"陌生的勾引","白癞里透出粉红颜色"的货郎的到来,为母亲带来了喜悦,她竟然把我置于野地而不顾。我那脸上布满了难以洗尽尘土、一生"没有目的"的父亲此时也遗忘了我,他正虔诚地注视着我母亲的激动——我忠诚的父亲对远远来临的鼓声所表达的欢乐,其实是我母亲的欢乐;他的憨笑是为我母亲浮现的。我感到孤独,感到被遗弃的恐惧。我张开空洞的嘴,哇哇哭叫,可是没有人理会我。冥冥之中,密林深处的"那位类似猩猩又像是猿人的家伙"(以下称黑猩猩)却闻声走来向我示爱:

    我当初的哭声穿越了许多陈旧的年代,唤醒了我们沉睡的

《祖先》

祖先。我同时代的人对我的恐惧置之不理时,我的一位祖先走过漫长的时间来到了我的身旁。我感到一双毛茸茸的手托起了我,身体的上升使哭喊戛然而止,一切都变得令人安心和难以拒绝。一具宽阔的胸膛如同长满青草的田地,替我阻挡了阳光的刺激。我的脸上出现痒滋滋的感觉,我的嘴唇微微张开,发出呀呀的轻微声响,显然我接受了这仿佛是杂草丛生的胸膛。

当母亲和乡亲们发现"长满黑毛的家伙"抱着我时,他们全都惊慌失措,以为我被黑猩猩劫持了,而我却心安理得,"我和那些成年人感受相反,在他们眼中十分危险的我,却在温暖的胸口上让自己的身体荡漾"。母亲和乡亲们拼命从黑猩猩手中夺回我。回到母亲怀抱的我,反而感到不适不安,"母亲胸前的衣服摩擦着我的脸,像是责骂一样生硬。她的手臂与刚才的手臂相比实在太细了,硌得我身体里的骨头微微发酸"。被突发事件惊呆的父亲受到母亲的指责和乡亲们的鄙视,他们把他当成一个"胆小的人"。对丈夫失望的母亲感受着货郎的勾引,踏着鼓声坚定地走了,然而又坚定地回来了。胆小的父亲由于感激而鼓起了勇气,背着火枪走进神秘莫测的树林,去找那浑身长满黑毛的家伙,发誓要打死他。据乡亲们说,我们的祖辈里只有很少几个人敢于走进树林,而这几个人都是不知死活、不知好歹的傻瓜;走进树林的人很少能够走出来。我的父亲一去不回,死在树林里。

然而,我与黑猩猩之间那种超出人类之爱的情感已经沉淀到我幼小的心灵里,五年后,我竟然有幸与黑猩猩再次相逢:

余华论

　　我看到了那个浑身长满黑毛的家伙,应该说我是第二次看到他,但我的记忆早已模糊一片。他摇摆着宽大的身体朝我走来,就是因为他的来到才使周围出现这样的惊慌。我感到了莫名的兴奋,他们的吼叫仿佛是表演一样令我愉快。我笑嘻嘻地看着朝我走来的黑家伙,他滚圆的大眼睛向我眨了眨,似乎我们是久别重逢那样。我的笑使他露出了白牙,我知道他也在向我笑。我高兴地举起双手向他挥起来,他也举起双手挥了挥。……他就这样走近了我,他使劲向我挥手。我看了又看,似乎明白他是要我站起来,我就拍拍身边的青草,让他坐下,和我坐在一起。他挥着手,我拍着他,这么持续了一会,他真的在我身旁坐下了,伸过来毛茸茸的手臂按住了我的脑袋。我伸手去摸他腿上的黑毛。……除了母亲,我从没有得到过这样的亲热。

　　我们沉浸在相互抚慰之中,没想到的是,充满着人性的黑猩猩却被我母亲和乡亲们用刀砍死,且肉被瓜分了。我实在难以明白母亲和乡亲们为何要砍死他,"对我来说,他比村里任何人都要来得亲切"。黑猩猩是我们的"祖先",乡亲们砍死了自己的"祖先",吃掉了自己的"祖先",他们已经沦为无人性的"畜生""禽兽"。

　　至此,现实的"恶"战胜了超现实的"善",寓言被解构了——寓言遵循惩恶扬善、以善胜恶的道路,其最终的目的是引申出一个普遍的道德教训,但寓意潜存了下来。我非常赞同夏中义和富华的看法,他们认为这篇小说是"凭借浑朴未凿的童心来比较且衡定人性、兽性孰恶孰

《祖先》

善,何者更具温情"[①]。在小说中,"人性之恶"与"兽性之善"在对比性的观照中呈现出反讽性:人行兽性,兽行人性;人比兽恶,兽比人善。现实的人性内容被超现实的兽性内容抽空并改写,但现实的"暴力"最终还是无情地扼杀了超现实的"善"。在"我"看来,作为"人"的他们(包括"我"母亲),都变成了一群"非人"。

在小说中,"祖先"并非实指黑猩猩就是人类的祖先,而是一种喻指,指人类自古迄今营构并传承的道德、文明和精神。随着黑猩猩被砍死,这一切都化为乌有;我在现实世界好不容易享受到的来自超现实世界的人性之温暖,就被无情地断送了,片刻的幸福转瞬即逝。它深含的意义与《鲜血梅花》《古典爱情》《此文献给少女杨柳》基本相同,它们均表现出对"自由""爱情""美好""人性"被终止、被断送、被顿失、被扼杀的巨大遗憾!

[①] 夏中义、富华:《苦难中的温情与温情地受难——论余华小说的母题演化》,《南方文坛》2001年第4期,第29页。

《两个人的历史》

1930年,少爷谭博和女佣的女儿兰花时常坐在一起讨论梦。他们的梦境相同:梦中时常为尿折磨。梦醒后他们都发现尿湿了被褥。

1939年,十七岁的谭博和十六岁的兰花偶尔有些交谈。此时,谭博是新潮先进的学生,兰花则是谭家的女佣。他们的梦开始不一样,谭博梦想去延安,而兰花则梦想出嫁。

1950年,时任解放军文工团团长的谭博在转业之前回家探亲,此时兰花已经儿女成堆,粗壮的身躯抹杀了昔日的苗条,有关兰花的梦,在谭博那里将永远销声匿迹。

1972年,身穿破烂的黑棉袄的反革命分子谭博垂头丧气地回家料理母亲的后事,此时兰花的儿女已经长大成人,二人相见,无梦可谈。

1985年,谭博离休回家,孤单一人。兰花白发苍苍,孙儿孙女成群,天伦之乐融融。兰花已没有梦,谭博仍常有梦,可梦境险恶。

以前读过《两个人的历史》,不在意,没读出什么特别,这次重读,倒读出莫名的伤感来。莫言说余华这个令人不愉快的家伙是个"残酷的天才",不需要让《现实一种》《难逃劫数》《活着》《许三观卖血记》等力作来证明,单是这篇不起眼的小说就足以说明一切。就那么淡淡的、世俗的、近于苍白的一些文字,漫不经心地排列出两个人的生活之流的几

《两个人的历史》

个年份,却让人读出了人生的况味。少爷谭博总是梦,又赋予行动,结果越活越苦涩。下人兰花后来没有梦,却活出了"满足""幸福"。

　　《两个人的历史》是同《命中注定》《难逃劫数》一路的小说,同样在说人生苦乐悲欢,命中注定。满脑子好梦的谭博想"好活"却活不好,而少梦最终无梦的兰花从命依命却活出幸福,显示出古老中国的生存智慧。作者是在否定现实呢,还是在肯定一种活世之道?意蕴的不确定撑大了意义的边界,对其的言说交给读者,作者保持沉默。余华聪明。《活着》和《许三观卖血记》发表后,余华干了一件聪明人不该干的蠢事,那就是自己充当作品的解说者。作者对自己作品的了解,有时不一定比高明的读者知道得多,余华也承认这一点。作者的解说若切合作品,那还好说;若不切合作品,或将作品意义定于一途,那岂不是既损了自己,又损了作品?夏中义、富华的文章《苦难中的温情与温情地受难——论余华小说的母题演化》一出来,一直极受好评的余华小说首次遭遇到最尖锐的批评,批评主要针对《活着》和《许三观卖血记》。余华的那些确定性的说法确实可以让人做出两种思考,得出两种看法、两种结论。余华还能有什么可说的。我在想,余华若保持沉默,或者,他的言说若像鲁迅言说他的小说那样深刻的话,夏中义、富华和我们对《活着》和《许三观卖血记》又该做出何种评价呢?

《黄昏里的男孩》

这个短篇发表于《作家》1997年第1期,与近十年前的《一九八六年》《现实一种》《河边的错误》仍属一路,透视人性之恶在现实中的合法性。但它已没有《一九八六年》沉重的历史背景和深度的文化原则,《现实一种》循环杀人的兽性表现,以及《河边的错误》荒诞的情境,它平实自然的客观化叙述直入人性之恶,是一篇很现实的小说,从中可以看出余华小说创作在对人性、现实认识上的一贯性,以及在叙述形式和文体上的变换。

一个小男孩饥饿至极,偷了水果摊上的一只苹果,摊贩孙福抓住小男孩,当众残酷地惩罚他,不仅扭断了男孩的手指,还逼他当街自我羞辱。追溯孙福的生活史,这也是一个不幸的苦命人,多年前,他有一个漂亮的女人和一个五岁的男孩,家庭幸福。后来的一个夏天,儿子不幸溺水身亡,再后来,妻子与剃头匠私奔,一个好端端的家就这样散了。至今,他孑然一身。

余华不动声色的叙述有着准确的方向,犹如利刃直入人性的命门。

孙福对男孩实施残酷的惩罚,是在道德的名义下进行的,他一再振振有词地声称:"我这辈子最恨的就是小偷""我也是为他好"。这样,道德的维护者对男孩实施的不道德就被合理化了。且不说小男孩尚未成人,就是一个大人偷了一只苹果,也不该受此莫大的惩罚与羞辱。

孙福对男孩的惩罚是有意识的,但他没有意识到自己的所作所为也是不道德的。在这里,恰恰暴露出人性之恶的本真性。更让人震撼的是,看众对此残酷的一幕竟然无动于衷,他们都不知不觉地站到了孙福的立场上。至此,不道德的惩罚被合法化了。而这,才是这篇小说真正的深意。

小说最后写孙福多年前的不幸,其意何为?我不认为这是余华有意要宽恕孙福,为孙福的不道德提供情理上的合理性;一向视人性之恶为人类痼疾的余华绝对不会这样做。我的理解是,余华尾收这一笔,是一个优秀作家的责任,他要借此追溯孙福人性堕落的现实原因。无论从哪方面说,孙福不幸的过去,都不应该成为他向社会发泄怨恨和报复的理由,有此不幸的遭难,他更应该同情、可怜、关爱这个无依无靠的小男孩。但是,来自人性深处的恶的力量最终还是漫过了善。

再看《逼近世纪末小说选》(卷五,1997)里陈思和与张新颖关于这篇小说的两段评论:

陈思和:小说反复渲染了一个小贩对一个偷苹果男孩的残酷折磨,甚至惨无人道地折断男孩的手指,这典型的余华式的残酷丝毫没有减轻它的力度。但值得注意的是,小说为人性的残酷提供了更大的表现空间,这是余华以往小说里所没有的,他表现人性的残酷往往在一种封闭式的环境里展示出来。但这篇小说里,小贩孙福逼男孩在公众场合里自我侮辱,并且一再制造堂而皇之的施虐理由:诸如"我这辈子最恨的就是小偷""我也是为他好"……于是,他的残酷取得了社会的伦理上的合法性,观众与整个社会都不知不觉地成为他的同谋。作家在这里描写的是一则民间寓言,像福贵老人和许三观一样,与以前他充满象征性和寓言体故事不同,孙福其人到最后被作家宽恕了:他本人也是在一场命运的毁灭性打击下失掉人的正常理性的。但这样的结局使命运悲剧和人性悲剧融合成一场万劫不复的人性堕落史,谁能预示那个黄昏里的男孩又将成为怎样一个恶毒的人物呢?

张新颖:惩罚结束,故事也就结束了。可是小说到这里出现了一个大转折,以极其节省的文字叙述了孙福丧子妻离的遭遇,掀起过去生活的一角,窥见如泛黄的黑白照片般的似乎已经封存了的苦痛和磨难。我不想把这个故事的意义普遍化,但我还是要说,这种情境可能发生在我们任何一个人身上,我们每个人都可以成为孙福,被生活的磨难所改变,以扭曲的方式,以堂皇的理由,发泄对生活的怨恨和报复。我们每个人也都可能是那个没有名字的男孩,不知什么时候就会陷入以公共的、抽象的、高高在上的规则为名义的围困之中,接受惩罚,无力反抗,无法辩驳。

陈思和与张新颖的担忧不无道理,而余华揭示并正视人性痼疾,取的是否定的态度。即使从他纯粹客观的叙述中,我也能感受得到他情感的温度。在这篇小说里,我分明还看到了鲁迅的眼睛。

《我没有自己的名字》

  我,一个傻子,一个给镇上的人家送煤的傻子。我本来有自己的名字,叫来发,是人都有自己的名字。正因为我是傻子,我成了人们嘲弄、戏耍与欺负的对象。他们在侮辱我时,连我的名字也给取消了,我成了一个没有自己名字的人,一个没有符号所指的"非人"。

  我没有自己的名字,可是我一上街,我的名字比谁都多,他们想叫我什么,我就是什么。他们遇到我时正在打喷嚏,就会叫我喷嚏;他们刚从厕所里出来,就会叫我擦屁股纸;他们向我招手的时候,就叫我过来;他们向我挥手时,就叫我滚开;他们叫我叫得最多的是"喂"……还有老狗、瘦猪什么的。他们怎么叫我,我都答应,因为我没有自己的名字,他们只要凑近我、看着我,向我叫起来,我马上就会答应。

  傻子的存在是"非人"的存在,"非人"是不配占有名字的。名字仅仅是一个符号,一个人区别于其他人的符号。符号主要起着标识的作用,但它有时也具有权力。比如一个正常人的名字,特别是长者、尊者、高贵者、权势者的名字,是不能被忽视的,更不能受到一丝一毫的歪曲。侮辱了名字就是侮辱了名字的主人。人成了名字,名字随人显贵。来发是一个傻子,一个"非人",就不配有名字,甚至连他自己也遗忘了自己的名字。

没有名字的人被排斥在人"类"之外,自然就不能获得人"类"的同情和温暖,倒是一条流浪的小狗成了他的朋友,与他相依为命。但就是这么一点来自人"类"之外的温情,最终也被无情的人"类"残酷地剥夺了,他们在冬天还没有来临之前,就迫不及待地把狗打死了。

不过,回到现实中去看,小镇上发生的这种事在是太司空见惯了,凡是曾经目睹过或经历过这种事的人,又有谁能够像小说中的陈先生那样去指责众人的不人道呢?

正是在这种司空见惯的现象中,余华看到了人性的不善与不仁。与《黄昏里的男孩》一样,《我没有自己的名字》也是于平实的叙写中透视人性的麻木与残忍。

《一个地主的死》

一个漫不经心的故事,一个文本在改写另一个文本,一种历史观在颠覆另一种历史观。

这是一个发生在抗日战争时期的故事:城外安昌门外大财主王子清的儿子王香火进城被日本兵抓住,日本兵强逼他当向导,带他们去一个叫松篁的地方;他却故意把日本兵引向另一条绝路,并一路上悄悄吩咐当地人拆掉所有的桥以断日本兵的后路。日本兵陷入四面环水的孤山绝境,王香火因此被日本兵残酷杀害。

这是一个抗日英雄的壮举。然而,小说中的王香火既不是抗日英雄——无论是生前还是死后,他都没有获得这一崇高的命名,也不是日本鬼子的帮凶、汉奸。他只是地主家的少爷,一个地地道道的行走在城乡之间的乡里人。事情发生得很突然,但他从一开始就打定主意要把日本兵引向死亡之境。王香火不是地下党,也不是热血青年。相反,作品中的一些在场和不在场的声音告诉读者,王香火油头粉面,不务正业,游手好闲,有事没事爱往城里跑,钱用完了又回来要钱;父亲看不惯他,气不过时就憋骂:"这孽子!"

这样的纨绔子弟面对日本鬼子的刺刀能挺起脊梁置生死于不顾吗?无论是政治的阶级论,还是当代十七年的小说都告诉我们:不可能！毛泽东在1939年写的《中国革命和中国共产党》以及其他文章中明确指出：中国现阶段（抗日战争）革命的主要对象或主要敌人，是帝国主义和封建主义，是帝国主义国家的资产阶级和本国的地主阶级。这种出于战争年代特殊情况和特殊需要而做出的政治的阶级论，对地主的身份、立场与所属阶级做了阵线分明的政治界定，地主成了革命的敌人。自此之后，地主的这种政治身份在逐渐强化的阶级论的语境中演变成一种政治符号，直到1979年1月11日，中共中央才做出《关于地主、富农分子摘帽子问题和地富子女成分问题的决定》。这种政治的阶级论为文学描写地主形象规定了不可逾越的原则，从20世纪40年代解放区文学一直到70年代文学，文学作品中的地主形象，除少数叛逆者和开明人士外，绝大多数都是作为反面人物形象出现的。战争年代的地主，不是土豪劣绅恶霸，就是汉奸与还乡团的骨干。《一个地主的死》暗含的历史观是明确的，它突破政治的阶级论所形成的主流意识形态历史观对历史的某些"遮蔽"，从民间意识形态及普遍人性的立场看待历史，直抵历史的本真状态，对地主形象进行改写。由于拆除了先在的政治的阶级论对人物的身份、立场和阶级性的设限，人的本质状态指向了人的复杂性。在国难当头之际，民族主义往往会突破政治的、阶级的限定而点燃爱国主义情感，使那些具有民族感的人不惜生命与入侵者抗争。在那个残酷的战争年代，不否认有许多地主成了日本鬼子的傀儡、汉奸，但也不否认有不少地主成了民族的斗士。具有反讽刺意味的是，在这篇小说中，不惜豁出生命与日本兵拼得一死的不是别人，而是地主的儿子王香火。而那些农民的种种表现却令人大失所望，他们在王香火遭难之际，全然忘记了国恨家仇，以看客的幸灾乐祸的心理嘲笑被日本兵奸污的老太婆，并在街头津津有味地戏弄牲畜交配。更有甚

《一个地主的死》

者,地主家的长工孙福被东家派去打听少爷的下落,但他的心里惦记的不是少爷的遭难,而是盘算着多要点赏钱,多拿一点粮食,而且,他在执行任务的途中也不忘抽空从一个女子那里买得一时之欢。

历史的解读落到实处是对人的解读,《一个地主的死》便是如此。

顺带提及:小说第一章对年过花甲、身穿黑色丝绸的王子清依然保持年轻时的习惯,每天到村前的露天粪缸,蹲在上面拉屎的描写,以及最后一章,当他知道儿子王香火被日本兵杀害之后,第一次从粪缸上掉下摔死的描写,与《活着》开头的描写基本相同。阔少爷福贵嫖赌成性,输掉全部家产,其父受此灭顶之灾的打击,人整个就垮了,第一次从粪缸上掉下致死。

《蹦蹦跳跳的游戏》

一个两千来字的短篇小说,叙写的内容极其简单、简洁:一对年轻的夫妇带着他们的儿子——一个七八岁的小男孩到一家医院去治病。没写小男孩得了什么病、病了多长时间、病情如何,只写了他们在医院门外的三个镜头。第一个镜头:他们第一次送孩子来住院,医院没有空出来的床位,他们就回家了。第二个镜头:第二天,他们第二次来医院,孩子住进了医院。第三个镜头:大约过了一个星期,这对夫妇走出医院,孩子死了,他们安静地走了。

我被深深地震撼了,如此巨大的痛苦悲伤,却写得这般地不动声色,这只有写过《活着》和《许三观卖血记》的余华才能写得出来。不写痛苦悲伤,却能感受到痛苦悲伤的声音,以及从伤感凄凉之中传达出来的温情。

这里有川端康成"淡淡的哀愁"和感伤式的温情,有鲁迅简洁而丰富的笔法,但这一切又是余华的。在文学的深处,大师的眼光、大师的感受、大师的情感是相互联系着的。因为,他们的内心都是被善和美涵化着的。正是有了这种来自文学深处的相互联系,文学才会越来越丰富,越来越具有超越性。

小说是通过医院对面的一个小店老板的眼光来写这对夫妇的,全

《蹦蹦跳跳的游戏》

是简单到不能再简单的细节描写。例如第一个镜头写这对夫妇生活的艰难,不直接写他们如何艰难,难到何种程度,只写了两个细节就全显露出来了。第一个细节:丈夫到小店给儿子买橘子,老板林德顺看到的他是"一张满是胡子楂儿的脸,一双缺少睡眠的眼睛已经浮肿了,白衬衣的领子变黑了","袖管里掉出了几个毛衣的线头来"。第二个细节:他只买了一个橘子。再如第三个镜头写他们在悲伤中相互安慰、相互体贴的感情,就写了一个细节,丈夫在小店买了一个面包劝妻子吃,妻子不吃,转而又劝丈夫吃。

应该说,这是一篇很不错的小说,可我认为凭余华的才能,他完全可以写得更好才对。我对这篇小说不满意的地方有两处:一是小说的题名暖意轻飘了,与作品的基调不合;二是结尾写小店老板瘫痪的原因,添足了。我猜想,这可能是余华无形中受到了鲁迅小说《孔乙己》的影响。孔乙己最后一次来酒店,鲁迅特别写到他是用手走来的。余华认为这是经典的写法:在《孔乙己》里,鲁迅省略了孔乙己最初几次来到酒店的描述。孔乙己的腿被打断后,鲁迅才开始写他是如何走的。这是一个伟大作家的责任,当孔乙己双腿健全时,可以忽视他来到的方式,然而当他腿断了,就不能回避。于是,我们读到了文学叙述中的绝唱。"忽然间听得一个声音:'温一碗酒。'这声音虽然极低,却很耳熟。看时又全没有人。站起来向外一望,那孔乙己便在柜台下对了门槛坐着。"先是声音传来,然后才见着人,这样的叙述已经不同凡响,当"我温了酒,端出去,放在门槛上",孔乙己摸出四文大钱后,令人战栗的描述出现了,鲁迅只用了短短一句话,"见他满手是泥,原来他是用这手走来

325

余华论

的"①。《孔乙己》这么写可以,因为它情感的焦点一直落在孔乙己身上。而《蹦蹦跳跳的游戏》也这么写就中心偏移了,因为它将已经确定好了的情感方向由被叙述者转向了叙述者。这说明,即使像余华这样优秀的作家,一不留神,就会出现不该有的失误。

---

① 余华:《内心之死》,华艺出版社2000年版,第10—11页。